슬기로운
감옥생활

슬기로운 감옥생활 1

초판 인쇄 2023년 9월 11일
초판 발행 2023년 9월 15일

지은이 JS
펴낸이 김태헌
펴낸곳 문학홀릭

주소 경기도 고양시 일산서구 대산로 53
출판등록 2021년 3월 11일 제2021-000062호
전화 031-911-3416
팩스 031-911-3417

슬기로운 감옥생활

JS 장편 소설

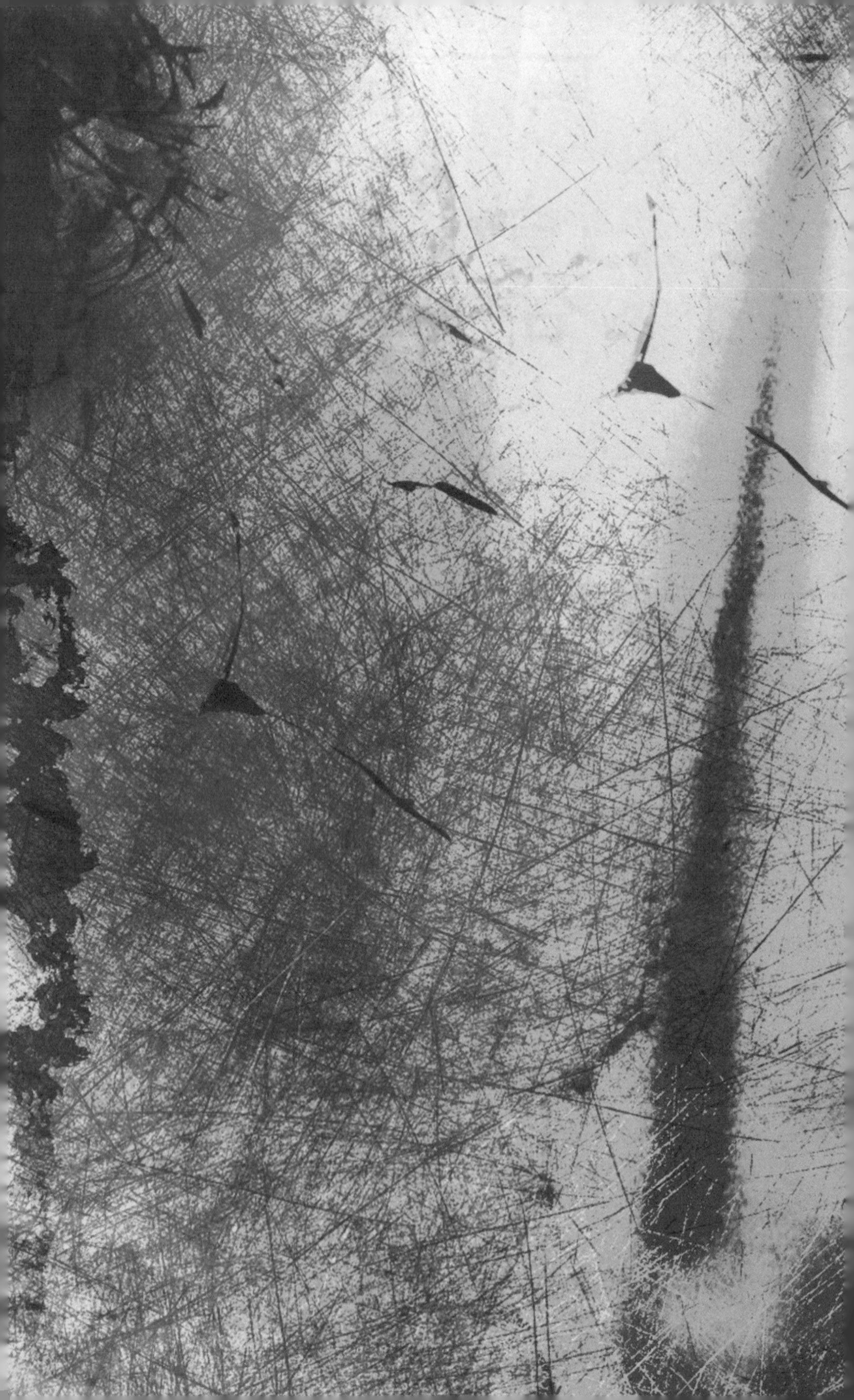

슬기로운
감옥생활

슬기로운 감옥생활

C o n t e n t s

차례

01 신입식_9

02 아침이면 일어나는 새_36

03 여자 죽이기_62

04 유전무죄 무전유죄_96

05 삶에의 도전_150

06 또 다른 불안_261

슬기로운 감옥생활

01

신입식

밖은 겨울의 스산한 날씨로 인해 보도를 걷고 있는 사람들의 모습이 잔뜩 움츠려 있거나 더러는 오버코트의 깃을 세우고 자라목처럼 목을 끌어당겨 옷 속에 얼굴을 파묻고 걸어가는 사람도 있었다. 창문의 헐렁한 틈새로 비집고 들어오는 바람이 황소바람처럼 차가웠다. 이미 얼대로 얼어버린 살갗 위로 덧바람이 닿을 때마다 괜히 손과 발이 시려워 옷소매로 손목을 가리거나 두 발을 꼬아 찬바람을 피하려고 애를 썼다. 될 수 있으면 옷 사이의 틈새가 벌어지지 않게 해서 바람이 스며들지 못하도록 잔뜩 움츠리다 보니 허리가 뻣뻣했고 목까지 아팠다. 그리고 창문을 통해 올려다본 하늘은 짙은 회색빛의 암울한 빛이었다. 이런 날은 기분마저 우울해지기 쉬운 법이다. 눈이라도 올려나, 꼬옥 이런 날씨를 보이면 눈이 오거나 겨울비가 추적추적거리며 내리는 것이다.

차 안에 타고 있는 사람들은 바깥의 인도를 종종거리며 걸어가는 사람들의 모습을 신기한 듯이 바라보고 있었으며 특히 추운 겨울인데도 초미니를 입고 방금 지나간 허연 다리를 보곤 울대가 움직이도록 침을 삼키는 이도 있었다.

"야아, 저 기집애 얼굴보단 다리 하난 기똥차게 빠져뿌렀네."

"아, 나도 밖에 있을 땐 저런 것들은 거들떠도 안 봤는데."

호송차 안의 사나이들은 하나같이 이쁜 여자라도 지나칠라치면 차창을 통해 그 여자가 사라질 때까지 그 여자의 얼굴이나 가슴께나 종아리에서 눈을 떼지 않았다. 그것은 어쩌면 이대로 구치소로 들어가 버리면 이제 영영 다시 못볼 것 같은 그림이었기 때문인지 몰랐다.

"에이 씨팔, 꼴려 죽겠네."

"그래, 나오면 보자. 그때 쥑여줄게."

사내들이 와하하 하고 웃음을 터뜨렸다.

그때 뒤칸과 분리된 운전석 옆에 타고 있는 전경이 가로, 세로 20센티, 30센티로 만들어진 뒤칸 감시용 유리에 얼굴을 바싹 갖다 대고 뒤의 어수선한 광경을 살피려고 눈을 두리번거리고 있었다.

"조용히 안 해!"

"……."

앞의 운전석과 뒤칸의 호송칸은 완전히 차단시켜 놓았고 그 유리만이 유일하게 뒤칸의 동태를 살피는 역할을 하고 있었는데 전경이 소리를 빽 질렀지만 그 목소리는 유리에 차단되어 큰 효험은 내지 못하였다. 그래서 전경은 일부러 험악한 인상을 써 보였고 주먹으로 유리를 탁탁 치는 것이었다.

"에이 개쌔끼, 사식 값 다 떼어 처먹고 큰소리는 무슨 큰 소리야."

"저 쌔끼, 나가면 그냥 안 둘 테야."

그냥 안 두겠다는 사람은 경찰서에 있을 때, 뻑 하면 그 전경한테 걸려서 기합을 받거나 뺨을 얻어맞았는데 정강이도 몇 번인가 채인 작자였다. 그 전경한테는 그가 제일 만만하게 보인 모양이었다.

경찰서에서 열흘 동안 조사를 받는 동안 우선은 전경들에게 잘 보여야만 한 대라도 덜 맞았고 조금이라도 혜택을 받을 수 있었기 때문에 사식이 엉망인 줄 알면서도 사식을 시켜야 했다. 한 그릇에 천 몇 백 원 하는 짜장이 5천 원이었고, 담배 한 개비에 만 원이어도 사서 피우는 자들은 전경들이 은근히 봐주었다. 그것이 그들의 수입이기 때문이었다. 그런데 사식을 며칠 분씩 달아놓고 먹다가 구속영장이 떨어져서 구치소로 넘어가는 날인데도 남은 사식값을 지불해 주지 않는 거였다. 그것은 또한 경찰서 유치장에서의 불문율이다.

호송차는 이제 마악 구로동의 제일제당 건물을 지나 동양공전 앞의 횡단보도 앞에서 빨간 신호등에 걸려 급브레이크를 밟는 중이었다. 차 안의 사람들이 맥없이 앞으로 쓰러졌다.

"에이, 차를 어떻게 모는 거야?"

"씨팔놈, 일부러 저러는 거야."

사람들은 손에 수갑이 채워져 있고 다시 그 위에 가는 포승줄로 두 명씩 묶어 놓았기 때문에 차가 급정거를 하거나 스타트를 할 때마다 몸 가누기에 바빴다.

사람들이 횡단보도를 건너는 모습이 시야에 들어왔다. 신호를 오래도록 기다렸는지 사람들은 한참동안이나 길을 건널 만치 사람의 꼬리가 이어지고 있었다. 사람들은 모두가 추운 얼굴들이었다.

여자들이 대여섯 명이 있으면 꼭 그중에 한 명은 짧은 미니스커트를 입고 있었는데 한겨울의 날씨임에도 자신의 몸매를 뽐내느라 추운 것도 모르는 모양이었다.

이제 여기서 조금만 더 가면 부산파이프가 나오고 우회전하여 공구상가를 지나면 곧바로 교도소와 구치소의 담벼락이 나타날 것이다.

운전석 바로 뒤에 앉아 있는 30대 초반의 여자 둘은 아마도 간통이거나 사기일 가능성이 많다. 간통으로 잡혀 들어온 여자는 대개 고개를 땅으로 처박고 있었고, 사기일 경우엔 그래도 자연스러운 얼굴을 하고 가끔 밖을 내다보는 여유를 가지는 것이 보통이었다.

종태는 가만히 앉아서 그 여자들의 얼굴을 살피고 있었다. 하나는 간통일 것 같고 또 하나는 사기일 확률이 높았다. 여자들은 이러나저러나 남자와 연관이 많은 법이다. 왜냐하면 여자가 간통을 했다는 것은 말할 것도 없거니와 사기나 절도 같은 것도 깊이 추적을 해 보면 남자를 뒤에 숨겨 놓고 어리숙하게 자신이 대신 잡혀 들어오는 경우가 많았다. 왜냐하면 이미 남자는 여자의 머리 꼭대기에서 조종을 하고 있거나 여자가 스스로 돈 때문에 잘못을 저지르고 희생양이 되어 잡혀오는 경우가 많았기 때문이다.

그녀는 갸름한 얼굴에 색깨나 흘렸을 법한 외모였고 바람둥이 남자에 걸려 고생을 하는 것처럼 보였다. 남자들 사이에 단 두 명의 여자만 끼어 있어 고개를 똑바로 들지 못하는 것은 그리 이상한 일은 아니었다. 문래동 남부검찰청에서 이곳까지 오는 동안 남자들이 퍼부어대는 음담패설에 이미 주눅이 들었고 남자들의 뱀 같은 눈들이 그녀들의 머리끝에서부터 발끝까지 핥는 듯한 눈초리에 몸을 오므리고 있는 것이 역력하게 드러났다.

이미 경찰서의 유치장에서 열흘 동안 목욕도 못하고 내의도 못 갈아입은 채로 좁은 차 안에 30명 가까이 타고 있었으므로 아무리 겨울이라곤 하지만 몸에서 나는 냄새는 지독했다. 몸뿐만 아니라 머리에서는 비듬이 허옇게 일어나 어깨를 덮었고 머리 위는 그냥 좁쌀같이 비듬이 얹혀 있었다.

호송차는 이제 부산파이프 앞에서 우회전을 하려는지 차가 기우뚱하며 코너링을 하는 것이 느껴졌고 사람들은 또 한 번 고꾸라졌다. 한 번 고꾸라지면 두 사람이 한 줄로 묶여 있어서 같이 협조를 해서 일어나야만 쉽게 일어설 수가 있었다. 여자들은 칸막이 부분에 있는 쇠창살을 확 붙들고 있어서인지 넘어지지는 않았다. 차는 갑자기 속력을 내는 것 같더니만 이내 또 브레이크를 잡는 모양이다.

구치소의 정문이 나타났다. 정문을 들어서자 바로 100미터 전방에 육중한 철문이 나타났고, 그 철문은 누가 여는지는 알 수 없었으나 스르륵 하고 양옆으로 젖혀지는 것이었다. 그러자 정복을 한 교도관 두 명의 얼굴이 나타났다. 그들은 모자창 밑으로 눈을 들어 차 안의 인원을 살피는 듯했고 그 눈은 달갑지도, 그리 싫지도 않은 그런 눈이었다.

하나.

두울.

세엣.

…….

사람들은 차에서 내리는 것과 동시에 수갑 찬 손을 앞으로 하여 두 명씩 나란히 쪼그려 앉았다. 그들을 묶은 줄이 아직도 덜렁거리고 있어서, 마치 국민학생들이 줄을 서듯이 두 명씩 나란히 서로 손을 잡고 있는 것처럼 보였다.

"여자들은 안으로 들어가."

교도관이 지시를 하자, 한 여자가 머뭇거리다가 앉아 있는 남자들 중의 누군가에게 웃어 보이고는 손을 흔들어 작별인사를 하는 것이었다. 서로 간통을 했던 정부에게 자신의 마음을 전하려고 안간힘을 쓰는 듯했다. 사랑이라는 것은, 그런 막골목에까지 왔으면서도, 서로 한 번이라도 더 눈길을 맞추고 싶어 하는 것인지 모르겠다.

"미친년 지랄하네."

앞에서 지시하고 정렬을 시키던 교도관이 한 말이었다. 그 교도관은 나무로 잘 다듬어진 지휘봉 같은 걸 들고 있었고 여차하면 그 지휘봉으로 어깻죽지라도 내려칠 기세였다.

"고개 숙여."

"일어서."

"앉아."

"일어서."

"앉으면서 번호."

교도관은 마치 사병에게 명령이라도 내리듯이 완전히 군대식으로 기합을 넣고 있었다. 앉으면서 번호를 외치는데 소리가 좀 작다거나 두 명이 서로 똑같이 목소리가 나오지 않으면 그 줄에서 '번호 다시' 하고 고함을 질렀다. 그러면 다시 첫 줄부터 번호를 복창하면서 앉곤 했는데 꼭 중간쯤에서 두 사람이 서로 목소리가 똑같이 나오질 않아 매번 반복되고 있었다.

"여기가 놀이턴 줄 아나! 나하고 장난을 치자는 거야, 뭐야!"

그것은 분명히 장난이 아니었던 것이다. 중간에 있는 나이 많은 사람이 번호를 복창하는데 익숙지 않아 매번 실수를 하는 거였다. 그러나 교도관은 마치 트집거리라도 잡은 양 다시 반복해서 기합을 넣고 있었다. 나중에는 서로 어깨동무를 해서 번호를 복창하라고 했는데 그것은 더욱 힘든 일이었다. 어느 정도 시간이 지나자 뒤쪽에서 진절머리가 났는지 "거 좀 잘 하쇼."하는 소리가 앞에까지 들렸다. 사람들은 아무 이유없이 육체적인 고통을 받으면 곧잘 짜증을 내거나 화를 냈다. 다른 사람 때문에 자신이 피해를 입는다는 것에 대해 즉각적으로 반발을 하는 것이었다.

"누구야? 입 다물어!"

"……."

좀 전에 보안과 사무실로 들어갔던 여자 둘이 여자교도관의 뒤를 따라 오른쪽에 있는 여사로 가는 것이 보였다. 그 여자들도 남자들이 기합을 받고 있는 것을 보지 않으려는 듯이 뒤도 돌아보지 않고 그대로 앞만 보며 걸어가는 것이었다. 기합은 이제 양쪽 귀를 잡고 그 자리에서 쪼그려뛰기로 이어지고 있었다.

"복창."

"불량."

"복창."

……

"불량."

사람들은 악을 쓰듯이 큰소리로 외치고 있었다. 몇몇 교도관들이 밖으로 나오다가 그러한 모습을 보고 당연하다는 듯이 눈웃음을 짓고 있었다. 몸에서 땀이 날 정도로 쪼그려뛰기를 한 다음에야 비로소 번호를 외치는 소리가 양호해졌고 겨우 안으로 들어갈 수 있었다. 보안과 사무실을 지나 좁은 복도를 통과하자 다시 넓은 복도가 나왔고, 그 복도 옆의 커다란 공간에 신입자 대기실이라는 팻말이 붙은 방이 보였다.

"이제부터 지시하는 것을 잘 듣고 따라하지 않으면 여러분들에게 육체적인 고통을 가하겠다. 여기는 엄연히 사회가 아니다. 여러분들은 이미 죄를 지은 신분이므로 정당한 대우를 받겠다는 꿈은 버리도록! 알았나!"

"예!"

"지금부터 소지품 검사를 실시하는데, 검사를 실시하기에 앞서 여러분들이 스스로 자진해서 신고하기를 바란다. 먼저 자신이 가지고 있는 수표나 돈, 시계, 귀중품은 영치를 시키고 각종 쇠붙이나 라이터, 성냥, 담배 같은 것은 일단 신고를 하도록. 만약 나중에 발각되는 놈은 그만한 고통이 따른다. 알았나!"

"예!"

여기 들어온 사람들은 이제 군기가 든 신병마냥 목소리가 우렁찼고 부동자세는 확실했다. 종태는 이미 여러 번 들어왔던 경험이 있었으므로 전이나 별로 다를 바가 없는 교도관의 말에 피식 웃음이 흘러나왔다. 구치소의 바닥은 맨바닥으로 시멘트였고 한겨울의 시멘트 바닥은 가뜩이나 추위에 떨었던 사람들의 체온마저 빼앗아 갔다. 종태는 벽을 보다가 벽에 커다랗게 붙어 있는 '나의 손은 엄하다 할지라도 나의 마음은 따뜻하다'라는 글귀를 보자, 좋은 말만 골라 하고 있는 비아냥으로밖에 들리지 않았다. 사람들 주위에는 언제나 교도관들과 경비교도대원들이 빙 둘러서서 지키고 서 있었다.

좀 전에 지시를 하던 뚱뚱한 교도관이 다시 입을 열기 시작했다.

"이제 영치시키는 것을 끝냈으니 본격적으로 검사에 임하겠다. 전부 뒤로 돌앗!"

"옷을 벗는다, 실시!"

"실시!"

사람들은 교도관의 '실시' 라는 말을 복창을 하면서 옷을 벗기 시작했는데 그것이 영 마음에 들지 않았던 모양이다.

"원 위치! 복창소리가 맘에 안 든다. 한 번 굴려볼까! 다시 한 번 기회를 준다, 실시!"

"실시!"

이번에는 사람들이 후다닥, 빨리 옷을 벗기 시작했다. 젊은 사람들일수록 옷을 벗는 속도가 빨랐다. 그들은 순식간에 옷을 다 벗고 부동자세로 서 있었다. 물론 몸에 실오라기 하나 없이 다 벗은 상태를 말한다. 그러나 나이가 많은 사람은 옷을 벗느라 꾸물거렸고 교도관은 그들에게로 다가가 들고 있던 지휘봉으로 어깨를 내리쳤다. 그중 한 사람을 교도관이 지휘봉으로 내리치자 소리가 딱 하고 났는데 어깻죽지의 불거진 뼈와 지휘봉의 나무가 정통으로 맞은 모양이었다.

"아이구우……."

그 사람은 급소를 맞은 것처럼 그저 힘없이 주저앉았다. 그러자

교도관은 워커발로 옆구리를 걷어찼다.

"엄살부리지 마! 일어서!"

그 사람은 다시 벌떡 일어났고 옷을 벗기 시작했다. 안 그러면 다시 발길질이 쳐들어올 것을 알았기 때문에 얼른 일어나는 것이 덜 맞는 비결임을 아는 듯했다. 그것은 사실이다. 그 교도

관은 걸핏하면 지휘봉으로 내려치거나 그것도 양에 차지 않을 땐 다시 워커발로 종아리를 걷어차거나 허벅지를 올려찼다. 그것은 마치 그가 그 전의 속상한 일을 속풀이하는 것쯤으로 사람들에게 보여졌다.

사람들은 조금이라도 맞지 않으려고 좀 더 동작이 빨라지고 있었다. 이미 교도관들은 사람들의 그러한 심리를 꿰뚫어 보기라도 하듯이 천천히, 그리고 순서적으로 다음 동작으로 넘어가고 있었다.

사람들은 전부 알몸으로 서 있었다. 옆에서 보면 히프가 뒤로 튀어나온 것과 앞부분의 튀어나온 것이 거의 일직선이 되도록 하고 있었다. 지휘봉을 들고 설치는 교도관이 무서웠던지 한겨울의 추위는 이제 아랑곳없이 달아나고 없었다. 추위로 인해 손과 발에 닭살이 돋아 있어도 춥다는 사실이 느껴지지 않았다.

"앞으로 나란히!"

사람들은 앞으로 손을 올리면서 아랫배를 앞으로 같이 내밀었는데 발가벗고 앞으로 나란히 한 모습은 아무래도 묘한 느낌을 주었다. 남자들의 그것은 정말 각양각색으로 생겨 먹어서 어떤 놈은 좌로 휘어져 있거나 우측으로 휘어져 있기도 했고, 몸집은 비대한데 마치 젖먹이 애의 고추마냥 자라목처럼 쏘옥 들어간 놈이 있는가 하면 아래로 휘익 굽어져 있는 놈도 있고 말같이 시커멓게 덜렁거리는 놈도 있었다. 거기다 인위적으로 키운 건지 앞부분이 주먹만 하게 살집만 더덕더덕 붙어 있는 놈도 있었고, 해바라기같이 다섯 갈래 여섯 갈래로 찢어져 요상하게 생겨먹은 놈도 있었으며, 표피에 콩알만한 다마를 끼워 넣어 울퉁불퉁한 놈도 있었다.

교도관은 일단 남자들의 성기를 보며 검사를 하였고 인위적으로 다마를 넣은 사람만 이름을 적었다. 이름을 적는 일은 뒤에 따라가던 다른 교도관이 적었고, 앞의 직원은 지휘봉으로 남자의 성기를 툭툭 치고 있었다. 그러자 남자는 무지하게 아팠던지 죽을 인상을 쓰면서도 올린 손을 내리지는 않았다. 만약 손을 내린다면 아마 지휘봉으로 어깻죽지를 얻어맞을 게 분명했기 때문이다.

"앞으로 숙인다, 실시!"

"실시!"

"앞으로 최대한 숙여! 그리고 양손으로 항문을 벌린다, 실시!"

"실시!"

교도관이 말끝마다 '실시'하면 재소자들도 같이 '실시'라는 복창을 당연히 따라 했다. 이번에는 두세 명의 교도관들이 달라붙어 플래시로 일일이 항문을 비쳐보며 검사를 하는 거였다.

"너, 이리 나와!"

"……."

"항문 속에 숨긴 것 빼내!"

처음에는 사내가 엉거주춤하게 서서 가만히 있자 교도관의 지휘봉이 남자의 허벅지를 갈겼다.

"빼내!"

남자의 허벅지는 금세 발갛게 뱀 자국이 만들어졌고 피가 묻어나올 것만 같았다. 남자는 20대 중반의 호리호리한 체형의 사내였다. 다시 사내의 옆구리에 지휘봉이 갈겨졌다. 그제서야 그 사내는 쪼그려 앉아 항문에서 무언가를 빼냈다. 그것은 비닐에 똘똘 말아 싼 담배가 납작하니 여러 개비가 들어 있었다. 그 사내는 미안하다는 듯이 고개를 푹 숙이고 있었다.

"개자식!"

갑자기 교도관의 발이 그 사내의 옆구리에 가 박혔고 그 사내는 옆으로 나동그라졌다. 코에서 코피가 터졌다. 한 교도관이 다가와 그 사내의 팔을 나꿔채 밖으로 데려고 나갔다. 그것을 보자 신입 재소자들은 하나같이 겁을 먹고 있었다. 까딱 잘못하다가는 자신도 무지막지한 워커발에 채일지 모른다는 불안감에 휩싸이기 시작했다.

"똑똑히 잘 들어! 여러분들은 바깥에 있는 사회인이라는 생각을 버리도록! 오늘부터 당신들은 죄인이야, 여기는 함부로 빠져나갈 수도 없고 국민이 내는 세금으로 콩밥을 먹게 돼 있어! 지시사항을 어기는 놈은 가차없이 처벌을 한다. 알았나!"

"예!"

다음으론 입을 까짓것 최대한으로 벌리게 한 후, 플래시로 입안을 들여다보기 시작했고 혓바닥을 입천장에 대어보라고 지시를 했으며 다음으론 귓속을 살폈다. 맨 마지막은 몸을 앞으로 구부리게 하여 양손으로 머리카락을 터는 것으로 일단 검사를 마치는 것이었다.

종태는 그들 중에 아는 교도관이 없는 걸로 봐서 그들은 모두 신참직원이거나 다른 곳에서 전근을 온 직원들일 거라고 생각을 했다. 종태는 좀 억울했다. 전혀 모르는 직원이 신입식을 하고 있었으니 자신도 자연 그들의 지시에 따를 수밖에 없었다. 아는 직원이 한 명이라도 있었다면 "야, 종태 아냐, 또 들어왔어?"하고 통성명을 했을 것이고, 자신은 어느 정도 신입식에서 벗어나 간략하게 대충 검사를 했을 텐데 하는 생각이 들었던 것이다. 낯모르는 직원과 시비가 붙어봤자 괜히 시끄러워질 것 같아서 고분고분 지시를 따랐지만 종태는 조금 밸이 꼴렸다. 자신이 여기를 드나들면서 사귀어 놓은 직원들이 많았음에도 불구하고 하필 오늘 같은 날 생판모르는 직원들만 나와서 신입을 받았던 것이다. 그렇다고 자신이 먼저 입을 열어 자신이 영등포에서 잘 나간다는 차종태라고 소개를 할 수도 없었고, 아니면 어느 직원 누가 지금 근무중이냐고 아는 티를 낸다는 것이 소위 주먹세계를 잡고 있는 자신으로서는 영 체면이 서지 않는 일이었다.

식어빠진 시커먼 관식이 나왔으나 사람들은 별로 먹는 것 같지도 않았고 잔반을 시키는 것이었다. 다음으로 들어간 곳이 소위 목욕탕이라는 곳이었는데 7, 8평 정도의 탕 안에 50명 정도를 한꺼번에 집어넣어 물만 조금 묻히게 하는 거였다. 사람들은 그동안 밀린 꾀죄죄한 얼굴을 씻었으며 제일 시급한 곳인 사타구니부터 닦아냈다. 시간적으로 얼굴과 사타구니만 닦아내도 겨우 빠듯한 시간만을 주었고 곧 '목욕 그만'하는 소리와 함께 호루라기 소리가 들려왔다. 물론 여기서도 늦게 탕을 빠져나오는 이는 그 지휘봉으로 어깨며 등짝을 얻어맞았다. 밖으로 나오는 사람들의 머리에서, 얼굴에서 하얀 김이 모락모락 피어오르고 있는 것이 보였다. 닦을 수건이 없으니 밖의 찬 기온과 몸의 열기가 서로 상충하면서 나는 김이었다.

그래도 세수를 하고 나니 사람들의 모습이 조금은 나아 보였고 악취는 조금 가신 듯했다. 그러나 사람들은 전부가 물에서 금방 건져 올려진 생쥐모양으로 달달 떨고 있었다. 이제 그들은 한 사람 한 사람씩 호명을 하는 대로 앞으로 불려나가 팔뚝을 걷고 교도관이 붉은 매직으로 써준 방 표시를 얻어갖고 돌아왔다. 이제 사람들은 구치소 측에서 나눠준 플라스틱 그릇 두 개씩과 플라스틱 수저를 들고 쪼그려 앉아 있었는데 방을 지정해준 방향을 따라 신사동과 구사동 방향으로 나뉘어졌다. 그것은 어쩌면 같은 공범끼리 분리해서 수용하려는 의도인 것 같았다. 공범이 있는 사람들은 서로 교도관의 눈을 피해 눈짓과 손짓으로 저들만의 의사소통을 하려고 애를 썼고 그러다가 교도관의 눈에 발각이 되면 불려나가 뺨이 얼얼하도록 얻어맞기도 했다.

"야, 이 새꺄. 너이덜 같은 공범이지?"

"공범끼린 말을 하라고 했어? 안 하라고 했어?"

그때는 이미 '잘못했습니다'라는 말은 아무런 소용이 없었다. 여차하면 불려나가 뺨이며 종아리를 얻어맞는 것을 보면서 사람들은 그저 빨리 방 안으로 들며가는 것이 그래도 편할 것이라는 생각에 고개만 밑으로 박고 있었다. 고개를 드는 것도 허용되지 않았다. 구치소에서는 언제든지 정지를 하면 오그려 앉아야 했고 고개를 숙이는 것이 이곳의 규율이었다. 그것은 죄를 지은 사람이 마땅히 가져야 할 도리처럼 강요받고 있었는데 그들은 그러한 것에 대해 어떠한 이의나 대꾸가 있을 수 없었다. 교도관들이 수시로 너희들은 죄인이라는 사실과 국민이 낸 세금으로 밥과 반찬을 얻어먹고 있으니 그래도 감사해야 한다는 말을 하였으므로 안 그래도 자의식이 있었던 터에 그러한 소릴 듣고 보니 정말 자신은 몹쓸 죄인처럼 여겨졌다. 만일 섣불리 이의나 대꾸를 했다간 괜히 트집을 잡고 물고 늘어지면 자신의 육체만 고달플 것이 분명했으므로 좋든 나쁘든 간에 그대로 무사히 넘어가는 것이 제일 상책이라고 여겨졌다. 사람들은 이미 자신의 운명에 대해 체념하는 빛이 역력했는데 이미 경찰서의 유치장에 갇혀 있을 때 사방팔방으로 수소문을 하고 선이 닿을 만한 곳엔 다 손을 써봤지만 아무 효험이 없었기 때문에 여기까지 온 이상 스스로 체념하는 길밖엔 별다른 도리가 없었다.

사회에서 아무리 빽이 든든하고 배경이 좋아도 이곳으로 넘어오게 되면 일단 허탈한 마음과 체념이 먼저 들었고 이제는 할 수 없다라는 자위가 생기기 마련이었다. 어깨의 파란 견장에 잎사귀가 세 개 달린 교도관이 맨 뒤에서 따라오고 사람들은 두 줄로 서서 걷기 시작했다. 그들은 걷다가 교도관이 '정지' 하면 그 자리에 섰다. 그리고는 그곳의 사방으로 배정된 사람이 옆으로 삐져나와 철문으로 된 빗장을 열고 안으로 들어가야 했다.

그리고 다시 나머지 사람들은 앞으로 걸어갔다. 가면서 군데군데 물건을 떨어뜨리듯 그렇게 사람들을 사방으로 집어넣는 것이었다. 일단 사람들이 사방으로 들어가고 나면 인솔을 하던 교도관은 밖에서 자물쇠를 잠가 버렸다.

종태는 오늘은 재수가 옴붙었는지 인솔을 하는 부장도 전혀 낯이 익지 않은 직원이었다. 아마 그 직원은 나이가 많은 걸로 보아 다른 곳에서 전근을 온 직원임에 틀림이 없을 거라는 생각을 했다.

"들어가!"

밖에서 자물쇠를 채우는 소리가 등 뒤에서 들렸다. 종태는 앞으로 나아가 복도의 중간쯤에서 책상 앞에 앉아 있는 교도관 앞에 섰다. 교도관은 무슨 책을 보고 있는지 아예 사람이 들어오는 것에는 신경조차 쓰지 않는 모양이다. 종태는 그 옆에 무릎을 꾸부리고 쪼그려 앉아 무슨 말이 나오기만을 기다렸다. 교도관은 서서히 책을 덮으면서 시선을 돌렸다.

"야, 너 종태 아니냐?"

"네, 부장님. 여기 담당이세요?"

"그래, 이번에는 무슨 일이냐?"

종태는 뒤통수를 긁적거렸다. 그게 쑥스러운 인사였다. 밤 10시가 넘었는데도 사방 안에서는 두런거리는 말소리들이 들렸고, 방 안에서 뻥을 보는 재소자가 슬며시 밖의 동정을 살피는지 밖을 내다보고 있었다. 담당이 있는 곳과 가까운 곳에서는 바로 얼굴을 들어 밖을 내다볼 수 있지만 먼 방에서는 방에서 몰래 제작한 거울같이 비치는 것을 창살 밖으로 내밀어서 복도에서 일어나고 있는 일을 내다보는 것이다. 그런데 바로 지금 먼 방에서 밖을 비춰 보는 것이 종태의 눈에 보였다. 종태도 저번에 징역을 살 때 저런 것을 애들에게 만들라고 지시하고 한 놈을 지정해 계속 밖의 동정을 살피게 한 일이 있었다. 종태는 자신도 모르게 피식 웃음이 흘러나왔다.

"일어서라."

"……."

종태는 담당이 일어서라는 말에 따뜻한 위로를 느꼈다. 아무려면 그렇지, 아는 담당이 있으면 징역은 아무래도 편해지게 마련이었다. 여기서는 어느 직원을 안다는 것이 대단한 힘으로 작용하고 있었다. 그것은 일종의 빽이라면 빽이었고 권력이라면 권력이었다.

종태는 숱하게 징역을 살아봤지만 아는 사람이 많으면 많을수록 징역살이가 편하다는 것과 돈을 끌어 모을 수 있다는 것과 잔챙이들을 휘어잡는 데는 즉효의 효험이 있다는 것을 알았다.

담당이 일어서라는 말은 일종의 배려였다. 지금 각 방에서는 어떤 경로를 통해서든 지금 새로 들어온 신입이 어떠한 인물이라는 것을 대충은 알았을 것이다. 담당이 앉아 있는 책상 앞에서서 이야기를 하고 있다는 것이 그러한 것을 말해주고 있었다.

처음 들어온 신입들은 대개 담당 앞에서 시멘트 바닥에 두 무릎을 붙이고 꿇어 앉아 고개를 들지 못하는 것이었는데 그것은 특수한 이곳의 규율이었다. 그러한 것은 누가 가르쳐 주지 않아도 경찰서의 유치장을 시작으로 하여 좀 전의 신입자 대기실에서 보고 느낀 것으로도 스스로 터득한 경우였다. 사람들은 대개 인생의 막바지인 이곳까지 굴러온 이상 더 이상 지푸라기라도 잡을 만한 건덕지도 자신에게는 없음을 알고 스스로 꼬리를 내리고 비굴한 감을 드러내 보이는 자세였다.

밖에서는 그래도 사바사바가 통할 여지가 있었고 경찰관들이 눈만 감아준다면 조서를 뜯어 고쳐서라도 풀려날 수 있었지만 여기서는 담당 검사와 판사의 구속 석방 지휘가 있어야만 풀려날 수 있었기 때문에 그만큼 힘이 들었고 웬만한 빽으로는 어림도 없는 일이었다.

"어떻게 들어왔냐?"

담당이 다시 물었다.

"저어…… 저번에 일어난 영디스코 클럽의 살인 사건에 대해 들어 봤습니까?"

"응, 그래서?"

"……그 건으로 들어온 겁니다. 사실은 동생들이 저지른 일인데…… 한 마디로 재수가 없었던 거죠."

"나도 들어서 대충은 알고 있었지만 자세한 건 몰라. 어떻게 된 건지 한 번 얘기해 봐."

"저, 실은…… 일종의 패싸움이었지요. 혹시 내 밑의 석재를 아는지 모르겠네요? 그 석재가 시장파 애들에게 손찌검을 당했어요. 술 먹으러 갔다가 시비가 붙어 맞고 들어왔는데…… 그건 내게 도전하는 거라며 밑의 동생들이 벼르고 있었던 거죠. 근데 마침 걔네들이 다시 영디스코에 술을 마시러 왔다가 행패를 부리길래 싸움이 일어난 거래요. 처음엔 몸싸움부터 시작이 됐는데 어디 그게 마음대로 됩니까? 저번에 동생 석재가 당한 것도 있고 해서 본때를 보인다면서 창호가 직접 나서서 걔들을 쓸어버린 거지요."

"그 사건은 뉴스에도 났는데 그걸 보기는 봤어. 창호가 직접 나섰구나…… 그런데 넌 가담을 안 했냐?"

"담당님도…… 제가 어디 어린앱니까? 제가 그런 싸움에 직접 나서게…… 창호는 일단 날랐고 영등포 경찰서의 조 형사 그 새끼가 조사를 하다가 동생들이 모두 피신을 해버리자 나를 엮어 넣은 겁니다. 조직폭력으로요……."

"그럼, 창호는 어디 피신해 있겠네?"

"사건이 나자 내가 피신하라고 지방으로 내려보냈어요. 뭐, 난 범죄단체 조직이니까 별루 겁날 건 없어요. 동생들이 변호사를 물색하고 있다는데 잘 되겠죠. 혹시 담당님이 잘 아는 변호사가 있으면 소개를 해주시죠?"

"응, 조금만 기다려 봐. 요즘 잘 나가는 변호사가 하나 있지. 얼마 전에 부장판사를 그만둔 그 변호사가 사건을 잘 처리하는 것 같아. 아마 옷을 벗은 지 얼마 되지 않았으니까 쉽게 나가는 것 같더라."

"담당님, 이번에 잘 되면 나가서 술상 다리 휘도록 대접 한 번 하겠습니다."

"알았어. 몇 방이냐?"

"5방이에요."

"응, 잘 되었네. 내 책상 바로 앞이니까 매일 이야기라도 나눌 수 있겠구먼."

"자알 부탁합니다."

최순호 부장은 옆구리에서 사방키를 뽑아 5방의 문을 땄다. 무식하게 생긴 T자형의 키를 구멍에 넣고 우측으로 돌리자 탁 하는 소리와 함께 빗장이 걸려 있던 문의 걸쇠가 우측 방향으로 물러났다. 최 부장이 손잡이를 잡고 다시 우측으로 비틀자 문이 열렸다. 방 안의 사람들은 모두들 자지 않았던지 후닥닥거리며 이불을 뒤집어쓰는 모습이 보였고 더러는 자다가 깬 것처럼 눈을 멀뚱거리는 표정을 짓고 있었다.

"봉사원, 여기 신입이 들어왔으니까 잘 받어. 내가 아는 친구야."

종태는 담당을 돌아보며 씨익 웃었다. 방 안에서는 이미 그들이 바깥의 복도에서 했던 이야기들을 죄다 들었으므로 종태가 어떤 인물이라는 것을 다 알았고 영등포의 유명한 주먹이라는 것도 알고 있었다. 봉사원이라는 작자가 일어나 잠자리를 만들어 주려고 빈자리를 찾고 있었다.

"형님, 웬일이십니까?"

종태가 소리가 난 쪽으로 눈을 돌리자 이불을 박차고 일어나는 상호가 보였다. 상호는 영등포 쪽이 아니라 이태원에서 노는 동생이었다. 종태는 가끔 이태원 쪽으로 놀러간 적이 있었는데 이태원 쪽은 용구가 꽉 잡고 있었고 종태가 나들이를 하면 그쪽에서도 예의상 환대를 하는 것이 통례였다.

주먹세계에서는 주먹잽이들끼리 통하는 멋이 있었고 의리가 있었다. 그들이 관리하는 대형술집만 해도 수십 개가 넘었고, 그 술집들의 뒤를 봐주는 것은 물론 그 업소에서 필요로 하는 칵테일용 얼음이나 말린 안주 등을 대주는 회사까지 갖고 있었고, 업소에서 정기적으로 상납하는 돈만 해도 엄청난 것이었다.

종태가 이태원을 갔을 때 상호를 처음 보았는데 상호는 그 당시 체대 유도과를 다니면서 용구의 밑으로 들어와 있었다. 훤칠한 키에 130킬로그램 나가는 단단한 몸집을 갖고 있었다. 스포츠머리를 하고 있었고 한눈에 봐도 호남형인 얼굴이어서 종태는 단 한 번 보았을 뿐인데도 기억에 남았다. 그때 이태원의 용구는 새로 들어온 아이라며 종태에게 인사를 시켰던 것이다.

"넌 여기 언제 왔냐?"

"한두 달 정도 됐어요. 아직 1심 구형도 못 받았어요. 근데 형님이 웬일이세요?"

"영디스코 사건 때문에 그렇게 됐어."

"아 참, 형님 이쪽으로 오십시오. 제 자리에서 주무십시오."

상호는 몸뚱이만 빠져 나왔다. 꽉 조인 삼각팬티만 걸친 그의 우람한 근육이 보였는데 군데군데 근육질의 알통이 불거져 나와 있는 모습이었다. 팔뚝에는 우정이라는 문신이 새겨져 있었다. 그때까지 봉사원이라는 작자는 엉거주춤하게 서서 그들이 하는 대화를 듣고만 있었다. 이 방에서는 봉사원이라는 존재가 그저 형식적인 허수아비에 불과했고 모든 실권은 상호가 쥐고 있는 듯이 보였다.

봉사원이란 그저 대외적으로 담당에게나 구치소의 간부들을 눈 속이기 위한 형식적인 그 방의 대변자였다. 각 방에는 봉사원이란 사람이 한 명씩 있었는데 구치소 측의 의도는 그 봉사원이란 작자들을 매주 일요일이면 넓은 교회당으로 불러올려 보안과장이 직접 나와서 방에서 일어나기 쉬운 부정 비리사고나 담배사건이나 폭력사건을 줄이기 위한 지시를 했고, 그 다음으로는 각 방의 동정을 손수 듣기 위한 제도의 하나로 봉사원들의 건의사항을 듣기 위해 만들어 놓은 것이다.

봉사원들은 자기 방을 대신해서 대표로 나온 만큼 그 방의 애로사항을 토로하곤 했는데 봉사원의 자격으로는 사회에서 그래도 덕망이 있거나 많이 배운 사람으로 자신이 속해 있는 방의 관규를 지키도록 설득하는 일과 사고가 일어나지 않는 모범적인 방을 만들어 가는 데에 적합한 인물로 선정이 되는데 그러한 선정은 사방을 담당하고 있는 담당이 지정하는 것이 통례였다. 그리고 봉사원으로는 공범이 있거나 조직폭력이거나 마약 사범, 운동권 사범 등은 제외되었다.

"조금씩 옆으로 물러."

상호가 옆자리의 춘만이에게 말을 하자 전부가 일어나 조금씩 옆으로 잠자리를 이동해 갔다. 그리고 상호는 종태의 옆에 누웠다. 방 안에서는 실권을 쥔 사람에 의해 모든 것이 이루어지기도 했으며 말 한 마디에 모든 게 움직여졌다.

두툼한 솜이불에서는 곰팡내 비슷한 냄새가 났고 창문을 닫았으나 문틀이 잘 맞지 않았고 그 틈새로 찬바람이 들어오고 있었다. 창문이라고 해봐야 유리가 끼워져 있는 것이 아니라 전부 비닐로 유리를 대신한 것이었기 때문에 군데군데 찢어진 곳에는 치약으로 과자 봉지를 오려붙여 놓았으나 그래도 찢어진 채로 너덜거리는 곳으로 계속 바람이 스며들고 있었다. 취침등이라고 해서 사방 담당이 실내의 불빛을 약하게 조정을 해놓았지만 재소자들은 밤낮으로 떠들어대기는 마찬가지였다. 지금 시간은 이미 밤 12시가 가까웠지만 아직까지도 소곤거리는 방이 있었다. 4, 5평 방 안에 열두 서넛이나 되는 장정들이 누우면 방이 비좁았으므로 전부가 칼잠을 자야 하는 형국이었다.

종태는 잠자리에 누워 눈을 감았으나 잠이 오질 않았다. 아마 이번에는 변호사를 사더라도 쉽지는 않을 것이란 생각이 불현듯 들었다. 자신이 순순히 불지 않자 검사가 화가 나서 자신에게 법정 최고형을 내리겠다고 으름장을 놓았던 것이다. 종태는 한두 번 장사를 하나 하는 식으로 콧방귀를 뀌었지만 내심으론 검사의 비위를 건드려놨으니 별로 마음이 편치 않았다. 아마 검사는 내일도 모레도 계속 불러낼 것이다.

새벽 6시가 되자 기상을 알리는 나팔소리가 들려왔다.

02

아침이면 일어나는 새

밖은 아직 깜깜했으나 구치소의 하루는 기상나팔 소리와 함께 시작되는 것이었다. 방 안은 갑자기 소란스러워졌고 이불에서 나는 먼지는 지독했다. 아마 여기서 쓰는 솜이불은 10년 동안 한 번도 세탁하지 않아 솜이 널브러질 대로 널브러져서 이젠 솜이 푸석푸석 가루가 되어 날릴 판이었다. 그리고 얼마나 많은 죄수가 덮었겠는가. 별의별 놈들이 다 덮었을 것이고 개중에는 이 이불을 덮고 잤던 어느 죄수는 벌써 형장의 이슬로 사라진 지 오래됐을지도 모른다는 생각이 들었다. 종태는 그냥 일어나 창가로 가서 서 있었다. 아직 운동을 하기엔 방 안의 사람들과 너무 얼굴들이 익지 않은 것 같았고 이불을 개키는 일은 또 체면 때문에 할 수 없는 일임이 분명했다. 상호가 옆으로 다가왔다.

"형님, 이 방은 내가 꽉 잡고 있으니까 아무 걱정하지 마십쇼. 그저 편안히 계시다 나가시면 됩니다."

"아직은 모르겠다. 창호가 간 데를 대라는 걸 오리발을 내밀었더니 검사가 약이 올라서 최고형을 구형하겠다는군."

"뭐, 그야 다 그런 것 아니겠어요? 재판에서야 형님은 직접적인 사건 당사자가 아니니까 변호사를 내세워 우기면 범죄조직밖에 처벌할 수 있겠어요?"

사실 그랬다. 검사란 으레 공갈구형이란 말이 돌 정도로 터무니없이 형량을 올려서 구형을 하는 경우가 있었다. 순순히 불지 않을 때엔 그것이 미워서 법정 최고형을 구형하는 예가 수두룩했기 때문에 지레 겁을 낼 필요까지는 없었다. 그러나 자꾸만 종태의 한쪽구석에 걸리는 문제는 다름이 아니라 살인사건에 연루된 범죄조직이어서 비록 자신이 그 사건에 직접적인 개입은 없었다 할지라도 재판과정에서 변호사가 어떻게 일을 풀어 나가느냐가 문제라면 문제였던 것이다.

"형님, 너무 걱정마십쇼. 밖에서 모두 손을 쓰고 있겠죠."

그랬다. 밖에서 애들이 변호사를 물색하고 있을 것이고 그것도 요즘 한창 잘 나간다는 이름 있는 변호사를 고르고 있을 것이다. 그리고 거기엔 돈이 문제가 아닐 정도로 후한 변호사 선임비를 제시할 것이 분명했다. 돈이라면 얼마든지 있다. 관내

업소를 돌며 모금만 조금 하면 몇 천씩은 금방 걷힐 것이다. 종태는 창호가 지금이라도 붙잡힌다고 해서 풀려날 성질은 아니라는 것을 잘 알고 있었다. 그건 그것이고, 이건 이것으로 검사는 엮을 것이 분명했다.

밖의 하늘을 올려다보자 서서히 동녘에서부터 밝아오는 것이 보였고 고척동 102번지에 주소를 두고 사는 비둘기들도 기상나팔 소리에 깨어 사방 옥상 위를 날며 사방으로 밥이 날라져오는 시간을 재고 있는 것처럼 보였다.

"점검 준비이!"

"각방 차렷!"

하는 담당의 구령소리가 우렁차게 복도의 입구 쪽에서 들려왔다. 방 안의 재소자들은 하던 양치질이며 운동을 그만두고 후닥닥 하고 자리에 앉았다. 대개 번호는 맨 좌측에서 하나, 둘, 셋 하는 식으로 고개를 돌리며 옆으로 인계를 하듯이 번호를 하게 되어 있었고 앞줄에 다섯 명, 뒷줄에 다섯 명씩 앉았고, 나머지는 그 다음 줄에 옆으로 나란히 앉았다. 상호가 일번이었고 종태는 그 옆에 앉았다. 각 방에서 고래고래 고함을 지르는 소리가 들려왔는데 그것은 재소자들의 마음속에 자신이 갇혀 있다는 마음의 답답함을 번호를 외칠 때마다 토해내고 있는 거나 마찬가지였다. 특히 제일 마지막에 번호를 외치는 이는 자신의 번호 다음에 덧붙여서 '번호 끄읕!'하고 자신이 그 방에서 마지막 번호라는 것을 표시해야 했는데 그 소리를 또한 야릇하게 내어지르는 재소자도 있었다. 점검은 관구를 맡은 관구교사가 했는데 그 지나가는 속도가 얼마나 빨랐는지 웬만한 사람들은 따라잡지 못할 정도로 빠른 걸음이었음에도 불구하고 자신이 갖고 있는 사방 인원을 점검하고 실제 인원이 하나라도 틀리면 금방 그 자리에 섰다.

"한 명 어디 갔어?"

"뼁끼통에요."

그러면 관구교사는 재소자들의 말을 믿으려 들지 않는다. 꼭 확인을 하고 지나가는 버릇이 있었다.

"어이, 뼁끼통. 손 들어봐."

화장실에서 대변을 보던 재소자가 손을 들고 흔들어야만 그제야 지나가는 것이었다. 그것은 이곳에서 근무하는 교도관들의 하나같은 특징이었다. 다음과 같은 이야기 때문이다.

좀 오래전에 일어난 일이었다. 구치소, 교도소 안에서는 심심하면 폭행사고가 일어난다. 좁은 방 안에서 많은 사람들이 생활하다 보니 짜증이 날 때도 많았고 갇혀 있다는 심리적인 압박감에 의해 내면적으로 항시 언제 폭발할지도 모르는 가운데 단체 생활을 하는 까닭에 그들은 빽하면 싸우는 특징이 있었다. 그만큼 사람들은 속이 좁아져 있고 신경이 곤두서 있기 때문이다. 그들은 낮 동안의 무료함을 달래기 위해 장기나 바둑을 잘 두었는데 장기나 바둑을 두다가 수가 틀리면 주먹질이 오갔고 단 몇 초 만에 갈빗대가 부러지고 이빨이 부러지는 것은 예사였다. 일단 방 안에서 싸움이 일어났다 하면 담당이 달려오는데 그 전에 벌써 게임은 끝나버린 경우가 많았던 것이다. 그리고 안에서만 생활을 하다 보니 운동부족으로 오는 건지 모르지만 쉽게 뼈가 부러지는 것이다. 방 안의 재소자들도 처음에는 그저 흥미롭게 말다툼을 하는 것으로 여유롭게 지켜보면서 오히려 그것을 즐기는 쪽으로 나가다가 그들이 비로소 일어나 말리려고 했을 땐 벌써 원, 투 어퍼컷이 날아가고 난 뒤였다. 우당탕하는 소리를 듣고 담당이 달려와서 사방문을 땄을 땐 한 놈은 이미 뻐드러져 있거나 다른 재소자들에 의해 부축을 받고 있는 것이 그곳의 주먹세계였다.

어느 날 교도소에서 저녁 시간에 장기 때문에 시비가 붙어 주먹으로 한 방 친 것이다. 급소를 맞았던 모양인지 상대방이 쓰러졌고 아무리 흔들어 깨워도 다신 일어나지 않자 방 안의 재소자들은 안절부절 못하고 있었다. 게다가 가격을 한 재소자는 그 방에서 최고 고참으로 소위 말하는 감방장이었으므로 누가 감히 담당을 불러 그러한 사실을 알릴 수도 없었다. 그래서 방 안에서 머리를 맞대고 얻은 결론이 죽은 재소자는 별다른 외상도 없었으므로 밤새 화장실에 처박아두었다가 내일 아침 점검시간에 화장실에서 죽은 것처럼 모두가 입을 맞추기로 했던 것이다. 그래서 이미 죽은 재소자를 화장실에 넣어두고 그들은 잠을 잤다고 한다. 그리고 아침에 기상을 해서 점검을 시작했는데 관구교사는 그 방에서 한 명이 모자라는 것을 알고 방 앞에서 우뚝 멈춰서자 한 재소자가 '지금 뼁끼통에 있습니다아.' 하고 소리를 지르자 그런 줄로만 알고 그냥 넘어가 버렸던 것이었다. 그래서 점심 식사시간 점검에서는 더욱 쉽게 넘어 가버릴 수밖에 없었고 낮엔 아무래도 재판이다, 면회다, 이발 면도다, 의무과에 갔다고 해서 속이기는 너무 쉬웠기 때문에 대충 넘어갔다. 그런데 저녁 식사 후의 점검 때 발각이 되었다. 새로 근무를 나온 관구부장은 좁쌀처럼 잘았는데 화장실에 있다고 말을 하자 처음에는 손을 들어 보라고 지시를 했고 그래도 아무런 응답이 없자 그 다음에는 방 안의 재소자들에게 화장실의 문을 열라고 지시를 했다. 재소자들이 할 수 없이 문을 열었는데 그 안에는 이미 죽은 재소자가 구석에 기대어 있는 것이 눈에 띄었던 것이다. 그래서 그 교도소는 발칵 뒤집혔고 아침에 점검을 하고 집으로 퇴근을 해 있던 관구교사는 급히 불려나와 시말서를 썼고 징계를 받았다는 것이다.

점검을 하던 관구부장이 5방 앞에까지 왔다.

"하나."

"두울……."

"어, 너 종태 아니냐? 언제 왔냐?"

"예, 부장님. 엊저녁에 넘어왔어요. 면목 없습니다.

"어떻게 된 거야?"

"동생들이 일을 저질러서……

"알았어. 점검이 끝나고 나중에 들르지."

번호는 다시 이어졌고 맨 마지막 방인 10방에서 점검을 끝으로 담당의 '쉬어' 하는 소리가 나자 또 방 안에서는 떠들어대기 시작했다.

엊저녁에 새로 들어온 신입의 신고식이 있기 마련이었다. 이곳에서의 규율이란 방마다의 신입식에서부터 시작되는 것이었다고 해도 과언이 아니다. 점검이 끝나자 방 안은 의례 신고식을 받는 자세로써 재소자들이 방을 빙 둘러 앉았고 종태와 상호는 그중에서 담당의 책상 쪽으로 난 창살 밑의 자리에 나란히 앉았다. 자리가 어느 정도 정돈이 된 것같이 느껴지자 먼저 상호가 입을 열었다.

"신고식이랄 것도 없고 먼저 이 분에 대해 간단히 소개를 하겠다. 성함은 차종태 씨고 영등포에서 잔뼈가 굵어 중앙파의 보스이시다. 저번에 내가 말한 적이 있는 신문에 난 영디스코 살인사건 때문에 억울하게 조직폭력으로 들어오셨는데 이제부터 이 방의 모든 권한을 이분에게 넘기겠다. 연배로도 나보다 훨씬 위이시고 사회적으로도 훨씬 위이시기 때문에 그렇게 하는 것이 우리 주먹세계의 도리라고 생각한다. 우리 방은 이제

새로 오신 형님을 맞았으니까 더욱 잘 돌아가리라고 믿는다. 이의가 있는 사람은 지금 사나이답게 속 시원히 말을 해라."

"……."

아무런 말이 없었다. 그건 당연했다. 이때까지 그 방을 다스려온 감방장인 상호가 형님이라고 부르는 사람에게 감히 이의를 제기한다는 것은 도저히 있을 수 없는 일이었다. 그리고 방 안에 있는 재소자들도 자신들이 밑질 게 하나도 없었다. 소위 범털이라는 대통이 들어오면 우선 방 안이 권위가 섰고 다른 방에서 감히 얕잡아보지 못할 뿐만 아니라 방 안에서 일어나는 사소한 문제가 있어도 사방담당이나 관구부장, 심지어는 관구 주임까지도 눈을 감아 주거나 수시로 그 방의 애로사항을 들어 주는 척했을 뿐만 아니라 여러 모로 편리한 점이 많았다.

"그럼, 만장일치로 통과된 것으로 알고…… 우선 새로 오신 형님의 인사말씀을 듣고 환영식을 하겠다. 배식반장은 환영식 준비를 하도록!"

그러자 배식반장은 일어서서 이불장으로 가서 문을 열고 먹을 것을 꺼내왔고 그것은 균등하게 골고루 나누어졌다. 각자의 앞에는 마실 것과 빵과 과자, 사탕 등이 놓여졌고 종태의 입을 쳐다보고 있었다. 종태는 휘이 둘러본 다음 입을 열 모양이었는지 한 사람 한 사람씩 마치 관상을 보듯이 바라보고 있었다. 그러한 모습은 금방 숙달된 것이 아니라 이미 오래전부터 닦아진 보스로서의 자태처럼 보여졌다. 물론 밖에서 수십 명의 조무래기들을 거느리고는 있었지만 그것만 가지고는 부족할는지 모른다. 그것은 오랜 빵깐 생활을 했거나 수시로 빵깐을 들락거린 자만이 취할 수 있는 위엄이기도 했다.

"방금 소개받은 차종태다. 지금부터 내가 하는 말에서 존칭을 생략하겠다. 일부 듣거나 신문을 봐서 미리 알 것이라고 믿고 나의 사건에 대한 얘기는 하지 않겠다. 나도 통산으로 치면 여기 있는 누구보다도 더 많은 세월을 깜빵에서 썩었다면 썩은 놈이다. 이제부터 방 분위기가 화기애애하게 잘 돌아갈 수 있도록 열심히 노력해보길 바란다. 이상."

종태의 인사말이 끝나자 그 방의 전원이 요란한 박수를 치기 시작했고 그때부터 각자는 앞에 놓인 먹을 것을 먹기 시작했다. 징역에서는 먹는 것을 빼고 나면 시체라고 말을 한다. 하루 종일 아침 6시부터 밤 10시 정도까지 좁은 방 안에서 빈둥거리며 지내는 것이었고, 낮에는 그래도 면회라도 오는 사람이 있으면 잠깐 면회를 갖다오는 것이 고작이었다. 물론 운동시간이라고 하루에 30분씩 있었지만 운동을 시키는 교도관은 하루에 정해진 사방의 운동을 빨리 진행시키고 놀 욕심으로 그나마 있는 30분의 운동시간도 제대로 다 주질 않았고 5분 내지 10분 정도는 떼어먹기가 일쑤였다. 운동을 나가느라고 꾸물거리는 시간이 벌써 5분 정도는 지나갔고 운동장에 나가서 겨우 몸 좀 풀려고 허리를 몇 번 돌리고 나면 벌써 교도관은 호루라기를 불며 '운동 끝' 하고 소리를 질러댔다. 아마 운동시간 안에 방으로 들어가는 시간까지 계산해서 미리 5분 전에 호루라기를 부는 것이었다. 그러니 방 안에서 노다지 시간을 죽이는 것으로는 먹는 시간이 제일 좋고, 그 다음이 장기나 바둑을 두는 것, 그 다음으로 시시껄렁한 소설책이나 보는 것이 그래도 나은 편이다.

종태의 인사말이 끝나고 먹을 것을 후딱 먹어치운 그들은 일일이 종태에게 다가와 개인적으로 넙죽 인사를 하는 거였다. 그 인사란 것도 서열이 있어서 서열대로 하는 것이었는데 제일 처음으로 배식반장이 와서 인사를 했고 그 다음 순으로는 청소반장이 와서 인사를 했다. 그리고 그 다음으로는 직책이 없이 이 방 안에 먼저 온 고참 순으로 인사를 하는 것이었다.

방 안에서 제일 막내는 이제 갓 스물을 넘겼음직한 천식이었다. 종태가 인사 받는 것과 끝나는 것이 동시에 이루어지자마자 천식은 이불장에서 담요를 꺼내 그것을 몇 번 접어서 종태가 혼자 누울 수 있을 만하게 만들어 창살이 있는 바로 밑에 깔아주었다.

"형님, 주무십시오."

"어, 그래. 고맙다."

그 자리는 벽 쪽으로 바투 붙여 놓았기 때문에 갑자기 간부들이 순시를 하거나 방 안을 들여다본다 해도 창살이 박힌 벽의 바깥에서는 밑에 누워있는 사람이 전혀 보이지 않기 때문에 마음 놓고 낮잠을 잘 수가 있는 비밀스런 장소였다. 사방문을 열고 목을 들이밀고 보지 않는 한눈에 띌 염려가 없는 자리였다. 더구나 종태는 영등포에서 한 구역을 장악하고 있는 깡패였으므로 사방담당들은 그러한 것을 알고 있으면서도 전혀 모르는 체했다. 그리고 담당들은 수시로 종태를 밖으로 불러내 담당 책상 앞의 난로 곁에 앉혀 놓고 잡담을 하였으므로 다른 방에서도 점점 종태의 주먹을 알아주는 것이 뚜렷해졌다.

신입이 들어오면 1방에서부터 10방까지 있는 혼거방에는 금방 소문이 돌아 버렸다. 맨 마지막에 있는 독방 두 개는 시국사범과 사회물의 사범을 수용하고 있었기 때문에 그들은 그쪽에 대해서는 마치 별개의 인간으로 취급하고 있었다.

그리고 독방에 있는 학생과 전직 의원은 운동을 하더라도 개인적으로 따로 운동을 시켰고 일반 재소자와는 접촉을 못하게 막고 있었다.

종태는 천식이가 깔아준 담요 위에 누웠다. 종태는 한겨울에도 내의를 안 입는 버릇이 있지만 방이 불 한 점도 없는 곳이었으므로 상호가 꺼내준 새 내의인 에어메리를 입었다.

“형님, 오늘 검사가 부르지 않을까요?”

“부르겠지. 눈에 불을 켜고 창호가 있는 곳을 대라고 하겠지.

한 며칠은 나도 고생을 해야 할 거다."

"개새끼들, 나도 저번에 불려나갔다가 구치감에서 달달 떨다가 그냥 들어왔어요. 불렀으면 불러올려서 조사를 할 것이지 일부러 골탕을 먹이는 거예요. 추운 데 한 번 떨어보라구요."

"그것도 일종의 작전이지. 구슬렸다가 엄포를 쳤다가 마치 떡 주무르듯이 하는 거지. 내가 그런다고 불 줄 알아?"

"맞아요, 형님. 형님은 별로 겁날 것 없어요. 판사한테 가서 형량을 깎는 수밖에 없어요, 저엉 안 되면."

"그래, 니 말대로 맘이나 편하게 먹자."

"아마 조금 있으면 출정과에서 부르러 올 겁니다."

종태는 오늘 같은 날은 그저 처박혀 잠이나 잤으면 하는 생각이었다. 밥을 먹고 나니 슬며시 졸음이 왔다. 그러나 좀 있으려니까 복도에서부터 '차 종태' 라고 거푸 불러대는 소리가들렸다. 상호가 벌떡 일어나 '5방!' 하고 소리를 치면서 창살 밖으로 손을 내밀어 흔드는 시늉을 해 보였다. 종태가 슬금슬금 일어나자 덜컹 하고 사방문이 열렸다. 담당이 출정을 알리는 쪽지를 들고 있었다.

"차종태, 검취다."

"알았어요."

"이제 계속 검취를 나가게 생겼다."

"글쎄 말입니다, 모르는 걸 불라고 하니 미치겠습니다. 갔다

오겠습니다.”

사방 입구에서 출정과 직원은 수갑을 채우고 포승으로 묶기 시작했다. 종태는 순순히 손을 앞으로 내밀었고 포승줄을 묶기 좋도록 등을 돌리기도 했다. 종태는 이미 조직폭력이라는 죄명이었기에 단독 시승을 해야 한다는 것을 알고 있었기 때문이다.

종태의 담당 검사는 남부 지검 213호 이복현 검사였다. 검사는 30대 중반의 날카로운 인상의 얼굴이었는데 바싹 마른 체격에 걸맞게 종태를 취조하면서 벌컥벌컥 자주 짜증을 냈다. 나중에는 약이 올랐는지 종태의 종아리를 걷어차려는 듯이 의자에서 벌떡 일어나서 달려 왔지만 종태의 눈도 깜짝 안 하는 모습을 보곤 스스로 자제를 하는 모습을 보여줬다. 그리고 종태는 영등포 바닥에서는 내노라 하는 깡패의 두목이 아니었던가. 검사로서도 함부로 손찌검을 할 수는 없는 노릇이었다. 정 불지 않으면 창호가 진 빚까지 종태에게 뒤집어씌운다는 협박을 하기도 했다.

“아니 검사님, 제가 무슨 죄가 있습니까? 제가 죽이기라도 했습니까? 애들끼리 싸움을 하다가 일어난 일인데 왜 나한테 뒤집어씌우려고 그래요?”

종태는 허연 눈을 뒤집어까며 검사에게 대들었던 것이다.

“그래에? 너 그렇게 딱딱거리는 것을 보니 법정 최고형을 구형하지, 좋아.”

“네, 마음대로 하십시오. 판사님한테 가서 변호사 사서 나갈 겁니다.”

“좋아, 이 자식.”

그러고 나서 그날로 구치소로 넘어온 것이다. 이제 검사가 조사할 수 있는 10일 동안은 거의 매일같이 검취를 받으러 불려 나가야 할 판이었다. 213호 검사가 종태를 더 골탕을 먹이려면 다시 10일을 연장해서 조사할 수는 있다. 매일같이 불러내어서 온종일 검찰청의 구치감에 갇혀 있다가 조사도 하지 않고 그냥 그대로 되돌려 보내는 것을 재소자들은 공쳤다라고 표현을 하고 있었다. 검사는 그렇게 할 수도 있었다.

종태는 수갑을 차고 포승줄에 여러 겹 묶여서 복도로 나갔다. 뒤에는 출정과 직원이 끈을 잡고 따르고 있었고 복도를 따라 조금 가니 검신대가 나왔다. 거기 있는 검신대는 뭐 미국에서 특수 제작한 검신대라나, 몸에 쇠붙이가 있으면 사람이 지나갈 때 저절로 부저가 울리는 그런 식이다. 종태는 그 검신대를 통과했고 이번에는 출정을 나가는 재소자들이 포승줄로 묶이고 검신을 받고 있는 넓은 복도로 나와 그들과 같이 다시 한 번 더 직원들이 일일이 손으로 더듬는 검신을 받았다.

“제기랄, 몇 번이나 검신을 하는 거야.”

종태는 저절로 욕이 튀어나왔다. 구치소에서는 이중 삼중으로 겹겹이 묶고도 그것도 못 미더워서인지 두 번 세 번 검신을 했다. 영등포 구치소에는 지난 81년도에 일어난 재소자 탈주 사건이 있고부터 검신을 철저히 하고 있었다. 종태는 미리 사방에서 검신을 하고 포승에 묶였지만 일반 재소자들은 복도에 나와서 일렬로 죽 늘어서서 팬티를 발목이 있는 데까지 내리고 알몸으로 검신을 받고 있는 것이 보였다. 심지어는 뒤로 돌아서 머리를 앞으로 숙인 상태에서 항문까지 보여야 하는 철저한 검신이었다.

추운 겨울날 이른 아침부터 출정을 나가기 위해 겪는 검신은 재소자들을 쉽게 질리도록 만들었다. 종태는 한쪽에 서서 우리나라만큼 무식하게 원시적으로 검신을 하는 나라는 세계 어디에도 없을 거라고 생각했다. 오돌 오돌 떨며 팬티를 내리고 다시 윗도리를 위로 밀어 올려 가슴을 드러내 보이는 검신이야말로 정말 인권에 관한 모독으로 느껴졌다. 그러나 사람들은 자신의 죗값인 양 생각을 하고 순순히 따라주는 척하는 모양이었다. 그 안에서는 이러한 검신에 응할 수 없다고 반항을 해봐야 어디론가 끌려가 매만 즉사하게 맞거나 꽁꽁 묶여 고생해봐야 자신만 손해일 거라는 판단 때문에 미리 자포자기하는 것인지도 몰랐다.

검신이 끝나고 수갑이 채워지면 다시 줄을 맞추고 쪼그려 앉아 있다가 이름을 부르는 순서대로 세 명씩 포승에 줄줄이 묶이게 되는데 이때는 같은 공범끼리 묶이는 것을 방지하기 위해 공범이 아닌 재소자끼리 세 명씩 한조가 되도록 묶여지는 것이다. 그럴 즈음이면 복도는 온통 북새통이 되고 면회를 가는 행렬, 이발 목욕을 가는 행렬들과 복도에서 서로 뒤엉켜서 야단법석을 떠는 것이었다. 마침 발가벗고 검신을 받고 있을 때에 그런 행렬이 지나가게 되면 절대 그냥 지나가는 법이 없었다. 저희들끼리 키득거리며 남자의 성기를 가지고 온갖 농을 건네는 것이었다.

"야, 저 ××되게 크다. 밥만 먹고 ××만 키웠냐."

"저게 들어가면 찢어지겠다아."

별의별 농을 하고 지나가게 된다. 그런데 이상한 것은 그런 욕은 별로 욕이 되지 않는 모양이었다. 한국의 남성들이 자신의 물건이 크면 클수록 좋아하는 것은 어느 나라보다도 유별나다는 생각이 들었다. 교도소를 자주 들락거리는 놈치고 그것이 작은 놈은 하나도 없었다. 교도소에서 징역을 사는 동안 파라핀을 대신해서 의무과에서 피부병에 바르려고 타온 바세린을 성기의 표피에 주사하여 주먹만하게 만들어 놓았던 것이다. 그렇지 않으면 플라스틱 칫솔을 갈아 만든 굵은 다마나 아령 모양의 것을 표피에 박아넣어 울퉁불퉁하게 만들어 놓은 재소자들이 태반이었다. 재소자들은 바늘과 실만 있으면 포경수술은 누워 떡먹기 정도로 쉽게 했다. 그들은 심심하면 방 안에서 새로 들어온 신입의 포경수술을 하거나 문신을 새겨 넣는 일로,

또는 칫솔을 갈아 여러 가지 모양의 목걸이를 만드는 일에 열중했다.

종태는 호송버스의 지정된 좌석에 앉았다. 출정을 나가는 모든 재소자들은 각기 좌석이 배정되었는데 그것도 공범끼리의 통모를 방지하기 위한 조처였다. 대형 버스 안에는 미리 온 여자 재소자들이 앉아 있었고 그들 옆에는 여자 교도관이 곁에 앉아 있었다. 남자들은 여자들을 전혀 못 보다가 여자를 보게 되자 자연히 입들이 벌어졌고 수군덕거리기 시작했다.

한 여자가 자꾸만 남자 쪽으로 시선을 돌리려 하는 것을 보니 간통인 모양이다. 분명히 남자 공범이 탄 것을 본 모양이었다. 사랑이라는 것은 어쩌면 저렇게도 못 잊어하는 것일까. 이런 곳에서 손에 수갑과 포승에 묶인 채로 서로 눈빛이라도 맞췄으면 하고 바라는 저들의 심정은 지금 어떤 것일까. 종태는 그들을 번갈아 보며 자신은 이때까지 여자에 대한 애틋한 정을 느껴보진 못했지만 이해가 될 것도 같았다. 주먹세계에서는 여자에 대한 정 때문에 나약해지는 것을 절대 금기시했다. 자신은 조직의 보스로서 밑의 애들에게 그러한 나약한 면을 보일 수 없는 일이었다. 간혹 여자 생각이 날 때마다 돈으로 여자를 샀고 하룻밤을 보내고 나면 타인이 되는 그런 거였다. 남녀 간의 정이란 어렸을 때인 고등학교 다닐 때에 조금 느껴본 것 외엔 지금까지 별로 그러한 것을 느끼지 못하고 있었다.

호송차는 앞에 차가 가로막힐 때마다 경광등과 사이렌을 울리며 중앙선을 넘어 반대편 차선으로 뛰어들어 내달렸다. 그것도 호송차라는 쥐꼬리만 한 특혜의식을 누리는 것인지 교통위반을 하면서 달리는 것을 보고 역시 사람들은 조그마한 권력이라도 생기면 그것을 최대한 활용하려고 든다는 것을 느낄 수 있었다. 호송차가 경광등을 번쩍거리며 사이렌을 울리며 반대편 차선으로 달리자 반대편의 일차선을 달려오던 차들이 저만치서 미리 차선을 바꿔 이차선으로 들어가는 모습이 보였다. 동양공전을 지나 안양천 다리를 건너면서 막히는 차들은 조금도 꼼짝을 못하고 있었다. 서울로 들어가는 차들이 구로동으로 들어가는 사거리에서 병목현상이 생기면서 점점 밀리는 모양이었다. 호송차가 '사이렌을 울리며 반대편 차선으로 달려도 사거리에 나와 있는 교통순경들도 속수무책인 모습으로 가만히 보고만 있었다.

차가 문래동 고가다리 밑으로 돌아 남부지청 정문으로 들어서는 중이었다. 이미 남부지청에도 차들이 빽빽이 들어 차 있었고 이제는 어딜 가나 차들로 만원이었다. 그 차들은 대개 재판을 받으러 온 사람들의 차들일 것이고 형사재판을 받는 재소자의 가족들이 몰고 온 차들일 것이다. 호송차는 정문을 통과해 검찰청의 뒤편으로 계속 나아갔다. 거기엔 커다란 철문이 하나 있었고 철문을 여는 사람은 역시 경비교도대원이었다.

차가 좁은 마당에 멎자 앞문이 열렸고 줄줄이 엮인 재소자들이 내리기 시작했다. 교도관 한 명이 내리는 재소자들의 머리수를 헤아리는 것이었고, 내린 재소자들은 다시 구치감이 있는 건물로 들어갔는데 거기엔 복도가 있었고 복도를 끼고 다시 감방이 있었다. 재소자들은 재판을 받거나 검사조사를 받으러 나가기 위해 그곳 구치감에서 하루종일 대기하는 것이다.

복도에 들어서니 퀴퀴한 곰팡이 냄새가 코에 먼저 들어왔고 지린내가 진동하는 것이었다. 분명히 방마다 화장실이 있었지만 똥냄새, 오줌냄새가 유난히 지독한 이유를 알 수 없었다. 일단 포승을 푼 재소자들은 담당 교도관이 지정하는 대로 각 방에 들어갔는데 수갑은 풀어주지 않았다. 거기서도 도주할 것을 우려해서 수갑만은 풀지 않는 거였다. 점심을 먹을 때는 잠시 풀어주었지만 화장실에 갈 때가 제일 곤란했다. 바지끈을 풀고 바지를 내리는 것이 무척 불편했고 뒤를 닦을 때가 가장 곤혹스러웠다. 사람의 자유를 구속하는 수갑 하나가 얼마나 크게 자유를 박탈하는지 모른다.

방 안의 재소자들이 하나 둘 검사에게 불려나가 조사를 받고 돌아왔다.

종태는 점심을 먹고 나서 한참 후에야 호출이 내려졌다.

"차종태! 나와!"

다시 양손과 팔뚝과 허리를 묶는 포승을 하고 직원이 뒤에서 고리끈을 잡고서 213호로 올라갔다. 검찰청사의 복도에는 어느 텔레비전 방송국에서 나왔는지 한 사람이 종태 쪽으로 환하게 비치도록 라이트를 번쩍 들고 있었고, 또 한 사내는 방송용 카메라를 메고 종태가 오는 것을 찍어대고 있었다. 종태는 얼굴을 가리지 않고 단지 재빠르게 걸어 검사실로 들어갔다. 이복현 검사가 앉아 있다가 손가락으로 앞쪽의 의자를 지시하는 시늉을 했기 때문에 그대로 의자에 앉았다. 종태가 앉자마자 복도에 있던 카메라가 다시 검사실로 들어와 종태를 찍기 시작했고 종태는 벌떡 일어나 카메라맨에게 달려들 포즈를 취했으나 이미 교도관이 허리 뒤의 포승줄을 잡고 눌러앉히는 통에 그대로 주저앉고 말았다.

"뭐하는 거요?"

"아, 별거 아냐. 요즘 폭력배 소탕에 대한 뉴스거리 촬영이니까."

"아니, 검사님. 이렇게 함부로 찍는 법도 있습니까?"

"뉴스 자료를 제공한다고 생각하면 돼."

"……."

종태는 더 이상 입을 열지 않았다. 주먹을 불끈 쥐고 검사를 노려보았다. 이미 카메라맨들은 몇 컷을 찍고는 도망치듯 밖으로 나가버린 지 오래였다.

검사는 책상 위의 조서만 뒤적거리며 딴전을 피우고 있었다.

종태는 이미 검사가 알고 있으면서도 딴전을 피우는 것이라고 생각하고 자신을 볼 때까지 계속 노려보고 있었다. 검사는 좀처럼 얼굴을 들지 않았다. 종태는 끝내 분을 이기지 못하고 한숨을 쉬며 천장을 올려다보았다. 이제 텔레비전 뉴스에 나가게 되면 전국에 있는 모든 사람들이 보게 될 것이고 자신을 아는 친구들이나 친척들도 자신이 갇혀 있다는 사실을 알게 될 것이다. 그것이 억울하고 분했다. 징역을 한두 해 산다고 해봐야 몇 번 똥 누고 양치질하고 세수를 하고 나면 후딱 지나가 버렸다. 그래서 나가서 만나는 사람들이 혹시 어디 갔었느냐고 물으면 해외에 좀 나가 있었다고 대답을 하거나 지방에 일이 있어서 좀 내려갔다가 올라왔다고 하면 대개 사람들은 그 말을 믿었다. 그런데 이제 뉴스에 나가게 되면 영락없이 세상에 알려지고 말 것이 분명했다. 그것도 요즘 한창 떠들썩한 조직폭력배의 대부인 양 부풀려서 떠들어댈 것은 눈에 보지 않아도 훤하게 보이는 듯했다.

검사는 이제 의자를 뒤로 돌려 창문턱에 발을 올려놓고 무언가를 보고 있었다. 한참을 기다려도 검사는 종태에게 아무런 말이 없었다.

"불렀으면 조사를 하시죠?"

"불어."

검사는 꼼짝도 하지 않았다. 뒤로 앉은 그 자세 그대로였다.

"뭘 불라는 겁니까?"

"몰라서 물어? 나하고 지금 장난을 치자는 거야?"

"난 모릅니다. 걔들이 도망을 가면서 어디로 간다고 말하고 가겠습니까?"

"그럼?…… 네가 보스 아냐?"

"……."

"이 자식아……."

"자꾸 이 자식, 이 자식 하지 마십쇼. 내가 징역에서 영원히 살 사람이 아닙니다."

"이 자식 보게? 겁도 없구먼."

"죽이든지 살리든지 마음대로 하십쇼. 전 모르니까요."

"알았어, 들어가 봐. 내일 다시 나와."

"……."

종태는 검사를 노려보았다. 그러나 검사의 뒤통수뿐이었다. 검사의 옆에 앉은 계장이 그런 종태를 보더니 한 마디 거들었다.

"어, 이 자식. 정말로 막돼먹은 놈이군."

"……."

종태는 화가 났지만 더 이상 질질 끌다간 별로 좋을 것 같지는 않았다. 교도관이 종태의 옆구리의 포승줄을 잡아 일으켰으므로 할 수 없이 일어났다. 종태는 검사를 향해 침이라도 뱉아 주고 싶었지만 차마 그렇게 하지는 못했다.

종태는 저녁 늦게서야 다른 재소자들의 마지막 재판이 끝나고서 같이 호송차로 구치소로 돌아왔다. 구치소로 돌아오니 벌써 저녁 식사 시간은 이미 지난 지 오래였고 조금 있으면 취침 시간이 될 것이었다. 사방으로 들어서자 담당이 반가운 듯이 물었다.

"검취는 잘 받았나?"

"검사하고 싸우기만 했습니다."

"왜?"

"자꾸 약만 올리잖아요. 바깥 같으면 한 방에 날려 버리는 건데 나 참, 분하고 원통해서……."

종태는 갑갑했던 수갑을 풀고 나니 그렇게 자유스러울 수가 없었다. 손목을 터는 흉내를 지으며 웃었다.

"그럼 내일 또 나가는 거야?"

"예, 아마 즉사하게 불러댈 것 같습니다."

종태가 방으로 들어가자 먼저 상호가 반기면서 허리를 깊이 숙여 '수고하셨습니다' 하고 인사를 했고 방 안의 식구들도 정중히 인사를 했다.

"형님, 밥이 식어뿌렀는데 담당한테 따뜻한 물 좀 달라고 해서 컵라면에 말아 먹으시지요?"

"……알았다."

상호가 담당을 불렀다.

"부장님, 형님이 식사를 못했는데 난로에 있는 물 좀 주쇼, 컵라면이라도 먹어야 쓰것소."

담당은 난로 위에 올려진 주전자에서 따뜻한 물을 사방으로 부어주었다. 방 안에는 이럴 경우를 대비해서 항상 컵라면이 준비되어 있었고, 담당에게 수발할 과자며, 빵이며, 과일들이 수북이 쌓여 있었다.

5방은 소위 말하는 먹을 것이 많은 범털방이었다. 옷장만 열면 간장, 된장, 고추장, 참기름, 미원 등의 조미료와 노가리, 오징어, 깻잎조림, 마늘장아찌 통조림, 쥐포 말린 것 등의 반찬 종류와 과자, 빵, 음료수, 과일 등이 가득 쌓여 있었다. 그래서 저녁시간이 되면 미리 식구통에 고급으로 해서 담당이 야간 근무를 하면서 먹을 음식을 넣어두었는데 그것을 담당수발이라고 했다. 대개 그러한 역할은 그 사동에서 잘 나가는 방에서 스스로 알아서 하고 있었다. 거기에는 또 의약품도 있었는데 몸에 좋다는 비나폴로나 아로나민, 우루사 같은 영양제도 꼭 챙겨서 넣었다. 그러면 그것들은 아침이면 다 없어졌는데 사방에서 근무를 하는 담당이 먹거나 교대 근무를 하는 직원이 꺼내서 먹는 거였다. 그것은 교도소 내에서 있는 재소자와 담당간의 의례적인 인사에 불과한 것이다. 담당들마다 좋아하는 음식이 있다. 그러한 것은 전부 배식반장이 맡아서 하고 있었고 방 안의 재소자들도 거기에 대해선 아무런 불만을 드러내진 않고 있었다.

취침시간 전의 사방은 하루 중에 가장 시끄러운 시간대였다. 저녁시간이 되면 재판을 받으러 밖에 나갔던 재소자들도 돌아왔고 일절 유동 인원이 없어서 전 식구가 모여서 떠들거나 씨름을 하거나 장난을 치며 노는 시간이었으므로 귀가 따가울 정도였다. 간혹 몰래 씨름을 하다가 순시를 도는 간부들에게 발각이 되는 수도 있었지만 요즘은 교도소도 물렁해져서 그리 심하게 억압을 하지 않은 까닭에 그저 말로써 야단만 치고 넘어가는 수가 많았다. 그러다가 넘어져 뼈가 부러지는 재소자도 있었는데 그러한 사고가 나면 일단 그 당시에 사방을 책임지고 있던 담당이 시말서를 썼고 책임이 물어졌던 것이다. 그리고 재소자들끼리 서로 합의가 되어야 했다. 만일 합의가 원만히 되지 않으면 한쪽에서 폭행으로 고소를 하겠다고 하면 추가로 고소가 되기 때문에 구치소 측에서는 골머리가 아프기 때문에 내부적으로 타협이 되도록 노력했다. 주임되는 간부가 나서서 가해자의 가족을 불러 사건내용을 이야기한 후에 피해자에게 얼마의 영치금을 넣어주는 것으로 일단락을 짓지만 가해자가 아무 연고도 없는 재소자라면 관규에 의해 처벌하는 수밖에 없었다. 그것은 재소자 징벌 위원회에서 정해진 대로 독방에서 수갑을 찬 채로 30일 정도의 근신을 받는 것이 보통이었다.

"형님, 오늘 어떻게 됐습니까?"

"개새끼들, 텔레비전 방송국에서 나와 카메라로 마구 찍어대잖아. 묶이지만 않았더라면 한 방에 날려 버리는 건데 환장하겠더라구. 검사 새끼는 일부러 나를 부른 거야. 사진이나 찍구 하루종일 구치감에 처박아 둘려구."

"그럼 아마 9시 뉴스에 나갔을 게 분명한데요."

"……."

종태는 가만히 누워 있었다. 아마 그럴 것이다. 저녁 9시뿐 아니라 10시, 11시 뉴스에도 나갔을 것이고, 마감뉴스 시간에도 퍼런 포승줄에 묶여 있는 모습이 나갔을 것이 분명했다. 검사는 당당한 모습이었고 그 앞에서 초라하게 묶여있는 모습을 보고 자신을 아는 사람들이 어떻게 생각했을까 생각을 하자 온몸의 핏줄이 한꺼번에 터져버릴 것만 같았고 얼굴로 핏줄이 몰리는 것 같았다. 종태는 지그시 눈을 감았다. 정말 바깥이라면 지금이라도 복수를 하고 싶은 마음뿐이었다. 바깥에서라면 쥐도 새도 모르게 감쪽같이 어떻게 해볼 수도 있었다. 그러나 종태는 지금 갇혀 있는 상태였고 그나마 동생들은 창호까지 없는 상태에서 우왕좌왕하지나 않을지 은근히 염려가 되었다. 창호라도 이번 사건에 연루만 되지 않았더라면 창호에게 넌지시 지시를 해서 검사를 골탕먹일 수도 있었으리라. 종태는 분을 못 이겨 눈을 감고 있었다. 어느 틈에 상호가 지시를 내렸는지 막내 천식이가 달라붙어 종태의 다리며 팔을 주무르고 있었다.

03

여자 죽이기

종태는 깜박 잠이 들었던지 잠결에 방 안의 떠드는 소리를 들었다.

"야, 천식이. 첫사랑에 대해 이야기를 해봐라."

배식반장이 그렇게 주문을 하자 천식은 수도 없이 했던 이야기를 다시 털어 놓아야 했다.

"형님들은 다 들었잖아요?"

"임마, 그것 말고 또 있잖아? 좀 더 섹시한 것 하나 해라. 시간 죽이는 데는 그래도 그게 최고 아니냐."

"알았어요. 제가 고등학교 1학년 때였어요. 우리 집은 방이 많아서 세를 주고 있었는데 내가 쓰는 방 옆에 어떤 여자가 들어 왔어요……."

"야, 몇 살쯤 되는가가 중요해. 그것도 이야기를 해야지."

청소반장을 맡고 있는 귀현이가 빽 소리를 질렀다.

"예, 한 스물 서넛쯤 되는 여자였는데 아마 낮에는 집에 있다가 밤에만 나가는 것으로 봐선 술집에 나가는 여자 같았어요. 그런데 내 방에는 창문이 두 개가 있었지만 창문 하나는 그 아가씨의 방과 바로 연결이 되어 있어서 미리 세를 주기 전에 어머니가 문종이로 발라서 저쪽의 방이 안 보이게 해 두었는데 나는 공부를 하다가 자꾸만 저쪽에 세든 아가씨가 궁금해서 견딜 수가 없었어요. 그래서……."

"그래서? 뭐야? 빨랑 얘기해. 조금 있으면 취침이야."

색을 무지하게 밝히는 형택이가 재촉을 했다. 그러자 다른 사람이 말을 받았다.

"앗따, 무지하게 밝히네. 워디 오늘만 날이랑가. 취침을 하면 또 어때? 밤새도록 얘기를 하면 안 되나?"

천식은 그들을 바라보다가 다시 말을 이어나갔다.

"그래서 의자 위에 올라가 종이를 조금 뚫고 건넛방을 들여다보았더니 오후인데도 발가벗고 잠을 자는 거예요. 이불이 있긴 있었는데 이불을 걷어차고 두 다리를 쫘악 벌리고 자는 폼을 보고나니 가슴이 쿵쾅거리고 미치겠더라고요……."

천식은 가만히 사람들을 둘러보았다. 전부가 천식이 자신을 중심으로 둘러앉아 그의 말에 귀를 기울이고 있는 것이 천진난

만한 어린애들 같았다. 단지 천식이가 하는 말에 나름대로의 해석을 하느라 골몰한 인상들을 하고 있었다.

"저는 계속 들여다보고 있었지요. 날씨가 더웠으니까 그런다고 치더라도 팬티까지 벗고 자는 것은 첨 봤어요. 그러더니 오후 5시쯤 되니까 일어나더라구요. 그러더니 부엌으로 나가 샤워를 하는지 물소리가 들렸고 한참 후에 다시 방으로 들어와서는 수건으로 온몸을 닦더니 화장을 하기 시작했어요. 여자가 맨몸으로 앉아서 얼굴에 화장을 하는 것을 보니 고 1이었지만 얼마나 긴장이 되었던지 침을 삼키는 소리가 마치 대포소리보다도 더 크게 들렸어요. 나는 매일 오후만 되면 방문을 닫아걸고는 의자 위에 올라가서 그 방을 훔쳐보기 시작했어요. 그런데 하루는 그 여자가 자위를 하는 모습을 봤거든요. 얼마나 우스웠는지 몰라요. 마악 웃음이 터질려는 것을 억지로 참았어요……."

방 안의 사람들은 모두 빙그레 웃는 얼굴들이었다. 슬그머니 얼굴이 상기된 것이 모두가 아랫도리에 힘이 들어간 것 같았다. 종태는 그저 누워서 잠자코 듣고만 있었다. 다른 방에서도 오늘은 이상하게 도란도란 이야기만 하고 앉았는지 조용했다. 가끔 감시대에서 근무 교대를 하는지 저희들끼리 복창을 하며 떠드는 소리만 들려왔다.

"그 여자는 아마 잠을 잘 때에는 옷을 벗고 자는 게 습관인가 봐요. 그러다 어느 날 내가 의자에서 움찔하면서 그만 벽을 탁 하고 쳤는데 그 여자가 깜짝 놀라는 거예요. 창문이 있는 쪽으로 노려보더군요. 그리고 일어나더니 창문이 있는 쪽으로 걸어오더니 빤히 쳐다보는 거예요. 저는 내려가지도 못하고 엉거주춤하게 서 있었는데 그 아가씨는 종이에 구멍이 난 것을 봤을게 분명했어요. 그러더니 손가락을 까딱거리면서 오라는 표시를 하는 거잖아요. 저는 이크, 들켰구나 하고 얼굴이 홍당무가 되었는데 정말 난처하더라구요. 괜히 구경을 하다가 들켜서 잘못하면 어머니에게 고자질이라도 하는 날엔 끔찍한 생각이 다 들더라구요. 그래서 사과라도 해야 어머니에게 고자질을 안 할 것 같아서 옆 방으로 갔죠. 마침 집에는 어머니도 외출을 하셨고 텅 비어 있었던 거예요. 내 방을 나와서 그 아가씨가 있는 방문 앞에 가서 한참을 망설였어요. 진짜 말이 제대로 나오질 않더라구요. 그래서 머뭇거리고만 있는데 안에서 '누구야?' 하는 소리가 나서 저는 '저어, 저예요' 하고 대답을 했더니 들어오라고 말을 했어요. 그래서 신발을 벗고 방 안으로 들어갔더니 이불을 덮고 반듯하게 누워 있더군요. 그래서 저는 그 옆으로 가서 잘 못했노라고 사과를 하려고 무릎을 꿇었어요. 그리고 고개를 푹 숙였지요. 그랬더니 뭐라는 줄 아세요? 그 아가씨는 싱긋 웃더니 '괜찮아, 누나가 옷 벗은 걸 다 봤니?' 하고 묻는 거였어요. 나는 모기소리만하게 '예' 하고 대답을 했어요. 그랬더니 그 아가씨는 이불을 들추면서 들어오라는 거지 뭐예요. 이불을 들추는데 보니깐 아직까지도 옷을 벗고 있는 게 다 보였어요. 나는 망설이다가 끝내 이불 안으로 들어갔는데 그 아가씨가 팔베개를 해서 내 머리를 자신의 팔 위에 올려놓더니만 한손으로 내 아랫도리를 더듬는 거예요. 나는 그것을 안 세우려고 안간힘을 쓰면서 딴 생각을 했지만 그게 내 마음대로 되지는 않았어요. 나중에는 그녀의 손이 바지 속으로 들어오더니 만지기 시작했어요. 나는 얼굴이 벌겋게 달아올라 꼼짝도 못하고 가만히 누워만 있었어요. 그러고나선 그녀가 내 혁대를 끄르고 밑으로 잡아당겼는데 옷이 벗겨지자 그녀는 이제 마음대로 주무르기 시작했고 나는 도저히 참을 수가 없었지요. 내가 인상을 마구 찡그려대니까 그 아가씨는 너무 우습다는 표정이었어요. 그것은 얼마나 잔인한 고문이었는지 몰라요. 나는 그저 시키는 대로 하면 혹시라도 어머니에게 고자질하는 것을 막을 수 있지 않을까 하는 마음에서 그저 가만히 누워 있었던 거예요. 그런데 그녀는 나를 이불 밑으로 끌어당겼어요. 이불 속이라지만 여름이라 얇은 이불이었으므로 알몸으로 누워 있는 것이 다 보였죠. 내가 가만히 있자 그녀는 다시 나의 머리를 잡고 그곳에다 얼굴이 닿도록 눌렀지요. 그녀가 흥분하면서 내어지르는 소리가 들렸어요. 그러다가 그녀와 나는 한 몸이 된 거예요. 그리고 나는 그녀가 부르기만을 기다렸고 한여름 동안

내내 그렇게 지냈지요. 그녀가 이사를 가고 나서도 한참동안은 내가 그 집을 찾아 갔었으니까요. 이게 이야기의 끝입니다."

방 안의 재소자들은 참았던 숨을 길게 내어뿜으며 그제서야 굳어졌던 얼굴을 폈다. 방 안의 재소자들이 짓는 표정은 가지각색이었다. 한참동안이나 심각하게 얼굴을 일그러뜨린 사람이 있는가 하면 아쉬운 듯 서운한 표정을 짓는 사람도 있었다.

"야, 너 그 여자 어디 술집에 나가는지 한 번 가르쳐 줘라."

"왜? 나가면 찾아가려구?"

"한 번 찾아가서 조질려구 그런다 왜?"

"앗따, 지금 천식이가 몇 살이가? 고 1때니까 벌써 그 여자는 할망구야, 할망구!"

와하하, 방 안이 갑자기 웃음바다가 되고 말았다. 종태도 천식을 보며 빙긋이 웃어주었다. 그러자 천식은 부끄러운 듯 뒤통수를 긁적이고 있었다. 하루의 일과가 끝나가는 이 시간은 그래도 집 걱정, 마누라 걱정, 바깥 걱정을 잊어버리는 순간인지 모른다. 징역에서 이런 재미라도 없다면 그들은 아마 매일같이 탈옥할 궁리만 하고 있었을지도 모른다.

취침 시간을 알리는 나팔소리가 들려왔다.

방마다 달려 있는 스피커를 통해서 취침을 알리는 소리가 들려왔고 복도에서 담당이 취침을 재확인하는 구령소리가 들렸다.

"각방 취침!"

그 구령소리가 떨어지자마자 방마다 우당탕 하고 창문을 여는 소리, 옷장에 뛰어올라가 이불을 내리는 소리, 빗자루로 방을 쓰느라 쿵쿵거리는 발뒤꿈치의 소리들이 일대 혼잡을 이루었다. 담당은 각 방에서 나오는 먼지를 피하느라 복도의 창문을 전부 열었고 그것도 모자라 아예 밖으로 나가 있는 경우가 많았다. 아니면 세면장으로 들어가 미리 잠자리에 들 준비를 할 양으로 세수를 하거나 양치질을 하는 거였다.

그때 갑자기 옆 방에서 우당탕거리는 소리가 났다.

"담당님, 담당님!"

아주 긴급하게 담당을 부르는 소리가 났고 세면장에 들어 있던 담당이 입에 치약거품을 물고 뛰어오는 것이 보였다. 옆 방에서는 계속 우당탕거리는 소리가 계속 들려오고 있는 걸로 봐서 분명히 싸움이 일어난 것 같았다.

"뭐야?"

담당은 입으로 소리를 지르면서 창살 너머로 안의 광경을 지켜보는 모양이었다.

"그만둬! 그만두지 못해!"

어떻게 손을 써야 할지를 모르는 담당은 밖에서 고함만 지르고 있었다. 지금 이 시간쯤이면 담당이 갖고 있던 사방키는 모두 보안과로 회수했다가 다음날 아침 점검을 마치면서 다시 사방키는 담당의 손에 쥐어졌기 때문에 문을 따고 싸움을 말리려고 해도 속수무책이었다. 싸움은 쉽게 멈추지 않을 모양이다. 담당이 출입구 쪽으로 달려가는 것이 보였고 이내 인터폰을 하는 소리가 여기까지 들려왔다.

“2동 하인데요. 관구부장 좀 빨리 보내주세요. 지금 싸움이 일어났습니다. 빨리요!”

담당은 복도에 서서 싸움을 지켜보고 있었다. 종태는 일어나 옆 방에서 들려오는 소리를 듣고 서 있었다. 방 안의 사람들이 말리는 소리가 들렸지만 싸움을 말리는 데에는 역부족인 모양이었다. 뭔가 둘러엎듯이 우당탕거리는 소리는 유난히 크게 들렸는데 바닥이 마루여서 조금만 뛰어도 크게 들려왔다. 이윽고 출입구의 철문이 덜컹 하고 닫히는 소리가 났고 관구부장이 나타났다.

“뭐야? 이 새끼들이…… 나와!”

관구부장이 사방문을 따는 소리가 났고 구둣발로 뛰어드는지 쿵쾅거리는 소리가 크게 들렸다. 그제서야 겨우 싸움이 멈추는 모양이었다. 관구부장의 양손에 멱살을 잡힌 두 명의 재소자가 씩씩거리며 복도로 끌려나오고 있었는데 벌써 양쪽 입언저리를 비롯해서 코에 피가 범벅이 되어 있었다. 복도 밖으로까지 끌려나와서도 둘은 서로 삿대질을 해대며 틈만 나면 싸워볼 양으로 으르렁거리는 것이었다. 각 방에서는 구경거리라도 생긴 양 창살을 통해 밖을 내다보느라 또한 아우성이었다.

"뭘 보는 거야, 빨리 취침해."

관구부장이 소리를 질렀지만 방 안의 재소자들은 들은 척도 하지 않았다. 단지 코피가 흐르는 것을 좋은 구경거리로 삼아 한 마디라도 거들려고 애를 쓰는 거였다.

"거 자식들, 비싼 밥 먹고 싸움은 무슨 싸움이냐?"

"둘 다 뒈질 때까지 한 번 붙지?"

"그래서 뒈지겠냐?"

아무래도 입이 근질근질한 놈들이있다. 지마다 끌려나가는 놈들에게 한 마디씩 해야 직성이 풀리는 모양이었다. 사방에서는 가끔 그러한 싸움이 심심찮게 일어났고 그러한 싸움은 꼭 저녁시간에 많이 일어났다. 그리고 저녁시간 중에서도 저녁식사를 마치고 난 뒤인 취침 전후의 시간이 가장 싸움이 일어나기 쉬운 시간대였다.

상호는 종태의 자리를 보살피며,

"형님, 옆 방에는 빵장이 시원찮은 모양이에요. 뻑하면 옆 방에서 싸움이 일어납디다."

"먹을 게 많이 없어도 싸움이 일어나지."

"아니, 왜요?"

상호는 종태의 말에 의아해했다.

"사방을 가만히 관찰해 보면 꼭 먹을 게 없어서 배고픈 방이

싸움을 자주 하게 돼. 그 이유는 간단해. 우리들은 하루종일 방안에만 갇혀 있잖냐. 낮에는 그래도 장기를 두거나 책을 빌려 보면서 그런대로 시간을 때우지만 저녁을 먹고 나면 별로 할 일이 없어지고 마는 거야. 순전히 입으로 노가리를 까야 하는데 그 노가리도 지겨워지거든 그때쯤이면 오후 4시경에 먹은 저녁도 소화가 다 되었고 뱃속이 출출하게 되지. 심리적으로 공허해지면 그게 울화로 은근히 발전하는 거야. 그래서 조그만 트집거리라도 생기면 참지 못하고 폭발하고 마는 거지. 반대로 먹을 것이 많은 방은 실컷 놀다가 그것도 심심해지면 어느 한 사람이 옷장 속에 들어 있는 먹을 것을 생각해 내게 돼. 그러면 그 친구는 뭘 좀 먹자라는 건의를 하지. 그 의견은 만장일치로 합의가 되고 즉각 실행에 옮겨지거든. 사람들은 무엇을 먹을 때는 모든 잡념을 잊어버리게 되지. 그리고 자기도 모르게 쌓였던 스트레스도 먹는 동안에, 상대방이 즐겁게 먹는 것을 보면서, 또 떠들면서 그 과정에서 자신에게 쌓였던 스트레스가 말끔히 사라지고 마는 거야. 내가 징역을 살면서 터득한 것은 그래."

상호는 종태가 하는 말을 들으면서 점점 입이 벌어지고 있다가 종태의 말이 끝났음에도 불구하고 감탄에서 못 헤어난 사람처럼 그저 멍하니 앉아 있었다.

"이야, 형님 굉장하시네요. 언제 그렇게 징역살이에 대해 그런 연구를 하셨습니까요?"

"바깥에서도 마찬가지야. 못 사는 사람들일수록 더 정이 많고 아기자기한 친밀감이 있을 것 같지? 절대적으로 그렇지는 않아. 원래는 가난할수록 더 인정이 있어야 하는 법인데 실제로는 가난하면 할수록 그 집안은 싸움이 잦은 걸 볼 수 있어. 돈 때문에 싸우는 집안이 많아. 그러나 옛날에 돈이 없어 쩔쩔매던 사람도 돈이 풍족하면 인심이 후해질 수 있어. 가는 곳마다 선심을 쓰며 인간행세를 할 수 있는 거야. 다 그런 건 아니지만 그럴 수도 있다는 걸 나는 많이 겪었어. 그런데 지지리도 못난 놈은 돈이 갑자기 생기면 더 구두쇠가 되고 악랄해지는 놈도 있어. 우리 주먹세계에서는 그런 놈은 암적인 존재야."

"형님, 보기보다 많은 걸 알고 계시네요."

"하하, 네가 날 지금 깔보냐?"

"아닙니다, 형님. 제가 감히……."

"너도 우리 세계에서 크려면 먼저 인간이 돼야 돼. 인간이 못돼 먹은 놈은 언젠가는 배신을 하지. 그것도 하찮은 이익 때문에 등을 돌리는 놈이 많아. 우선 첫째로 인간이 돼야 하고 그 다음으로 의협심이 강해야 돼. 그리고 신세를 지면 꼭 갚을 줄 아는 정신이 깊이 박혀 있어야 돼. 난 사람을 볼 때 우선 그 세 가지를 보지."

"……."

상호는 이제 아무런 대꾸를 않고 있었다. 종태 형님이 하는 말은 다 맞는 말씀이라는 것처럼 보여졌다. 상호는 반듯이 누워 천장을 보며 말을 하고 있는 종태의 얼굴을 흘끗 쳐다보았다. 나이 열여섯살 때부터 술집의 웨이터부터 시작해 주먹세계에서 탄탄히 자리를 잡은 그는 별로 배운 게 없는 무식에 가까운 사람이었지만 나름대로의 인생철학을 갖고 있는 것처럼 보여졌다. 말을 하지 않을 땐 굳게 다문 입술이 단호하게 보였고 얼굴 전체에서 흐르는, 쉽게 범접할 수 없는 어떠한 표정이 서려 있다고 생각했다. 종태가 저번에 이태원으로 술을 마시러 왔을 때, 상호는 처음 봤지만 그러한 것을 느낄 수 있었다. 그리고 주위의 형들에게 들은 바로도 그러한 추측은 맞아떨어졌다.

종태라는 사람은 조직관리에 철두철미해서 만일 자기 부하가 어려운 일에 처하면 절대 그냥 넘어가지 않는다는 신조 같은 것이 있는 사람이었다. 그래서 다른 조직에서도 차종태만큼은 섣불리 얕보지를 않았다. 그런 점에서 본다면 영디스코에서의 사건은 정말 이해가 안 가는 부분이 있으나 어디까지나 보스인 종태의 의사에 따라 저질러진 일이 아니었고, 밑에서 먼저 일을 저지르고 사후에 종태가 알게 된 사건이었다. 그리고 그 사건의 총 지휘는 창호가 했으며 지금 창호는 지명수배를 받고 있는 것으로 알고 있다. 창호란 자는 종태의 둘도 없는 심복이었다. 종태가 그만큼 믿고 신임하는 창호가 살인을 저질렀으니 말은 안 해도 종태의 심정이야 아프지 않을 턱이 없다.

이미 조직은 와해된 것이나 다름이 없을 것이다.

보스가 구치소에 들어와 있고 실권을 행사하던 창호는 도피를 다니는 신세가 아니던가. 물론 밖에 남아 있는 조무래기들이 있었지만 종태가 형량을 얼마나 받느냐에 따라 다른 조직이 그 구역을 넘볼 수도 있는 것이다. 그러나 당분간은 밖에 있는 부하들이 기존에 맡고 있는 업소에서 매달 정기적으로 상납받는 돈도 있고 나름대로 물건을 납품하면서 벌어들이는 돈도 만만치는 않아서 쉽게 흔들리지는 않으리라. 그러나 만일 종태가 최고 무기형까지로 되어 있는 범죄단체 조직이라는 명목으로 형량을 많이 받는다면 필시 와해가 되거나 다른 조직에 흡수되는 것은 뻔한 이치였다. 이제 남은 인원 중에서 힘을 쓸 만한 인물이 없다는 것이다. 어느 조직이든 조직의 구심점이 되는 든든한 보스가 있어야 하고 그 바로 밑의 오른팔 격인 충실한 부하가 어느 정도 주먹세계에서 힘을 쓰는 주먹이 있어야 그 조직은 뼈대와 살이 붙게 되어 있다. 종태의 조직으로서는 이미 크나큰 실수를 저지른 것이나 다름이 없었다.

밖은 밤바람이 세찬지 비닐로 된 창문이 펄럭거렸고 나무와 나무가 부딪치는 소리로 덜커덕거렸다. 내일은 영하 10도까지 내려간다는 방송이 있었다. 창문 틈으로 새어든 바람이 천장에서부터 찬 기운이 내려오는 것 같았다. 그러나 다른 방에서도 쉽게 잠이 들지 못하는지 두런거리는 소리가 들려왔다.

종태는 지그시 눈을 감고 있었지만 아직은 잠이 든 것 같지는 않았다.

"누구 재미있는 얘기 없나, 씨팔."

청소반장이 먼저 갑갑함을 이기지 못하고 불만을 터뜨렸다. 전부 다 잠이 안 오는지 천장을 향해 눈만 멀뚱거리고 있었다.

"야, 지금쯤 여사에서도 여자들이 이불 속에 들어가서 우리처럼 심심하다고 말을 할까?"

완전히 엉뚱한 화제가 튀어나왔다.

"그야, 뭐 걔들도 다 같은 인간들이니까 남자들 그거에 대해 이야기를 안 하겠어? 아마 남자들보다 더할지도 몰라. 이런 말 있잖아. 여사 위로 비행기가 지나가면 운동을 나왔던 가시내들이 뭐라는 줄 알어?"

"……."

"에이 씨팔, 저 비행기에서 그거나 한 가마니 떨어져라아, 그런 다잖어. 얼마나 그리웠으면 한 가마니나 떨어뜨려주기를 고대했겠어? 오히려 남자들보다 더 색을 밝히는 게 여자들이라구."

"맞아, 아는 형이 영선에서 출역을 하고 있는데 여사의 문짝이 고장이 났다는 인터폰이 와서 여사 쪽으로 작업을 나가게 되었는데 여사에서는 남자들이 작업을 나오면 사방마다 모포로 창살을 가린다는구만. 괜히 여자들이 남자들을 보면 색이 동할까봐 여자 담당이 그렇게 지시를 한다는데 막상 그 사방에 작업을 나가보면 여자들이 더 설친다는 거야. 용접을 하려고 배전판에다 선을 뻐라치를 시키고 작업을 하다 보면 살그머니 모포를 들치고 과자랑 먹을 것을 내민다는 거야. 그리고 말로 뭐라는 줄 알아? '아저씨, 살살 잘 좀 해주세요, 네?' 한다는 거야. 그 말이 하도 우스워서 죽겠다는 거였어."

"일부러 의미 있는 말을 하는군."

누군가 맞장구를 쳤다. 그러자 말을 꺼낸 재소자는 더욱 신나서 계속 말을 이어갔다.

"이런 일도 있었대. 하루는 여사의 옷장을 고쳐주러 영선의 목공들이 갔는데 옷장은 방 안에 있으니까 방 안에 있는 여자들을 한쪽 구석으로 몰아놓고 담당이 지키는 가운데 작업을 했대. 목공들이 톱으로 나무를 자르고 못을 치려니까 한 여자가 뭐랬는줄 알어? '아저씨, 잘 박아줘요.' 했다나. 그러자 다른 여자가 또 이런다는 거야. '아저씨는 뭐든지 다 잘 박을 것 같아요.' 하질 않나, 또 한 여자는 일어나서 '아저씨, 여기에 수건을 걸려고 하는데요, 여기 한 번만 더 박아줘요.' 해서 정말 우스워서 죽을 뻔했다는 거야."

"와하하, 정말 미친년들이군."

"그럼 교도관은 그 소릴 듣고 가만 있었남?"

"같이 웃는 거지 뭐, 하여튼 여자들이 더해."

"잘 하면 서로 눈이라도 맞겠군 그래?"

"물론이지, 남자와 여잔데 안 그러겠어? 내가 저번에 여기 들어왔을 때 있었던 얘긴데, 보안과에서 소지를 하던 친구가 매일 아침마다 먹을 물을 얻으러 직원식당으로 주전자를 들고 갔는데 직원식당에는 청원출역을 나온 여자들이 밥을 하거든, 그런데 자꾸 가다보니 정이 들었던 모양이야. 여자는 뭐 소매치기로 들어왔다는데 무척 예뻤다는 거야, 나이도 어리고. 식당에 갈 때마다 서로 담당의 눈을 피해 주전자를 건네주면서 슬쩍 손을 잡고 또 물을 받아서 주면서 또 슬쩍 손을 잡고 해서 둘이 정이 들었어. 이제는 보안과 소지만 가면 식당에 나와 있던 여자들이 안에서 일하는 그 아가씨의 이름을 불러서 다리까지 놓아주는 거였어. 그러면 아가씨는 안에서 일을 하다가도 그 남자가 온 줄 알고 머리까지 다듬어갖고 밖으로 나온다는 거야. 둘이 그러다가 보안과 소지가 먼저 가출옥을 먹고 출소를 하게 됐어. 그러자 그 소지는 매일같이 그 여자를 면회를 왔지만 출소자라고 해서 면회를 안 시켜주는 거야. 구치소에서 그런 걸 가지고 면회를 시켜 주겠어? 통밥이 훤한데. 그래서 아무리 사정을 해도 면회는 안 되니까 매일같이 와서 자신의 이름으로 먹을 것을 넣는 거야. 면회는 안 돼도 영치물은 넣을 수 있잖아? 그러다가 그 아가씨도 결국 가출옥을 먹었는데 나가서 둘이 만났다는데 같이 사는 것까지는 모르겠어."

"히야, 그런 일도 있었구만."

"그런데 그렇게 만난 인연으로 잘 살 수 있을까?"

"그건 모르지, 잘 살고 있는지 서로 단물만 빨아먹고 헤어졌는지는 안 들어봤으니까."

"내 생각엔 잘 살지 못했을 거 같애."

"왜?"

"여기서 만났는데 살다보면 자꾸 여기 생각이 날 거 아냐?"

"뭐 어때? 둘 다 여기서 만났으니 둘 다 똑같은 년놈이지."

이번에도 사람들은 웃음을 터뜨렸다. 그러자 방 안의 웃음소리가 너무 컸던지 담당이 의자에서 일어나 창살 너머로 방 안을 기웃거리기 시작했다.

"아닙니다, 담당님. 여사 얘기 했어요."

담당은 여사 얘기를 했다는 말에 싱긋 웃었다. 너희들은 밤낮으로 모여 앉았다 하면 여사들 이야기냐 하는 식으로 눈웃음을 흘리고는 다시 의자에 앉았다.

"야, 일찍 자라. 벌써 밤이 깊었어."

담당은 의자에 앉아 책을 보는지 창살을 통해 말이 전해져왔다.

"야야, 이제 자자. 담당님이 책을 보는데 시끄러운 모양이다.”

방 안에 시계가 없으니 지금 시간이 얼마나 되었는지 모른다. 옆 방에서도 조용한 걸 보니 시간이 왜 흐른 것 같았다. 두 시간마다 교대를 하는 감시대의 경비교도대원들의 근무교대 복창소리만 밤하늘의 정적을 깨고 우렁차게 들려왔다. 얼굴 위쪽으로 불어오는 외풍이 너무 세어서 재소자들은 하나같이 두터운 이불을 위로 끌어올리고 있었다.

사람들은 일단 경찰서에 들어갈 때부터 불안해지기 시작한다는 것이었다. 혹시나 잘못되지나 않을까 해서 불안해하다가 일이 잘못되어서 구속이 되고나면 잠자기 앞이 캄캄해지고 걱정부터 앞선다고 한다. 자신이 벌려 놓았던 일들이 걱정이 되고 처자식의 앞날이 걱정이 되고 친구들이 알기라도 한다면 이 무슨 창피냐는 식의 걱정이 생겨나고 가족친척들이 알면 어떻게 하나 하고 걱정이 생기고 별의별 걱정으로 입맛을 잃게 된다고 한다. 그래서 유치장에 있으면서 경찰조서를 꾸밀 때는 어떻게든 그곳을 빠져나가야 되겠다는 마음을 먹지만 모든 게 여의치 않아서 구치소로 넘어오게 되면 허탈감에 빠지면서 모든 것을 포기하는 마음이 생기고 오히려 마음이 푸근하게 놓인다고 했다. 이제는 여기까지 온 이상 재판을 받고 떳떳하게 나가면 이전의 죄도 소멸되리라고 믿는 모양이었다. 하루하루를 살다보면 나름대로 구치소의 생리를 알게 되고 어느 정도 배짱도 생긴다고 한다. 나중에는 방 안에 있는 사람들과 사귀기도 하고 여러 사람들과 어울려 이야기를 하다보면 다른 사람의 생각과 경험을 들을 수 있어서 약간의 도움이 된다라는 사람이 있는 반면, 또 어떤 사람은 이곳에서 만난 사람들은 입만 뻥긋하면 다 거짓말투성이고 사기꾼이라는 사람도 있었다. 그저 있는 동안에만 서로 아는 척할 뿐, 별로 마음까지 건넬 형편은 아니라는 식이었다.

일단 한 방 안에 열 명이 넘는 인원이 함께 잠을 자고 같이 먹고 생활을 해야 하기 때문에 싫어도 참아야 되고 하기 싫어도 해야 하는 곳이 또한 구치소의 생활이었다. 나 혼자만 편하면 그만이라는 생각은 방 전체의 재소자들에게 따돌림을 받기 때문에 자신이 스스로 방의 분위기를 따라가는 게 제일 뱃속이 편했다.

고척동 102번지의 아침은 기상나팔소리와 함께 시작되었다.

기상이라고는 했지만 아직 밖은 캄캄했고 한밤중이다. 이제 곧 아침 점검이 있을 것이고 점검이 끝나면 쭈욱 줄을 서서 한 방씩 한 방씩 차례로 세면을 하는 시간이 있을 것이고 곧바로 밥이 날라져 올 것이다. 여기서는 밥 먹는 시간이 정확해서 그 시간을 놓치면 식어버린 밥을 먹거나 굶게 된다.

종태는 기상과 동시에 창틀을 붙잡고 운동을 시작했다. 벽에

다 두 발을 붙이고 두 팔로 창틀을 잡고 팔의 힘으로 온몸을 잡아당기는 운동이 꽤나 근육을 발달시키는 운동이었다. 그리고 세면을 하러 가서 1.5리터짜리 사이다병에 잡수를 받아온 것을 세 개씩 묶어서 양손으로 들어 올리는 운동이 마치 아령을 드는 것처럼 적당한 운동이 되었다. 종태는 그러한 운동을 하고 나면 온몸에서 진땀이 배어나왔다. 근육질로 잘 다듬어진 몸은 누가 덤벼도 겁나지 않을 정도로 자신만만한 몸집이었다.

"형님, 이제 기소가 될 모양인데 변호사는 어떻게 하실 생각이세요?"

"글쎄…… 기식이가 어제 와서 알아본다고 했는데 아직 못 정했는가 봐. 한쪽은 갓 부장판사를 그만둔 변호사고 하나는 남부에서 잘 나간다는 안수빈 변호사야. 둘 중에서 고르겠다는 말을 했는데 모르겠다."

"안수빈 변호사라면 이쪽 남부지원에서는 제일 잘 나가는 변호사죠. 그런데 부장판사를 그만둔 변호사는 이름이 뭐죠?"

"백상섭 변호사라고…… 하더라. 올해 8월에 옷을 벗었다는 구만."

"아, 알아요. 우리 방에서도 그 변호사를 샀던 친구가 있었어요. 그런데 생각보다 잘 나가는 것 같지는 않던데요?"

"왜?"

"그 친구는 폭력 전과가 하나 있고 벌금이 하나 있었는데 이번에 진단 4주짜리로 들어왔는데도 징역 10월로 찍혔으니까요."

"그 정도면 충분히 나갈 수 있는 건데……."

"그러니까요. 우리도 다 나갈 거라고 장담을 했는데 찍혀서 들어오잖아요. 항소심에서는 어떻게 될지 모르겠지만요."

"그럼, 안수빈 변호사가 더 나을까?"

"아마 제 생각으로는 안 변호사가 더 나을지도 모르겠습니다. 그래도 남부에서는 이때까지 안 변호사라면 알아줬잖습니까?"

"이 안에서는 누가 더 잘 나가데?"

"그야 당연하죠, 안 변호사가 더 잘해요. 아까 말한 사건도 안 변호사가 맡았더라면 아마 집행유예로 나갔을 거예요."

"……."

"형님, 잘 생각해서 하십시오. 1심에서 형량을 최대한 낮춰 놓고 2심에서 보는 게 낫지 않을까요?"

"그래, 나도 2심에서 바라보고 있어. 1심에선 아마 힘들 거 같애."

"요즘 바깥에는 어떻대요?"

"기식이 말로는 요즘 공기가 안 좋은가 봐. 폭력소탕이라고 해서 바람이 분다는군."

"제기랄, 또 들어오겠군."

"4동에 병찬이가 있다는 말이 있더구만?"

"예, 병찬이 형이 들어와 있어요. 언제 한 번 형님한테 인사를 드리러 온다고 했어요."

"재판을 받았나?"

"구형을 3년 받았어요. 아마 1년쯤 떨어질 거 같아요."

"……."

종태는 이제 서서히 밝아오는 밖을 내다보고 있었다. 아직은 약간 어두운 날씨인데도 1동 옥상으로 비둘기가 날아다니는 것이 보였다. 이곳에서는 비둘기들도 재소자들과 똑같이 생활하는 거나 다름없었다. 재소자들이 기상하면 비둘기들도 기상을 한다. 왜냐하면 재소자들이 기상을 하고나면 곧 식사를 할 것이고, 창밖으로 던져주는 밥덩이를 먹으러 내려가야 하기 때문이다. 간혹 재소자들이 심심풀이로 밥덩이를 땅바닥에 던져 놓고 털실로 짠 옷이나 양말에서 실타래를 풀어서 올가미를 만들어 놓은 줄 모르고 덥석 덤볐다가 발목이 묶여 꼼짝없이 잡혀들어간 비둘기들도 있었지만 어차피 비둘기들도 살기 위해서 먹으러 날아드는 것이었다.

이곳 구치소에서는 약 2,500명가량의 재소자들이 하루에 먹어치우는 밥만 5백만 원어치나 되었고 가족들이 넣어주는 사식이나 영치물을 합친다면 하루에 줄잡아도 1,500만 원어치는 될 것이다. 안에서는 재소자들이 가족들이나 친지들이 넣어주는 영치물을 먹고 앉아서 시간을 죽이는 수밖에 없었다.

"형님, 식사 하시지요?"

상호가 옆에서 공손하게 머리를 수그리고 있었다. 벌써 아침밥이 도착한 모양이었다. 종태의 자리는 항상 복도 쪽의 벽 밑이었다. 이미 천식이가 깔아놓은 담요가 보인다. 종태는 그리로 가서 앉았다. 종태가 숟가락을 들어야 나머지 재소자들도 숟가락을 들었다. 종태가 숟가락을 들자 제각기 밥을 먹기 시작했고 아직 밥을 먹지 않는 친구들이 있다면 기독교를 믿는 민기와 태식이었는데 기도를 올리는 모양이었다. 그들은 항상 늦게서야 숟가락을 들었다. 민기와 태식은 여기서 비로소 신앙을 가지기 시작한 얼치기 신자였다.

어느 날 교무과의 교회당에 한 번 올라갔다가 오더니 그날부터 갑자기 성경책을 읽고 신자인 척했는데 방 안의 사람들이 놀리기도 하고 비꼬는 대상이 되고 있었다.

"야, 뭐라고 기도했냐?"

상호가 입에 가득 밥을 씹으면서 플라스틱 숟가락으로 둘을 가리키면서 물었던 것이다.

"뭐 그냥, 오늘 하루도 무사히 지나게 해주십시오, 하고 기도를 하는 거지요 뭐."

"오늘도 무사히? 야, 그럼 이 안에서 무슨 일이라도 일어날 거 같애? 맨날 밥만 먹고 잠이나 자고 철창 속에 갇혀 있는 놈이 무슨 일이 일어날 거 같애? 난 또, '오늘도 무사히' 라고 하니까 버스운전석에 있는 조그만 여자애가 기도를 하면서 '아빠, 오늘도 무사히' 라는 글귀가 생각난다."

상호가 그 말을 하자 온통 방 안이 웃음바다가 되었다.

"야, 나는 치사하게 예수를 믿는다 하면서 뒤로 호박씨를 까는 놈들이 제일 밉더라. 차라리 우리처럼 예수를 안 믿고 점잖으면 누가 뭐라냐? 그저 예수 믿는 놈들은 겉으로만 입이 번지르르하고 속으로는 딴 생각하는 놈들이 많아."

"……."

민기와 태식은 상호가 하는 말의 뜻도 모르고 히죽 웃으면서 밥을 떠넣고 있었다. 5방은 항상 기어에 기름이 잘 처진 것처럼 방이 잘 돌아가고 있어서 항상 끼니때마다 반찬이 풍족했고 먹을 것이 많았다. 그래서 다른 방애서는 5방을 가리켜 범털방이라고 부러워 할 지경이었다. 밥을 먹을 때마다 5방에서 참기름 냄새가 흘러나왔고 훈제 치킨을 담았던 비닐봉지가 수두룩하게 버려졌다. 그만큼 방이 잘 돌아간다는 뜻이다. 종태는 지금 치킨을 들고 밥을 떠먹으면서 마늘조림을 젓가락으로 집어먹고 있었다.

"너, 옆 방에 간통으로 들어온 목사한테 포섭된 거지? 목사가 돼가지고 간통이나 한 주제에 뭐? 밤마다 재소자들에게 설교를 한답시고 꼬락서니를 떠는 꼴을 보려니…… 나 원 참, 우리 방에서 그따위 수작을 벌이면 꽉, 이빨을 내려앉혀 버렸을 거다. 뭐, 말로는 예수를 믿어라, 예수를 믿으면 천당간다 해놓고 지는 예쁜 여자를 끼고 자빠져 자는 게 목사여?"

"……."

"저런 놈은 그저 무기징역을 때려야 돼."

밥을 먹던 재소자들이 또 한 번 웃었다. 종태는 그저 묵묵히 치킨을 뜯거나 밥을 떠넣거나 깻잎을 젓가락으로 한 장 벗기고 있을 뿐이었다. 종태가 깻잎을 한 장 떼어내려 하자 배식반장이 자신의 젓가락으로 눌러 깻잎이 쉽게 벗겨지도록 거들고 있었다. 깻잎이 담긴 납작한 캔은 밖에서 면회를 온 사람들이 품목을 적어 돈만 지불하면 저녁에 담당과 소지들이 직접 물건을 내주면서 지장을 받아 갔는데 그것은 물품을 정확히 받았다는 증거로 남기는 것이었다. 아니면 방에서도 구매담당 직원이 하루에 한 번씩 사방을 돌며 신청을 받을 때 구입을 시키면 물건을 갖다 주었는데 방에선 캔으로 된 통을 따지 못하니까 그 캔은 사방담당에게 일일이 따달라고 부탁을 해서 먹는 것이었다. 방 안에서는 일체 칼이나 못이라도 지니지 못하도록 하루에 한 번씩 검방과 검신을 담당하는 기동대가 들어와서 검방을 했으므로 그러한 것을 딸 수 있는 도구가 없었다. 그리고 콜라 같은 음료수도 1.5리터짜리 플라스틱병에 든 것으로만 들어왔고 그 밖의 모든 것들도 웬만하면 비닐봉지에 든 것으로만 들어올 뿐이었다. 하여튼 5방에서는 구치소에 들어오는 모든 물건이 없는 것이 없을 정도로 다 갖춰 놓고 있었다.

상호가 다시 입을 열었다. 그는 밥을 먹으면서 방 안의 문제라든가 지시할 사항이 있으면 그 시간에 죄다 말을 하는 사람이었다.

"옆 방에 들어온 목사 말이야, 요 근방에 산다는데 교회가 아마 이 근방에 있는 모양이야. 그런데 저 친구는 부인도 있대. 교회도 적지는 않은가 봐. 차가 세 대나 있다는 것을 보면…… 사건이 참 재미있더라, 저 목사의 교회에 예쁜 여자 전도사가 있었던 모양이야. 둘이 눈이 맞았는지 심심하면 둘이서 교회의 봉고를 몰고 기도원으로 올라갔다는데 처음에는 목사의 사모님도 전혀 몰랐대나. 목사가 전도사 데리고 기도원엘 간다는 것이야 하나도 이상할 거 없지. 안 그래? 그런데 나중엔 밤에 예배만 마치면 차를 타고 기도원으로 간다는 거야. 일요일도 말이야. 목사가 일요일 같은 날은 그냥 교회에 있는 것이 당연하잖아? 낮에도 설교를 하고 밤에도 설교를 했으니 피곤하기도 하고 말야. 그런데 저 목사는 일요일이고 수요일이고 틈만 나면 여자 전도사를 데리고 산으로 가는 거야. 그래서 부인이랑 몇 번이나 싸웠대. 부인은 교인들이 알까봐 쉬쉬하며 감추려 해도 그게 안 되는 거야. 나중에는 교인들도 다 알게 된 거지. 그래서 집사들이나…… 에, 뭐라고 하나? 집사 위에 있는 거?…….”

“아, 장로 아니면 권사겠죠.”

누군가 이렇게 대답을 하자 상호가 다시 말을 이어갔다.

“그래, 그런 사람들이 모여서 목사에게 건의도 했다는 거야. 제발 여자 전도사와 기도원으로 가는 걸 좀 자제해 달라고…… 그랬더니 목사는 사모가 그런 이야기를 퍼뜨려서 전 교인이 알게 됐다면서 부인에게 행패를 부리기 시작했다는 거야. 그 부인도 참다가 참다가 도저히 화가 나서 못 참겠드래. 그래서 어느 날 예배를 마치고 기도원으로 올라간다는 목사의 뒤를 밟았는데 여자 전도사랑 여관으로 들어가는 것을 보고 간통으로 고소를 했다는 거야. 야, 민기, 태식이 너희들도 교회를 다니려면 마누라부터 조심하라구. 나중에 마누라 빼앗기고 후회하지 말구. 내 말이 거짓말 같으면 직접 옆 방의 목사에게 물어보라구. 난 그 교회에 나가는 교대 담당님에게 직접 들어서 알고 있어. 그 담당도 지금은 저 목사를 거들떠보지도 안 해. 알았어?”

사람들은 밥을 먹으면서 전부 다 히죽히죽 웃고 있었다. 재미있어 하는 눈치였다. 상호는 다시 입을 열기 시작했다.

“전에 내가 이곳에서 재판을 기다리고 있을 때 4동 상에 목사가 하나 있었어. 난 그때 4동 하의 6방에 있었구. 그런데 그 목사는 웬만한 교회에서는 다아 알 정도로 유명한 목사야. 자신과 부인은 아이를 낳지 않겠다고 선언을 하고 수술까지 해버렸어. 그리고 버린 자식들을 데려와서 기르기 시작한 거야. 지체부자유아나 정박아라고 있지? 제멋대로 팔 다리를 비비꼬며 비트는 아이들 있잖아? 그런 애들만 줍어다 길렀어. 그래서 매스컴에도 많이 오르내린 인물이야. 아이들이 전부 30명 정도는 됐을 걸? 그 아이들을 전부 자신의 호적에 입적을 시켜서 이름까지 지어주고 보살폈는데 마침 건물이 무허가였어. 그 땅 지주는 옛날 유명한 모 판사의 땅이었어. 그래서 강제로 철거가 되었는데 자신이 쓴 간증책에 그만 그 지주의 이름을 그대로 실었던 게 명예훼손죄로 걸린 거야. 마침 내가 4동 하에 있었고 그 목사는 4동 상에 있었는데 그 목사는 매일 아침에 면회번호가 일번이었어. 그 부인이 얼마나 열성이었는지 새벽기도를 마치자마자 구치소로 달려와서 밖에서 날이 새기를 기다렸다가 첫 번째로 면회를 하고 각 고아원에 흩어져 있는 아이들을 보러 가는 거야. 그 정도로 열성적이었던 부인을 버리고 그 목사는 여기서 나가자마자 전에 알고 지내던 여자와 딴살림을 차린 거야. 그리고 말이야, 그 부인이 있는 곳으로 다른 교회에서 선교헌금이라고 보내오는 것을 직접 우체국으로 찾아가서 자신의 주민등록증과 도장을 내밀고 싹 빼내가는 거였어. 그게 말이나 돼? 인간이 어떻게 사람의 탈을 쓰고 그럴 수 있어? 니들 다 정신차려라."

종태는 열을 올리며 말을 하고 있는 상호를 보며 의미있는 웃음을 보내고 있었다.

"그게 다 사실이냐?"

종태가 상호에게 물었다.

"그럼요, 그 사실은 여기 있는 재소자들과 직원들이 모르는 이가 없을 정도로 파다하게 소문이 났었지요. 여기에 있는 기독신우회의 직원에게 한 번 물어보면 잘 알 겁니다. 그리구 제가 출소해서 언젠가 인천엘 간 적이 있었는데 인천에서 그 목사를 한 번 만났지요. 주먹으로 4동 하에서나 상층에서 나를 모르는 사람도 별로 없었으니까 금방 나를 알아보더라구요. 그래서 요즘 뭐하냐고 했더니 그냥 말을 얼버무리더라구요. 근데 가만 보니깐 옆에 여자랑 같이 있었는데 좀 이상한 거 같았어요. 그리고 차는 코란도 지프를 몰고 있더라구요. 내가 직접 봤는데 무슨 말이 필요있겠어요. 저도 척하면 삼척인 줄 아는 놈인데."

"……."

종태는 잠자코 있었다. 자신은 어느 정도 기독교에 대해서라면 좋은 이미지를 갖고 있기는 했다. 심심해서 기독교 집회를 올라가 본 적이 있었는데 목사의 설교를 들어보면 조금이나마 가슴에 와 닿는 것이 있었기 때문이다. 옛날에 유명한 깡패였던 이천석 목사도 지금은 개과천선하여 훌륭한 목사가 된 것을 알고 있다. 그리고 전에 가끔 집회를 인도하던 담안선교회의 임석구 목사도 삼청교육대를 거쳐 청송감호소에서 나와 지금은 훌륭한 일을 하고 있는 것을 들어본 적이 있었다. 그의 손등과 온몸에는 뱀의 문신이 있었고 칼자국이 나 있는 것을 본 적도 있었는데 지금은 전국에서 출소해서 오갈 데 없는 재소자들을 모아서 먹이고 입히고 재워주고 있다는 사실을 들어서 알고 있다. 그럼 도대체 어떻게 된다는 말인가? 어느 목사는 타락해서 돈을 탐하고 여자를 탐하는가 하면, 또 어느 목사는 진정으로 하느님의 일을 하고 있는 건지 종태로서는 목사라는 사람들에 대해 아는 것이 없었다. 어찌 보면 정말 하느님의 일꾼처럼 참신해 보이는 것 같기도 했고 또 어떻게 생각을 하면 사이비들이 많다는 것을 느낄 수가 있었다. 상호가 하는 말은 신빙성이 있어 보였다. 같은 주먹세계에 있다고 해서 그런 것이 아니라 주먹세계에 있어서는 간사하게 거짓말을 하는 것을 제일 싫어하는 의리감 같은 게 있기 때문에 상호가 핏대를 올리며 하는 말에는 일리가 있어 보였다. 그러나 종태는 목사들의 대부분이 그렇지 않다는 것을 알고 있었다.

종태가 잡혀서 이곳 구치소에 들어왔을 때엔 9동 하에 수용되어 있었는데 그때 마침 영락교회의 박조중 목사가 외화 밀반출 사건으로 들어온 일이 있었다. 그 목사는 대단한 인물이었는지 매일 아침마다 구치소의 접견장을 가득 메울 정도로 신자들이 와서 밖에 서서 그의 석방을 위해 기도를 하고 있었는데 매일 면회는 하루에 한 번밖에 할 수 없었으므로 3명씩만 돌아가며 면회를 하고 있었다. 그때 그 목사는 같은 9동 하의 독방에 있었으므로 종태는 가끔 세면시간이나 면회를 갔다오는 시간에 만나볼 수 있는 기회가 있었는데 종태가 독방 안을 들여다 볼 때마다 그 목사는 조용히 기도를 하고 있거나 성경책만 보고 있었고 마침 눈이라도 마주치면 온화하게 웃어주었다. 종태는 그 온화한 웃음을 잊을 수가 없었다.

그때 직원들의 이야기와 신문에 난 이야기를 종합해 볼 때, 어느 누군가가 그 목사를 모함하기 위한 불순한 저의가 개입되어 있다는 것을 느꼈다. 첫째로 그 목사는 이미 그 교회의 장로들 중에 절반가량이 그를 싫어했는데 그 목사는 미국에 가서 설교를 할 때마다 한국의 인권침해 사례라든가 정치에 대해 비판적인 설교를 했었고 정부에서도 그를 어떻게 하면 때려잡을 것인가에 골몰하고 있을 때였던 것이다. 그래서 교회에서는 그를 보내고 다른 목사를 영입하려고 했다 한다. 그런데 어느 날 청년 둘이서 그 목사를 찾아와 미국으로 위장병을 치료하러 간다는데 쓰라고 하고서 적은 액수도 아닌 미화 20만 달러를 싼 돈뭉치를 주고 갔다는 것이다. 도저히 이해가 되지 않았다. 종태는 그 목사와 이야기를 하면서 직감적으로 느낀 것이 있었다. 그 목사가 출국하는 검사대에서 문제의 그 돈이 발각이 되었을 때 이미 수많은 기자들이 미리 대기라도 하고 있었듯이 사진을 찍어대기 시작했다는 것은 있을 수 없는 일이라는 사실이다. 미리 짜고 각 신문사에 특종이 있을 거라며 연락을 취해 놓은 게 분명하다고 생각을 했다. 그런데도 그 목사는 누구를 원망하지 않았고 그저 하느님의 뜻이라며 순종하는 모습에서 깊은 감명을 받았던 일이 있다.

처음에 종태가 가장 궁금했던 것은 왜 목사의 내외가 청년들이 놓고 간 돈뭉치를 보지 않았는가 하는 것이었는데 그때 펼쳐봤더라면 그 돈이 모두 한화가 아니라 미화로서 어마어마한 돈이란 걸 알았을 터인데 그 목사 내외는 교인이 미국에 가서 쓰라며 내민 돈이 뭐 그리 큰 돈이겠는가 하고 생각을 했고, 차마 미화일 줄은 전혀 눈치 채지 못하고 비행기 출발 날짜에 쫓겨 짐을 꾸리느라 정신이 없어서 그냥 도자기 속에 넣었다는 말도 일리가 있게 느껴졌다. 그것이 공항의 검색대를 빠져나가면서 걸린 것이었는데 미리 기자들이 특종이 터질 것을 알고 대기하고 있었다는 것은 아무래도 냄새가 나는 구석이 있다. 종태는 그때 그 목사의 온화하고 부드러운 음성을 결코 잊을 수가 없었다. 그때 9동 하에서 출역을 하던 소지가 벌금 30만 원을 내지 못해서 하루 5,000원씩 산정해서 30만 원어치의 징역을 살고 있었다. 그런데 나중에 박 목사가 보석으로 풀려나자 그 분이 30만 원을 보내와 9동 하에서 출역하던 소지가 풀려난 적이 있었다.

옆 방에서 예배를 보는지 찬송가 소리가 들려왔다. 아마 목사가 예배를 인도하는 모양이었다. 종태가 들어보아도 엄숙한 목소리가 목사의 음성처럼 들렸다. 종태는 가끔 세면을 하러 나가면서 그 목사의 얼굴을 본 적이 있다. 금테 안경을 쓰고 있는 조금은 거만하게 보이는 이가 아마 목사인 것 같았다. 종태는 아직까지 한 번도 말을 건네 본 적은 없었지만 어딘지 모르게 딴 세계의 사람같이만 느껴졌다. 선입견이 그렇게 들어서일까. 바로 옆 방에 있었지만 서로 추구하는 세계가 달랐고 이상이 달랐다. 아침에 세면을 할 때 4방의 사람들이 세면이 끝나기도 전에 미리 5방이 밖으로 나가 세면장 앞에서 4방이 나오기를 기다리고 있다가 끝나기가 무섭게 세면장 안으로 들어갔는데 종태는 여지껏 아는 체해 본 적도 없을뿐더러 그러고 싶지 않았다. 어쩐지 이 안에 잡혀 들어와 있는 목사한테는 별로 목사로서의 신임이 가지 않았다. 더구나 시국사범이나 운동권 목사라면 몰라도 간통인 목사에게 말을 건넨다는 자체가 자신이 오염되는 것 같은 느낌이 들었다.

주먹세계에서 가장 불명예스럽게 여기는 것이 절도나 여자에 관계가 되는 문제였다. 종태 자신은 자신의 부하 중에 배가 고파서 절도를 했던 어떤 이유이건 간에 과거에 전력이 절도 전과가 있으면 절대 자신의 부하로서 쓰지 않았다. 그리고 여자 문제인 간통이나 강간, 간음은 딱 질색이었던 것이다. 주먹잽이는 오로지 주먹 때문에 징역을 살았던 것은 이후로도 화려한 전적에 들어가겠지만 아무리 주먹을 잘 쓰는 놈이라고 해도 이미 이전에, 아니 그보다도 훨씬 이전에라도 여자에 관한 문제로 징역을 살았다는 전력이 있으면 커다란 결점이 되고 만다. 조직이라는 것은 보스의 완강한 힘에 의해 지탱이 되어 나가고 그 힘이 커지게 된다. 그래서 보스는 정에 약해서도 아니 되었고 정실에 의해 조직을 운영할 수 없는 것이었다.

04

유전무죄 무전유죄

어떻게 보면 주먹세계가 정치인들보다 더 외골수이다. 정치인들이야 과거의 전력이야 어찌되었건 일단 현재의 위치에 따라 정치에 입문을 할 수 있지만 주먹세계라는 것은 나중에 조직의 보스가 된다는 것까지 계산에 넣게 된다. 그래서 그 조직의 탄탄한 힘에 일 몫을 하려면 새로 들어오는 신입의 전력에도 조금의 흠이라도 없어야 만이 진정한 주먹이 될 수가 있는 것이다. 그것은 일종의 주먹세계에 이어져 내려오는 정신이다. 그렇다고 주먹세계에 있는 자들은 영원히 여자를 가까이 하지 말라는 법은 아니다. 옛날부터 주먹세계에 사는 자들이 사랑의 세계에서도 멋있는 사나이가 되었던 것은 오로지 자기 처신을 똑바로 했던 결과였다. 그래서 주먹으로 들어온 자들은 절도나 사기죄로 들어온 재소자들과는 항상 물과 기름같이 겉도는 것도 당연했다.

종태는 그래도 기독교에 대한 관심은 조금이나마 있었던 것이다. 자신이 믿지는 못해도, 자신이 주먹으로 살아오면서 교회에 나간다는 것은 있을 수 없는 일이라고 생각했지만 기독교에 대한 신뢰감은 갖고 있었다.

종태에게 어제 공소장이 날아왔다.

검사는 공소장에서 종태에게 아주 불리하게 적어놓고 있었다.

본 건 피고인 차종태는 1993년 1월 15일 오후 11시경 영등포시장 부근에 소재해 있는 본 디스코클럽에서 평소에 서로 감정이 좋지 않던, 같은 폭력조직 시장파의 김천일 외 3명에게 시비를 걸어 흉기로 패싸움을 해서 그 중 한 명인 김천일을 사망케 한 본 건 범행 주범 최창호, 이하 공범 이석재, 김양호, 손순익이 가담해 있는 역전파의 범죄단체 두목으로서 본 건 범행과 깊은 관계가 있는 것으로 추정되는 바, 피고인 차종태는 이 사건 이전에도 1978년 6월 10일 폭력범죄가중처벌법으로 서울남부지원에서 징역 1년을 선고받고 원주교도소에서 만기 출소하였고, 1982년 3월 7일 남부지원에서 폭력범죄가중처벌법으로 징역 2년을 선고 받고 전주교도소에서 만기 출소했으며,

1987년 서울지방법원에서 폭력에 관한 법률위반으로 징역 3년을 선고받고 대전교도소에서 만기출소를 한 자로 그동안 본 건 범행이 발생할 때까지 영등포 시장을 거점으로 한 관내 유흥업소를 무대로 하여 활동비 명목으로 업주들로부터 정기적으로 돈을 뜯어 왔으며, 각 업소에 필요한 술과 안주, 얼음 등 각종 이권에 깊이 개입한 범죄단체를 운영해온 자임.

검사는 이제 종태에게 모든 것을 뒤집어씌우려는 의도로 공소장을 보낸 것이다. 상호의 말대로라면 1심의 검사 구형은 아마도 5년은 되지 않을까 싶었다. 구형 5년을 깎아내리려면 힘이 있는 변호사를 사야 한다. 그래서 1심 선고량을 최대한 2년쯤으로 떨어뜨려 놓아야만 항소심에서 잘 하면 집행유예나 많아야 징역 1년 정도를 받을 것이다. 징역 1년이라면 눈 깜짝할 사이에 지나가 버린다. 종태는 그러한 계획을 세워놓고 있었다. 그러나 안에 있는 종태보다도 밖에서 일을 하는 기식이가 잘 알아서 변호사를 선임하고 일을 추진해야 하는 것이다.

종태는 답답한 마음에 이틀에 한 번꼴로 면회를 와서 바깥에서 일어나고 있는 일들을 보고하라고 기식에게 지시를 했다. 그리고 모든 경비는 종로회관 사장에게 이야기를 하면 다 알아서 해줄 것이란 것도 얘길 했다. 기식은 면회를 마치고 치킨 30개와 사과 5봉, 참기름 3병, 오징어 10마리, 두유 20개, 깻잎 5개, 그리고 영치금 5만 원을 넣고 갔다. 기식이가 넣은 것은 항상 저녁이 되어야만 사방에 전달되어졌다.

종태는 오전에 면회를 하고나면 하루종일 따분했다. 방 안에서 장기를 둔다는 것도 애시당초 별로 취미가 없는 것이었으므로 특별하지 않은 이상 장기는 두지 않았다. 오전엔 잠깐 눈을 붙였다가 바람이라도 쐬었으면 싶었다. 종태는 일어나서 복도의 창살에 붙어섰다.

"부장님, 한가한 모양이죠?"

"좀 한가한데…… 왜?"

"안에 있으니까 갑갑해서요."

담당 부장은 오전 중에 보안과장의 순시도 지나갔겠다. 이제 한숨을 돌릴 만한 여유가 생긴 모양이었다. 보안과장은 하루에 한 번 순시를 지나가면 다시 순시를 도는 법은 없었다.

"밖에 나올래?"

"예."

복도로 나오니 한결 나았다. 일단 복도로 나오면 담당이 앉아 있는 옆에는 벌건 연탄난로가 있었기 때문에 하나도 춥지는 않았다. 오히려 두터운 솜으로 된 한복을 입었으므로 한참 동안 앉아 있으면 저절로 땀이 났다.

"종태, 안에 담배 같은 거 돌지는 않나?"

담당은 느닷없이 그런 말을 했다.

"에이 참, 담당님도…… 요새 무슨 그런 강아지가 나돕니까? 저는 그것 구경 못한 지가 정말 오래됐습니다."

"그으래?"

"요즘은 내가 살았던 옛날하고는 전혀 딴판이에요. 그때는 방에도 강아지가 흔했는데 요즘은 씨가 말랐는지 냄새도 못 맡겠는걸요."

담당은 종태의 말을 믿겠다는 건지 못 믿겠다는 건지 알 수 없는 애매한 표정을 짓고 있었다. 종태가 먼저 웃어버리자 담당도 따라 웃었다.

"요즘 조심해야 돼. 엇저녁에 5동 하에서 담배를 하다가 마침 교대근무를 들어간 담당한테 들켜서 본부 담당이 시말서를 썼어. 땜통담당이 발견하자마자 곧바로 관구주임에게 보고를 해버려서…… 본부담당은 손도 쓰지 못하고 시말서를 썼어. 마침 본부담당이 후번 근무라서 잠을 자고 있었는데 전야에 담배를 하다가 들켜 버린 거야. 오늘 오전에 5동하 8방에 특별검방이 있었어. 혹시나 해서 종태한테 물어보는 거야."

"담당님, 절대 염려 마십시오. 우리 방에선 그런 일 없을 겁니다. 제가 교육을 시키지요."

종태는 담당에게 일단 안심을 시켰다. 종태가 들어오던 날부터 벌써 5방에는 담배가 들어오고 있었던 것이다. 그것은 이미 오래전부터 상호가 길을 뚫어놓았다는 이야기를 들었고 종태가 강아지를 구슬리고 있는 동안 천식이가 삥땅을 보고 있었던 것이다. 그리고 서열대로 뼁끼통으로 들어가서 강아지를 그을렸는데도 아직 아무 탈은 없었다. 매일 하는 검방에서도 직원들은 찾아내지 못하도록 아주 은밀한 곳에 감추어 두었다. 종태는 상호가 다 알아서 했기 때문에 담배를 어디에다 감추어 두는지는 몰랐지만 하루에 세 차례는 꼭 그것을 할 수 있도록 만들어 주었다. 징역에서는 뭐니뭐니해도 담배가 최고였다. 술까지는 구할 수가 있어도 여자는 까무러친다 해도 구할 수가 없었지만, 담배는 구하려고 마음만 먹으면 쉽게 구해졌다. 어떤 사람은 말을 한다. 징역에서 담배와 술과 여자만 있으면 바깥세상 하나도 안 부럽다고. 그러나 술과 여자는 어려운 일이었다. 술은 어느 정도 가능했지만 술을 먹으면 벌써 눈자위가 붉어지고 입에서 냄새가 나기 마련이었다. 술을 마시고 아무리 양치질을 한다해도 입에서 나는 냄새를 없앨 수가 없겠지만 담배는 그렇지 않았다. 양치질을 하고 은단을 먹으면 냄새 정도는 쉽게 없앨 수가 있었다. 그리고 재소자들이 절실하게 찾는 건 하나같이 모두 다 담배였다. 담배는 일상의 단조로운 생활에서 스트레스를 풀 수 있고 숨어서 담배를 피우는 맛은 어느 것에도 비할 바가 없었다. 징역 안에서 담배맛을 안 사람은 오로지 담배맛 때문에 산다고도 할 수 있었다.

종태는 지금 담당과 이야기를 하고 있으면서도 담당의 입에서 나오는 담배 냄새를 음미하고 있었는지 모른다. 종태는 일어서서 방 안으로 소리쳤다.

"야, 상호야, 여기 담당님 드리게 오징어 좀 내라."

상호는 천식을 통해 오징어와 쥐포, 땅콩과 우루사와 야쿠르트를 플라스틱 그릇에 담아내었다.

"담당님, 심심할 때 드시죠."

종태는 우루사의 껍질을 까서 야쿠르트랑 건네주었다. 그리고 나머지는 담당의 책상서랍 안에 넣어두었다. 이미 책상 안에는 사과랑 오징어를 쌌던 빈 봉지가 들어 있는 것이 보였다. 그래도 종태는 그릇을 서랍 속에 집어넣고 닫았다.

"담당님, 술 한잔 하시려거든 얘기 하십시오. 말씀만 하시면 동생들에게 술대접하라고 말해 놓겠습니다."

"그것보다 종태가 빨리 나가면 좋겠는데."

"저야 아무래도 항소심에까지 올라가야 될 것 같습니다. 지금 밖에서 동생들이 변호사를 산다고 그러는데 담당님이 아는 변호사는 없습니까?"

"왜 있지, 내가 한 번 소개를 해 볼까?"

"그거 좋지요, 잘 해서 나가면 제가 한턱 사겠습니다. 누가 제일 잘 나갑니까?"

종태는 눈을 반짝였다. 뭔가 일이 잘 될 것만 같았다. 담당이 신경을 써주는 것도 나쁘지는 않다고 생각했다.

"내가 종판하기론 안수빈 변호사가 그래도 제일 잘 나가는 것 같아. 아무래도 남부에선 안 변호사지. 부장판사를 하다가 최근에 옷을 벗은 백 변호사는 생각보다 덜 나가드라구."

"담당님이 안 변호사를 선임해줄 수 있겠습니까? 돈은 구애받지 않으셔도 됩니다. 그럼 어떻게 할까요?"

"내일 비번을 받으면 변호사 사무실에 들러서 사건내용을 이야기하고 확답을 받아오지. 대충 형량을 얼마나 끌어내릴 수 있느냐하는 문제와 선임비면 되겠지?"

"네, 담당님이 잘 알아서 해주시면 사례는 동생에게 확실히 하도록 시키겠습니다."

담당은 빙그레 웃었다.

"담당님, 내일 기식이가 면회를 오면 언제 담당님을 좋은 데로 한 번 모시라고 얘기를 해놓겠습니다. 너무 부담 가지지 마시고 한 번 들르세요. 저도 주먹세계에 있는 놈인데 뭐 뒤탈은 없을 겁니다."

종태는 은근히 속삭이듯이 담당에게 말을 했다. 종태는 난로 옆에 쪼그려 앉아 있었기 때문에 오금이 저려 왔다. 이번에는 발을 바꾸어 앉으면서 바싹 난로의 곁으로 갔다.

"뭐, 그럴 거까지야 있나……."

담당은 괜히 체면치레로 하는 말이었다. 종태는 이때를 놓치지 않았다.

"담당님, 제가 신세를 지면 당연히 신세를 갚는 거지요. 뭐 내가 신세만 지고 살 놈입니까? 너무 부담은 갖지 마십시오. 간단하게 술 한잔 대접하는 걸 가지고……."

"알았어, 내가 한 번 시간을 내볼게."

기식은 어제 면회를 갔다가 종태로부터 사방 담당인 반기환 부장이 오늘밤에 77나이트클럽으로 나가니까 잘 대접하라는 말을 들었다. 종태는 미리 우리 업소인 77나이트로 장소를 정해 놓았던 모양이다. 접견장에서 일상적인 이야기를 하다가 갑자기 목소리를 낮추고 손짓으로 비밀스럽게 말을 했던 것이다. 그것은 종태의 옆에 앉아서 대화내용을 기록하는 신참 직원이 못 알아듣도록 하기 위해서였다. 그리고 봉투도 하나 준비하라는 사인도 보냈다. 기식은 상면이에게 77나이트의 구석진 룸에다 양주와 멋진 안주를 잘 준비하도록 단단히 일러두었다. 기식은 약속시간인 7시가 가까워오자 미리 룸으로 가서 의자에 앉아 기다렸다.

그리고 기다리는 동안 안주머니에 넣어둔 흰 봉투를 꺼내 속의 것을 꺼내어 보았다. 그 봉투는 상면이가 알아서 만들어온 것이었는데 기식은 아직 얼마가 들었는지 보지는 않았다. 빳빳한 종이의 감촉이 느껴졌다. 그것은 십만 원권 수표로 10장이 들어 있었다. 7시가 조금 넘자 입구에서 웨이터가 웬 손님을 데리고 이쪽으로 오는 것이 보였다.

기식은 첫눈에 금방 이쪽으로 오는 손님이라는 것을 알아차렸다.

"형님, 손님이 찾아오셨는데요."

웨이터는 기식에게 아주 공손하게 말을 하고 사라졌다.

"저…… 종태 형님이 말씀하신…… 반 부장님……."

기식은 천천히 말을 했고 먼저 악수를 청했다.

"네, 맞습니다. 하도 가보라고 해서…… 나왔습니다. 반기환교삽니다."

"아네, 앉으시죠. 저는 박기식입니다. 잘 부탁드리겠습니다. 형님께서 많은 이야기를 해주셔서 많은 이야길 들었습니다. 잘 해주시고 있다고 들었습니다. 이런 장소로 모셔서 빈약하지나 않을는지 모르겠습니다. 형님께서 얼마나 잘 모시라고 부탁을 하셨는지 모릅니다."

"원, 별 말씀을, 제가 잘 해준 게 뭐 있습니까. 요즘은 옛날 같지를 않아서 위에서 얼마나 눌러대는지 한 번 마음껏 봐주고 싶어도 마음대로 되지는 않습니다."

사실 그랬다. 자신은 사방을 맡고 있으면서 그리 많이 봐준 것은 아니었다. 그렇게 생각을 하니 스스로 미안한 마음이 들었다. 이럴 줄 알았으면 화끈하게 봐주는 건데.

"아닙니다, 아직 형님이 재판을 받으려면 멀었으니까 그저 아는 척만 해주셔도 그것이 대단히 큽니다. 그리고 가끔 한 번씩 이곳으로 들르십시오. 변변찮지만 제가 성심껏 대접해 올리겠습니다."

기식은 양주병을 따서 먼저 반 부장에게 한 잔 따라주었다. 기식은 형님인 종태를 담당하는 교도관이었으므로 깍듯하게 예의를 갖추어 술을 따랐다. 그러자 반 부장도 기식에게 잔을 채워 주었다.

기식이 먼저 잔을 치켜 올리면서 건배를 청했다.

"자, 우리들의 만남을 위해."

기식이 건배의 말을 했다. 그리고 둘은 서슴없이 잔을 비웠다. 한 잔 술이 들어가자 조금씩 허물 없이 술잔이 돌아갔다. 양주의 톡 쏘는 맛이 일품이었다. 반 부장은 모처럼만에 양주를 마셔보는 것인지 기식이 따라주는 술을 마다않고 받아 마시고 있었다. 술은 금방 떨어졌다. 기식은 웨이터를 불러 양주 한 병을 더 시켰다.

"형님, 술 잘 하시네요."

기식은 약간 얼얼한 상태가 되었고 반 부장도 조금 취한 것처럼 보였다. 주거니받거니 하다가 보니 두 사람은 이제 어느 정도 친밀감이 생겼고 처음보다는 말하는 것도 부드러워졌다.

"조금 하지, 종태는 내가 데리고 있으면서 신경을 쓸 테니까 너무 염려하지 마."

확실히 반 부장은 조금 취한 모양이었다. 양주 두 병 정도를 비웠을까. 아직도 안주는 넉넉하게 남아 있었다.

"형님, 오늘 기분도 그렇잖은데 외박 한 번 하실라우?"

"외박? 조오치. 너 자신 있어?"

"형님이 원하신다면 제가 못해드리겠습니까? 밖으로 나가시죠."

기식도 어느 정도 취기가 올라왔다. 그러나 아직 할 일이 남아 있었던 것이다. 반 부장을 여관으로 모시고 나야 제대로 인사치레가 끝나는 것이다. 기식은 밖으로 나가기 전에 준비한 봉투를 반 부장의 양복 안주머니에 찔러 넣었다.

"뭐야?"

반 부장은 이제 약간 술이 취한 모양이었다. 혀가 꼬부라진 소리를 내고 있었다.

"부장님, 여기까지 오셨는데 약소합니다. 한 장입니다. 앞으론 형님 잘 부탁드립니다."

"알았어, 걱정 마. 걱정말라구."

"자, 이제 나가십시다."

기식은 웨이터를 불렀다. 미리 나가서 택시를 잡으라는 사인을 보냈다. 실내는 쿵쾅거리는 음악소리 때문에 말을 하는 것보다 사인이 통한다면 사인으로 하는 게 훨씬 빠르고 편했다. 기식이 반 부장을 거의 부축하다시피 해서 밖으로 나오자 미리 택시가 대기하고 있었다. 기식은 반 부장을 먼저 뒷자리에 태

우고 자신도 뒷자리에 올라탔다. 그리고 머뭇거리고 서 있는 웨이터에게,

"야, 올라가서 보경이보고 궁전모텔 205호실로 빨리 오라고 그래."

웨이터는 알았다는 듯이 고개를 숙여 보이고는 재빨리 계단을 올라갔다. 택시는 이미 행선지를 들었으므로 기식이가 말을 하지 않아도 출발을 하고 있었다. 반 부장이 뒷좌석에 기대어 자는 줄 알았는데 눈을 뜨고 기식을 바라보고 있었다.

"야, 고맙다. 내가 미안한데?"

"무슨 말씀을…… 종종 들르십시오."

택시는 영등포시장 앞을 떠나 불과 5분도 안돼서 어느 모텔 앞에 섰다. 기식은 먼저 내려서 반 부장이 내리는 것을 도와주었다. 기식이 앞에 서서 걸었고 반 부장이 그 뒤를 따라왔다. 모텔의 입구에 있는 카운터에 다다르자 중년의 여인이 기식을 보자 먼저 인사를 했다.

"키만 주고, 보경이 오면 방으로 보내줘. 그리고 손님이니까 입가심할 맥주하고……."

"알았어요."

기식은 키를 받아서 오른쪽으로 난 계단을 올라갔고 반 부장이 기식의 뒤쪽으로 두어 발걸음 정도 떨어진 채로 따라 올라갔다. 계단에는 붉은 카펫이 깔려 있었다. 그리고 천장에는 그

리 밝지 않은 붉은 전등이 켜져 있어서 밀회를 즐기는 여자들에게 부끄러움을 주지 않으려고 애를 쓴 흔적이 여실히 드러나 보였다. 계단이며 복도에 인테리어를 해놓은 것만 봐도 말이 모텔이었지 호텔 못지않아 보였다.

기식이 205호실이라 패가 붙어 있는 방문에다 키를 꽂고 돌리자 방문이 열리면서 실내에 불이 들어왔다. 입구의 신발 벗는 곳을 올라서자 넓은 실내가 보였고 푹신한 소파와 소파 사이에 둥그런 유리 탁자가 놓여 있었다. 그리고 반쯤 열려 있는 방 안에는 침대가 놓여 있었다. 기식과 반 부장은 우선 소파로 가서 마주 보고 앉았다.

"형님, 이제 곧 아가씨가 올 겁니다. 저는 맥주나 한 잔하고 바로 가볼랍니다. 업소에 가봐야 하니까요."

"알았어, 다음에 내가 한 잔 사지."

"원 별 말씀을, 제가 사야죠."

그때 방문을 노크하는 소리가 들렸다.

"응, 들어와."

문이 열리고 스물한두 살 먹은 앳된 아가씨가 들어왔고 그 뒤를 따라 카운터의 아주머니가 쟁반에 맥주와 안주를 담은 것을 들고 왔다. 아가씨가 쟁반을 받자 아주머니는 조용히 문을 닫고 나가 버렸다. 보경이가 반 부장의 옆으로 가 앉았다.

"보경이, 너 인사드릴게. 이 분은 귀한 손님이니까 잘 모셔야 돼."

"인사드릴게요, 저 보경이라고 해요."

보경인 맥주의 병을 따서 먼저 반 부장에게 잔을 권했다. 거품이 잔 위에서 찰랑거릴 정도로 알맞게 따랐다. 그리고 기식의 잔에도 맥주를 따르고 나서 자신의 잔에도 직접 따르는 것이었다. 기식은 갈증이 나는 것처럼 그대로 입에 가져가 다 마셔 버렸다. 그리고 안주를 집어 들었다.

"형님, 잘 주무십시오, 전 이만 가보겠습니다."

하고 기식이가 일어섰다.

"고마워, 내일 가서 고맙다고 얘길 하지."

반 부장은 그대로 앉은 채로 말을 했다. 기식은 이미 성큼성큼 걸어서 문곁에 서 있었다. 허리를 한 번 깊게 숙이고는 문을 열고 나갔다.

보경은 반 부장의 잔에 맥주를 가득 따랐다. 너무 많이 따랐던지 하얀 거품이 잔 밖으로 넘치려고 하자 반 부장은 급히 입을 가져가 거품을 빨아 마셨다. 그리고 두어 모금 맥주를 마셨다. 보경이 안주를 집어 입에 넣어 주었다. 보경의 얼굴이 아직 소녀처럼 앳되어 보였고 가슴은 몸매에 비해 언밸런스할 정도로 풍만했다. 한 마디로 말해 영계였다. 반 부장은 가만히 있어도 군침이 돌 정도였다. 목에서 갈증이 났으므로 맥주를 깊숙이 들이켰는데도 시원하질 않았다. 앞에 있는 젊고 싱싱한 아가씨를 보자 갑자기 먹은 술이 확 깨서 달아나는 기분이었다. 조금 전까지만 해도 반 부장은 술에 취해 있었다. 그런데 지금은 점점 정신이 맑아오는 거였다. 그리고 오늘은 기분이 좋았으므로 양주를 마셨지만 금방 기분좋게 깨는 건지도 몰랐다. 옆에 앉은 아가씨를 흘끗 쳐다보았다.

"이름이 뭐라고?"

"보경이예요."

보경이가 맥주잔을 들어 입술에 가져다 대었다. 아무리 봐도 영계였다. 늘씬한 키에다 얼굴도 예뻤고 한 마디로 죽여주는 몸매였다. 둘은 그 자리에서 맥주 세 병을 다 비우고서야 일어났다. 보경이는 원래 술은 잘 못하는 건지 몇 잔밖에 안 먹었는데 얼굴이 발그스레해졌다. 반 부장의 머리를 얼핏 스치는 것이 있었다. 요즘 직장을 다니는 아가씨들이 밤에는 아르바이트를 한다는 거. 보경을 보면서 갑자기 그런 생각이 들었던 것은 왜 그랬는지 모른다.

"저 …… 먼저 샤워를 할게요."

"알았어."

반 부장은 소파에 머리를 뒤로 기댔다. 점점 정신이 맑아지는 느낌이었다. 보경이 벽으로 가더니 스위치를 끄자 조그만 실내등만 켜지고 실내는 약간 어두워졌다. 보경이 옷을 벗는지 부스럭거리는 소리가 났다. 반 부장은 자기도 모르게 그쪽으로 머리를 돌렸다. 보경이 뒤로 돌아서서 옷을 벗기 시작했는데 위의 재킷을 벗자 레이스가 날린 하얀 내의가 보였다. 그리고 양팔을 위로 들어 내의를 벗어올리는 것이 보였는데 가느다란 까만 줄이 매달린 브래지어가 보였고 옷을 벗느라 가슴을 내민 봉긋한 부분이 무척 탐스럽게 느껴졌다. 반 부장은 눈을 지그시 감고 음미하듯이 그녀가 하는 행동을 지켜보고 있었다. 그녀는 브래지어의 고리를 끌러 내렸다. 그러자 하얀 살집이 어둠 속에 환하게 드러났고 다시 그녀는 밑의 스커트를 풀었다. 옷이 힘없이 툭 떨어졌다. 이제 남아 있는 거라곤 조그만 팬티밖에 없었다. 그녀는 조금 망설이는 것같이 주춤하더니 반 부장을 흘낏 보는 거였다. 반 부장은 그대로 가만있었다. 이쪽을 바라보는 여자의 몸매는 더없이 아름답게 보여졌다. 그녀는 뒤로 돌아서 마저 벗기 시작했다. 조그마한 팬티가 왼쪽 다리를 다 빠져나왔는가 싶더니 그녀는 후닥닥 욕실로 뛰어 들어갔다. 그리고 샤워기를 트는 소리가 났고 물이 흘러내리는 소리가 마치 소나기가 오는 것처럼 들렸다. 반 부장은 잠시 눈을 감았다가 다시 떴다. 그리고 가슴에서 흰 봉투를 꺼냈다. 다시 봉투 입구를 열어 손으로 대충 만져보았다. 반 부장은 눈으로 보는 것이 아니라 손가락으로 빠닥빠닥한 종이를 비틀어가며 종잇수를 헤아렸다.

일백만원이었다.

반 부장은 조용히 웃고 있었다. 욕실에서는 여름날의 소나기 오는 소리같이 기분좋은 물소리가 계속 들리고 있었다. 아마도 구석구석을 씻는 모양이었다. 반 부장은 아랫도리에서 무언가가 뻐근하게 차오르는 것을 느꼈다.

이제 물소리가 그치고 욕실의 문이 열리자 그 안에 갇혀 있던 빛이 일시에 쏟아져 나와 밝아지기 시작했는데 그녀의 뒤에서 비추는 불빛에 의해 그녀의 몸매가 상세하게 드러났다. 심지어 그녀의 다리 사이에 풀뿌리처럼 돋아나 있는 음모까지 보였다. 그러나 그것은 잠깐동안이었다. 그녀가 옷을 입으려고 어둠 쪽으로 달아났기 때문이었다. 반 부장은 서서히 옷을 벗기 시작했다. 어둠 속에서 그녀 역시 반 부장이 옷을 벗고 있는 것을 바라보고 있었다. 어쩌면 그녀는 머리의 물기를 닦고 있었는지 모른다. 반 부장은 천천히 욕실로 들어가 시원한 물을 맞았다.

반 부장이 침대 위의 이불 속으로 들어갔다.

오리털 이불의 감촉이 마치 여자의 살갗처럼 부드러웠다. 여자는 가만히 누워 있었다. 남자가 손을 뻗어 그녀의 몸에 대었다. 만지는 곳마다 팽팽한 감이 전달되어져 왔다. 피부가 마치 물고기마냥 매끄러웠다. 남자는 손을 위로 올려 여자의 젖가슴으로 가져가 만져 주었다. 반 부장이 전에 느껴보지 못한 느낌이었다. 자신의 마누라와는 비교가 되지 않는다고 생각했다. 젖가슴은 만지면 만질수록 더 커지는 것 같았다. 그리고 가운데 돌기한 부분을 만지자 마치 성깔이 난 것처럼 도도하게 느껴졌다. 남자는 입을 가져가 그것을 탐스럽게 빨아주었다. 그리고 혀와 입술 사이에 끼워 조금씩 눌러 주었다. 여자의 가슴이 조금 꿈틀거리는 거였다. 남자는 이제 용기를 얻어 밑으로 내려갔다. 중간쯤의 함몰된 부분이 천천히 부풀어 올랐다가 그리고 천천히 내려앉았다가 다시 반복을 하고 있었다. 남자는 그곳은 쉽게 지나쳤다. 중요한 건 그 아래 부분이었는지 모른다. 보드라운 숲 같았는데 그것만큼 부드러운 숲은 일찍이 만나본 적이 없었다. 잔디보다도 더 감미로운 숲이었다. 약간의 물기가 계곡을 타고 흘러내리고 있었다. 남자는 그 물기에서도 냄새를 맡아내었다. 젊고 싱싱한 냄새였다. 남자는 이제 앞으로 어쩌면 다시는 이러한 냄새를 맡지 못할지도 모른다는 생각에 한참을 그곳에서 머물렀다. 여자의 몸이 조금씩 뜨거워지는지 온도의 상승에 따라 움직이기 시작했다. 여자의 몸이 슬로모션으로 찍은 비디오처럼 보여지기 시작했고 다리가 가지런히 벌어지기 시작했다. 필요 없는 이불이 여자의 발에 채여 밑으로 나동그라졌다. 남자는 이제 정글 속에서 튀어나와 돌격을 하고 있었다. 소총을 쏘며 뛰어가 적의 가슴팍에 정확히 대검을 찔러 넣었다. 여자는 자신의 몸에 날카로운 칼이 들어왔음을 느끼고 비로소 놀란다. 그리고 팔과 다리를 들어 자신을 공격한 남자를 칭칭 동여매기 시작했고 남자는 여자의 힘보다 더 무섭게 포박을 물리치고 있었다. 남자는 이미 피를 본 듯 미친 듯이 대검을 꽂아대고 있었다. 남자는 월남 참전 용사였는지 모른다. 여자가 나가떨어지고 남자가 고지에서 힘없이 내려오고 있었다. 남자는 자신이 가졌던 모든 것을 여자에게 빼앗기고 허탈해져서 산을 내려오고 있었다. 그리고 어디쯤에선지 모르게 그대로 깊은 잠에 빠져 들었다. 맹렬한 전투가 끝난 뒤의 수면이랄까,

반 부장은 직장에 출근을 해서도 정신이 가물거렸다. 잠이 모자란 탓이었을까 하고 생각을 해본다. 잠도 늦게 잤겠지만 술을 마신 탓도 있다고 생각했다. 그리고 황홀한 전투를 하던 기억이 생각났다. 마치 10년 전의 월남전을 다시 다녀온 것 같았다. 사방에 들어와서도 계속 졸렸기 때문에 한숨 푹 잤으면 하는 생각이 절로 들었다. 그래서 반 부장은 청소를 하는 소지를 사방 입구에 보초를 세워 두고 의자에 앉아졸기 시작했다. 소지 한 명은 사방 입구에서 보안과장이나 주임이 오는가 망을 보게 하고 또 다른 소지 한 명은 반 부장의 바로 옆에 서 있다가 출입구의 소지가 순시를 떴다는 사인을 보내면 신속하게

담당을 깨우라고 지시를 했고 면회자나 그 밖의 일로 사방문을 열어야 할 때는 옆에 서 있는 소지에게 미리 사방키를 줘서 알아서 문을 열도록 해뒀다. 이제 소지 두 명이서 알아서 사방문을 열고 닫을 것이다. 반 부장은 스르륵 잠이 들었다. 난로 앞에 앉으니 따뜻한 열기에 의해 저절로 잠이 오는 것이었다. 얼마나 잤을까. 누군가 깨우는 소리가 들리는 것 같았다.

"부장님, 부장님. 보안과장 순시라는데요."

반 부장은 억지로 눈을 떴다. 출입구 쪽으로 보니 소지가 계속하여 엄지와 검지의 손가락을 동그랗게 말아 말똥구리 표시를 했다가 손가락을 확 펴서 네 개가 되도록 만들어서 흔들고 있는 것이 보였다.

'음, 알겠다. 무궁화가 네 개인 보안과장이 떴다는 표시로구나.'

"야, 소지. 지금 몇 동에 있다는 거냐?"

"5동에 들어갔대요."

"알았어, 각 방에 과장 순시라고 정리정돈을 하라고 말해라."

반 부장은 아직도 의자에서 일어나지 않고 있었다. 아직 과장이 2동에까지 오려면 멀었다. 소지는 각 방마다 돌며 과장 순시란 걸 알리고 있었다. 그것은 일종의 경고였다. 나쁜 짓을 하다가도 멈추라는 뜻이었다. 괜히 과장에게 들켜봐야 담당만 시말서를 쓰기 십상이었고 잘못하면 징계에 올려지는 게 교도관이었다.

교도관들은 다른 공무원들보다 몇 배, 아니 몇 십 배 시말서를 자주 썼다. 이건 뭐 빽하면 시말서였고 시어머니가 며느리 잡듯이 기를 못 펴게 하는 것이 시말서였다. 옛날에는 조금이라도 위인 계급의 직원이라도 밑의 직원에게 시말서를 쓰게 한 이유 중의 하나가 밑의 직원을 못살게 굴면 밑의 직원은 시달림을 피할 목적으로 삥땅이 생기는 대로 바로 위의 고참에게 갖다 바치게 하기 위해 툭하면 시말서를 쓰게 했던 것이었다.

일반 공무원이야 1년에 한두 장 쓰면 그것도 기분나빠 하는데 교도관들은 사흘이 멀다 하고 시말서를 썼고 그 시말서 때문에 기를 못 펴는 시절이 있었다. 그래서 사방 담당들은 위에서 받은 스트레스를 다시 자신이 데리고 있는 재소자들에게 퍼부었는데 자신이 받은 대로 발설하는 거였다.

요즘이야 그렇지 않겠지만 몇 년 전만 해도 방 안에서 떠들거나 싸움이 일어나면 관구부장이나 주임의 손도 거치지 않고 사방 담당이 직접 즉결처단하는 식이었다. 사고를 친 재소자를 복도에다 엎드려뻗쳐를 시켜 놓고 많은 재소자들이 방 안에서 내다보는 데서 몽둥이로 내리갈겨 조지던 때가 많았다. 아니면 한겨울에 순화교육을 받던 운동장으로 발가벗겨서 데리고 나가 얼음구덩이에서 '앞으로 취침', '뒤로 취침', '낮은 포복'으로 기어가게 만들어서 팔과 무릎이 까지도록 하기도 했다. 그리고 사방마다 아예 몽둥이를 하나씩 다 갖고 있었는데 방에서 조금이라도 잘못한 것이 있으면 불러내어서 팼던 것이다.

"보안과장이 3동에 들어갔어요."

입구를 지키고 있던 소지가 후다닥 달려와서 또 다른 소지의 옆에 나란히 섰다. 소지들은 이미 재판이 끝나 징역을 사는 사람들이었고 과장이 순시를 하면 하던 일을 멈추고 복도에 나란히 서 있다가 과장이 지나갈 때 인사를 하도록 되어 있었다. 반 부장은 이제 슬슬 일어나서 모자를 썼다. 창문을 통해 옆 사동인 3동 쪽으로 시선을 돌리니 과장이 지나가는 방마다에서 '차렷! 경례!'라는 봉사원의 목소리가 들려왔다. 반 부장은 소리가 들리는 곳을 따라 시선을 이번에는 상층으로 올라갔다. 보안과장은 하층의 순시가 끝나고 다시 상층에 있는 3동 상을 순시하고 있었다. 이제 상층의 순시만 끝나면 다시 계단을 내려와 2동으로 올 것은 뻔했다. 잠시 후에 과장이 출입구 쪽으로 머리를 디밀고 나타났다.

"각방 차렷!"

반 부장은 힘차게 구령을 붙이고 난 뒤 뛰어가 과장의 서너 발걸음 앞에 멈춰 서서 모자의 창 끝에 거수경례를 올려붙였다.

"2동 하, 현재원 124명, 이상 없습니다."

과장은 이미 2방을 지나 3방을 들여다보고 있었다. 3방의 봉사원이 '경렛!'하고 소리를 질렀다.

앞줄에서부터 좌우로 다섯 명씩 반듯하게 앉아 정좌를 하고 있던 재소자들이 꾸뻑하고 고개를 숙였다. 과장은 인사만 받고 그냥 지나가는 거였다. 물론 방 안의 정돈상태를 다 훑어보고 지나가는 것이리라. 마지막으로 10방과 11방에 있는 독방을 둘러보고 다시 밖으로 나와 상층으로 올라가기 시작했다.

"2동 하, 순시 끝!"

반 부장은 과장의 꽁무니에다 대고 꽥 소리를 질렀다. 이제 순시가 끝난 것이다. 반 부장은 복도에 서서 각 방을 향해 다시 구령을 외쳤다.

"각방 쉬엇!"

조용했던 방 안이 다시 소란스러워지기 시작했다. 우당탕거리는 소리가 나고 옷을 단정히 꿰어 입었던 재소자들이 웃옷을 벗어던지기 시작했다. 언제나 순시가 끝나면 재소자들은 다시 바둑을 꺼내고 장난을 치기 시작하는 거였다. 반 부장은 과장이 상층의 계단을 내려와 사방 출입구를 빠져나가는 것을 보고 다시 의자에 앉아 졸기 시작했다. 소지들이 다시 원위치로 돌아가 난로 옆에서 자고 있는 반 부장을 위해 삥땅을 보기 시작했고 반 부장의 옆에 있던 소지가 5방에서 내미는 담당이 먹을 우루사와 비나폴로와 야쿠르트를 받아 조용히 책상 서랍을 열어 안에 넣었다. 그리고 살며시 닫았다. 반 부장은 가는 코를 골기 시작했다. 두툼한 교도관용 잠바의 깃에 목의 때가 끼어 반질거리는 것이 보였다.

"형님, 뻥끼통에 대기시켜 놨습니다."

상호가 와서 은밀히 속삭였다. 종태는 한 번 웃어주고는 곧바로 뻥끼통으로 들어갔다. 화장실 안의 모서리의 턱 위에 하얀 담배와 플라스틱 라이터가 놓여 있었다. 종태는 우선 뻥끼통에 걸터앉았다. 그리고 손을 모아 담배에 불을 붙였다. 비닐로 처진 화장실문 밖을 내다보니 벌써 천식이가 복도 쪽의 창살에 붙어서서 아마 담당 옆에 서 있는 소지와 농담을 주고받는 모습이 눈에 들어왔다.

종태는 한 손을 펴서 복도 쪽에서 불빛이 보이지 않도록 담배를 가리고 서서히 한 모금을 빨아들였다. 정신이 아득해지기 시작했고 입안이 달짝지근해졌다. 연기를 내어뿜을 때엔 될 수 있으면 천천히, 입술을 잔뜩 오므려 한꺼번에 연기가 밀려나가지 않도록 조심하며 밖으로 내밀어 보냈다. 뿜어져나간 연기가 종태의 얼굴에서 맴돌고 있는 것이 보였다. 뻥끼통 안은 겨우 한사람이 앉을 정도로 좁았고 통풍이 잘 되지 않아 연기는 쉽게 사라지지 않았다. 종태는 손바닥으로 바람을 일으켜 연기를 내어쫓은 뒤 다시 깊게 한 모금을 빨았다. 연기는 이제 종태의 허파뿐 아니라 살 속으로, 뼛속깊이 파고들 듯이 온몸에 퍼지는 느낌이 전해져 왔다. 밑에서 올라오던 지독한 똥냄새도 이제는 맡아지지 않았다. 종태는 눈을 지그시 감았다. 담배를 깊이 빨아들여서였는지 서너 번을 빨았는데 벌써 담배는 절반 이상이나 타들어가 있었다. 이제부터는 더욱 천천히 맛을 음미하면서 빨아야 될 것이다. 종태는 이제 담뱃불이 필터에 가까이 다가오자 갑자기 똥이 마려워졌다. 이상했다. 항상 담배가 끝날 즈음이면 똥이 마려운 것이었다. 그러나 바지를 끌러내리지는 않았다. 저번에도 그러한 증상을 느끼고 바지를 내렸는데 정작 똥이 나오지는 않았던 것이다. 이제는 담배를 피울 때마다 느끼는 증상이었다. 혹시 지금이라도 검방 기동대가 들이닥칠지 모르는 일이지만 그러한 것은 절대 염려가 되지 않는다. 두 명씩 한조가 되어 검방을 다니는 기동대는 사방 입구에 들어서면서 '검방 준비!라는 구령을 붙여 각 방이 미리 알도록 했었다. 그건 참 이상했다. 그렇게 하려면 아예 검방을 않는 것이 백번 편한 일일 것이다. 미리 도둑들에게 이제부터 훔친 물건을 검사를 할 터이니 알아서 감추라는 뜻이나 다름없었다. 그러고 나서도 한참동안이나 시간이 지나야 실제로 검방이 시작되었는데 그동안 그들은 소지들이 각방에서 거둬온 먹을 것을 다 먹어치운 후에야 검방을 시작했기 때문이었다. 그 시간이면 담배 한 개비를 다 피우고도 남는 시간이었다. 종태는 이제 필터에까지 바투 피운 꽁초를 갈갈이 찢어 분해하기 시작했다. 그리고 뼁끼통 속으로 던져 버렸다. 그것은 조그마한 흔적이라도 남기지 않기 위해서였다.

그 다음으로 상호가 들어갔고 또 그 다음으로 배식반장, 청소반장 순으로 계속 들어갔다. 마지막으로 천식을 끝으로 모든 의식이 끝이 났다. 그러나 그들은 방 안에 있는 몇몇 사람을 빼고는 전부 조금 양이 모자라는 표정으로 뼁끼통을 나오는 것이었다. 종태와 상호를 제외하곤 전부 담배 한 개비로 여러 사람이 나눠 피워서 아직 양이 덜 차는 모양이었다. 그러나 그들은 그것도 감지덕지하는 수밖에 없었다. 하루에 세 번 그 짓을 하는 방은 아직 드물었기 때문이다. 그리고 든든한 종태가 감방장이었고 그 밑으로 상호가 다 알아서 일을 처리했기 때문에 그 밑의 식구들은 그저 얻어먹는 식으로 감지덕지하는 판이었다. 담배는 일종의 마약과도 같았다. 방 안의 사람들은 조금 언짢은 일이 있어도 잘 참았다. 그것은 스스로가 잘 참는 인격이 형성되어서가 아니라 소위 잘 나가는 5방에서 괜히 눈총을 받고 다른 방으로 가는 것이 두려웠기 때문이다. 다른 방으로 가봐야 다시 신입부터 방생활을 시작을 해야 되고 어느 정도 고참이 되려면 그만큼 시간이 흘러야만 했다. 그리고 무엇보다 5방에는 든든한 오야붕이 있어 관구부장이나 사방담당도 함부로 하지 못하는 것이 있다. 그래서 다른 방에서는 아예 5방을 우러러 보고 있었는데 그것은 은밀히 짐작으로 아는 그들만의 추측이었지만 잘 돌아가는 방에서 담배 정도야 기본이 아니겠느냐는 생각이었다. 그리고 저녁에 오는 영치 소지들이 5방 앞에서는 한참동안이나 물건을 부리고 지나갔기 때문에 방 안에 이불을 넣어두는 옷장에는 먹을 것이 가득하리라는 생각을 하기에는 정말 쉬웠다.

우선 먹을 것이 많고 범털이 있으면 담배는 돌기 마련이었다. 구치소나 교도소에는 재판을 받고 정식으로 징역을 사는 사람들이 있었는데 그들을 출역수라고 불렀다. 이곳 구치소에는 출역수들이 취업을 하는 곳으로 재소자들의 밥을 짓는 취장이 있었고, 그 옆에 딸린 보일러실에 취업을 하고 있는 보일러공이 있었으며, 아침마다 그리고 저녁으로 구치소 내의 곳곳을 청소하는 내청이 있었다. 또한 정문을 나가서 밖의 도로와 바깥일을 하는 외소가 있었으며, 재소자들이 기거하는 방의 뺑끼통을 푸는 위생부와 재소자들의 옷과 이불을 관리하는 세탁부와 각종 시설물을 수리하고 만드는 영선부가 있었으며 직원들의 관복을 만드는 양재공장이 있었다. 그리고 재소자들의 사식을 만드는 식당인 사식당이 있었으며 직원들의 이발을 담당하는 직원이발부와 가족들이 넣어주는 영치물을 사방으로 날라다주는 영치 소지들이 있었고, 교무과에서 직원을 보조하는 교무과 소지가 있었다. 마지막으로 청소를 전담하는 관용 소지부라는 출역수들이 있었는데, 그들은 다시 보안과 청소를 맡아 직원들의 사무실과 구두를 닦아주는 보안과 소지와 사방에 두 명씩 배치를 받아 사방 안에서만 청소를 하고 담당의 시중을 들고 재소자의 시중을 드는 사방 소지로 나뉘었다. 그들은 각기 맡은 일을 하면서 몰래 장난을 치는 것이 있었는데 그러한 장난을 그 안에서는 '범치기'라고 불렀다. 아마도 그 말은 '범칙'의 늘어진 말일 것이다.

담배는 각 출역수들마다 구하려면 얼마든지 구할 수가 있었다. 출역수들은 그래도 갇혀 있는 미결수보다는 행동이 자유스러웠고 직원들과 접촉을 했기 때문에 직원에게 어떠한 대가를 제공하고 담배를 넘겨받거나 직원들의 옷에서 몰래 담배를 빼내는 경우도 있었고 미리 출소를 앞둔 출역수와 짜고 만기출소를 하는 날 새벽에 담 너머로 비닐봉지에 담배와 돌을 담아 다시 담 안쪽으로 던지면 안에 있는 출역수가 가서 몰래 주워오는 것이었다.

상호는 아침 일찍 사방과 사방 사이를 돌며 청소를 하는 내청의 출역수들을 꼬셔 놓았다. 그건 공존공생의 원칙이 성립되는 관계였다. 대개 출역수들은 형이 확정되었으므로 한 달에 한 번 정도의 면회밖에 허용되지 않았으므로 늘 배가 고팠다. 그런 그들에게 영양제 알약이나 소화제라든가 대일파스 같은 고가품이 그래도 잘 통하는 품목이었고 영양제를 주더라도 한 달치분의 영양제 알약을 건네주거나 더 심한 경우는 내청에서 일하는 재소자의 번호를 외워두었다가 면회를 오는 후배에게 그쪽으로 영치금을 넣으라고 시킨다.

그러면 다음날 아침에 내청이 청소를 하러 나왔다가 자신의 영치금 카드에 돈이 무사히 들어왔다는 것을 알렸고 몰래 담배를 건네주는 것이었다. 상호는 이미 오래 전부터 내청과 통하고 있었다. 내청 담당이 일일이 지키며 따라다녔지만 열 명 가까운 인원이 흩어져 청소를 하기 때문에 그러한 것을 적발하기도 어려울 뿐더러 그러한 일은 순식간에 일어난 일이었기에 전혀 눈치를 채지 못했다.

저번에는 5동에서 군인의 신분인 경비교도대원을 꼬셔서 정기적으로 담배를 받은 사실이 발각이 돼서 구치소 안이 일대 소동이 일어난 적이 있다. 문제의 사건은 5동에 있는 재소자가 검방을 나온 경비교도대원과 서로 농담을 주고받다가 그 대원이 곧 휴가를 간다는 말을 듣고 시내에서 자신이 경영하던 술집에 한 번 들르라고 말했던 것인데 정말로 그 대원은 휴가 기간 중에 그 술집을 찾아갔던 것이다. 거기서 아주 융숭한 대접을 받은 대원은 다시 돈 봉투를 받았었다. 그리고 구치소로 귀대를 한 다음부터는 자연스레 5동에 있는 재소자와 만났고 그 재소자에게 담배를 밀어넣어 주고 있었다. 그런데 문제가 발각된 것은 그 대원의 고참이 같은 내무반에 있으면서 가만히 보니까 돈을 너무나 풍족하게 썼고 가끔 통장을 보았는데 거기에는 보통 백만 원가량이 들어있는 것을 보고 수상하게 여긴 나머지 중대장에게 보고를 했다. 중대장이 그 대원의 일거수일투족을 살피다가 그 대원과 재소자가 밀착이 되어 있다는 것을 알고 신문을 했던 것이다. 그 대원은 정기적으로 사방으로 가서 담배를 내밀었고 그러고나면 그 재소자는 면회를 오는 부인에게 얘기를 해서 그 대원의 통장으로 돈을 온라인 입금시켰는데 한 번에 보통 50만원씩 입금을 시켜왔던 것이다.

상호는 오후가 되자 창밖에서 빗자루로 땅을 쓰는 소리를 듣고 창문 쪽으로 나갔다. 내청이 청소를 시작한 모양이다. 한 명이 슬금슬금 이쪽으로 오고 있었다. 청색 반팔 상의를 입고 새마을모자를 쓴 내청의 출역수가 창문 밑으로 바싹 붙자 상호는 미리 준비한 오징어 열 마리와 영양제 한 다발을 내밀었다.

"박 형, 여사 쪽으로 청소를 하러 들어가지요?"

"응, 그런데 왜?"

상호는 내청 출역수가 있는 바깥쪽을 다시 한 번 살펴보았다. 다른 출역수들도 이미 이쪽의 사정을 알고 있는 듯 내청 담당이 근처로 오는 것에 대해 망을 보고 있는 눈치였다. 상호가 건네주는 것을 박 형이 혼자 독식하지는 절대 않으리라. 상호는 미리 그것을 알고 있었다. 모든 재소자들은 공생의 협조체제가 잘 되어 있다는 것을 알고 있었다. 만일 저쪽에서 내청 담당이 오기라도 한다면 그 옆에서 청소를 하고 있는 출역수들이 갑자기 땅을 심하게 쓸어서 빗자루 소리를 내거나 기침을 해서 알려줄 것이다. 그리면 박 형은 필시 자신이 들고 있는 쓰레받기에 물건을 담아 다른 쪽으로 가서 땅을 쓰는 시늉을 할 것이 분명했다.

"박 형, 내가 곧 1심 선고를 받아요."

"그래서?"

"여사에 들어가면 여자 팬티를 한 장 훔쳐 줄 수 있겠수?"

"야, 여자 팬티는 뭐하게? 괜히 재수없게."

"박 형, 그게 아뇨. 고것이 얼마나 좋은 건지 몰르는갑요? 월남에 갔던 군인들이 여자 팬티를 갖고 있으면 총탄도 피해간다는 거 몰루?"

"에이, 그렇다고 여자 팬티를 갖고 있을라구?"

"하여튼 그건 확실해요, 갖다주실 거유?"

"알았어, 꼭 필요하다면 한 장 갖다주구. 청소를 들어가면 여자들 팬티는 수두룩하게 널려 있으니께."

박 형이 빙긋 웃었다. 자세히 보니 앞의 대문니가 빠져 있었다. 절도로 들어왔는데 벌써 여기서만 두 번째 출역을 하는 처지였다. 나이는 좀 들었어도 눈치 하난 지독하게 빨라서 상호는 박 형이라면 절대 걸릴 염려 같은 건 없다고 자신을 갖고 있었다. 상호는 오징어 세 마리를 더 얹어 주었다. 그리고 눈을 찡끗 했다.

"형만 믿소. 그리구 될 수 있으면 젊고 싱싱한 야한 팬티로 가져 오구."

"야야, 젊고 싱싱한 야한 팬티가 어딨냐?"

박 형은 앞니가 빠진 입을 활짝 벌리고 킬킬거리듯이 웃었다. 구릿빛 검은 얼굴에 주름이 패이는 것이 보였다.

"에이, 형님두, 그것 척 보면 몰라요? 사이즈가 쬐그맣고 잠자리 날개처럼 하늘하늘한 무늬가 놓인 팬티지 뭐유? 늙은 노인네가 그런 팬틸 입수?"

이번에는 상호가 웃어보였다.

"알았어, 내일 아침에 청소를 나올 때 가져올게."

"지금 들어갔다가 나올 때 갖다 주면 안 되구?"

내청은 2동을 청소하고 다시 1동 쪽으로 갔다가 1동 바로 옆에 담이 있는 곳이 여사였는데 여사에 들어갈 적에는 항상 뒤쪽에 있는 쪽문으로 들어갔던 것이다. 그리고 여사에서 잔반을 리어카에 싣고서 다시 1동과 2동을 거쳐서 5동 쪽으로 해서 의무과를 지나서 내청이 있는 막사로 갔던 것이다.

"뭐가 그리 급해서 그래?"

"지금 들어갔다가 나오면서 줘버리는 게 훨씬 낫지, 형님도 참, 그럼 형님이 가져가서 냄새나 맡고 있을 거유? 괜히 가지고 있다가 담당한테 들키지 말고 가는 길에 주구 가슈. 내가 금방 창밖으로 쓰레기를 버려놓을 텡께 지나가다가 다시 청소를 하러 오는 척하면서 주구 가쇼."

"알았어, 알았어, 그럼."

상호는 박 형이 1동 쪽으로 사라지는 것을 보고 천식이한테 방 안에 있는 쓰레기통을 갖고 오라고 일렀다. 그리고 그 통을 창밖으로 쏟아 부었다. 쓰레기는 마치 비둘기처럼 하얗게 흘러 내렸다. 상호는 건네받은 두 갑의 담배를 감추러 화장실로 들어갔다. 담배는 상호가 직접 관리했다. 종태가 들어오기 전에는 그러한 일을 천식에게 시켰었는데 종태가 오고부터는 자신이 직접 하고 있었다. 그것은 천식에게 그러한 일을 맡긴다는 것이 종태가 보기엔 건방져 보이는 오해를 사고 싶지 않아서였고 자신이 직접 해야 만이 종태도 안심을 할 것 같아서였다. 상호는 뼁끼통의 뚜껑을 열고 가느다란 실끝을 잡아 끌어올렸다. 그러자 그 실끝을 따라 비닐로 싼 봉지를 풀었고 비닐봉지를 풀자 그곳에는 아직 남은 담배가 그대로 있었다. 상호는 담배를 넣고 다시 비닐봉지의 주둥이를 고무줄로 꽁꽁 묶었다. 그리고 서서히 밑으로 내렸다. 그리고 자신이 끼고 있던 고무장갑을 벗어 천식이에게 씻으라고 건네주었다. 이번에는 천식이 안으로 들어가서 고무장갑을 씻을 차례였다. 상호는 똥냄새를 씻기라도 하듯이 창문 쪽으로 가서 창문을 활짝 열었다. 차가운 바람이 얼굴을 때리며 한꺼번에 밀려 들어왔다.

상호 자신도 이번 선고에서 얼마가 떨어질지 모른다. 이미 검사구형은 받아 놓고 있었다. 3년이었다. 상호는 최대한 기대를 하고 있으나 결과는 아직 미지수였다. 그 사건은 1년 전에 업소에서 행패를 놓던 손님을 끌고가 린치를 놓았던 것인데 동생들이 잡혀들어갔고 자신은 도망을 갔었다가 기소중지된 것이 우연히 얼마 전에 음주운전을 했다가 검문에 걸려 잡혀 들어온 것이다. 음주는 다행히 빴지만 폭력은 빼도박도 못했던 것이다. 그 자리에서 전경이 무전을 치는 사이 발라 버리려고도 했으나 마침 상호의 옆에는 순찰을 나가려고 시동을 걸고 있는 순찰차가 대기하고 있어서 도망을 치지 못했던 것이다. 잡히려고 그랬는지 요상하게 일이 꼬였다. 지난해의 폭력사건은 이미 동생들이 형을 살고 있었으므로 상호는 변호사를 사서 계속 그들에게 책임을 미루어서 자신은 단순가담자로 인정이 되어서 다행히 구형량은 많지 않았다. 그래서 상호는 변호사에게 돈을 더 얹어주고 이번 선고에서 나갈 수 있도록 부탁을 해 놓고 있는 중이었다. 변호사는 돈을 더 얹어주자 최대한으로 한 번 해보겠다는 의사를 피력해 왔다. 이제 이주일 후면 선고가 있을 것이므로 상호는 은근히 가슴이 조여지기 시작한 것이다. 상호는 심심했으므로 창가에 서서 과자봉지를 뜯어 과자를 으깬 것을 창밖으로 내던졌다. 과자 부스러기 한 줌을 내어던지자 1동의 사방 옥상에서 멀뚱거리며 경계의 눈초리를 보내던 비둘기들이 상호가 다시 두 번째로 던지자 더 이상 의심을 할 것 없다는 듯이 우르르 몰려들었다. 이번에는 상호가 비둘기들의 몸통 위로 직접 던졌는데도 날아가지 않았다. 비둘기들은 서로 먼저 먹으려고 양쪽 날개를 파닥거려가며 먹이를 쪼는 것이었다. 개중에는 목에 플라스틱으로 십자가의 목걸이를 한 비둘기도 있었고 종이에 글귀가 적힌 것을 목에 걸고 있는 비둘기도 보였다. 상호는 가만히 그 글귀를 읽어 보았다.

> 아버님 · 어머님,
> 저는 세상을 떠납니다.
> 불효자식을 용서해 주십시오.
> 죽어서 비둘기같이
> 훨훨 날겠습니다.
> 1991, 5월

이미 그 글자는 햇빛에 바랬고 비를 맞아 볼펜의 글씨가 희미해져 있었다. 상호는 그 글자를 쓴 이는 필시 사형수였을 것이고 이미 서울구치소로 가서 사형이 집행되었을 것이라는 생각을 했다. 그 사형수는 자신의 죽음이 임박했음을 느끼고 마음을 비우려고 무던히 애를 썼을 것임이 눈에 보이듯이 선했다. 그들은 하루하루가 바늘방석에 앉아 있는 것처럼 불안했다. 괜히 짜증을 부리고 누군가 옆에서 조금만 기분이 상하는 말을 해도 그것을 참지 못하고 폭발하는 것을 여러번 보아왔다. 겉으로는 태연한 척했지만 같은 방에 있는 다른 재소자들이 부러워졌을 것이다. 자신은 이제 곧 죽으러 가야 하겠지만 방에 같이 있는 사람들은 하루하루가 지나면 사회로 출소하게 되는 것을 생각하면서 마음이 얼마나 아팠을까 하는 생각이 들었다.

상호는 저번에 이곳에 들어왔을 때 전방을 갔던 곳에서 사형수와 몇 달을 같이 지낸 적이 있었다. 그 사형수는 독산동에서 큰 정육점을 하고 있었는데 같은 업자들끼리 모이면 수시로 노름을 하며 어울렸고 농담도 자주 하던 친구들이었는데 하루는 친구와 노름을 하다가 사소한 시비가 붙어 말싸움이 되었고 나중에는 몸싸움으로까지 진전이 되었다. 약간의 주먹질이 오갔고 감정이 상한 상대방이 코피를 흘리면서,

"야, 이 개자식아, 네 여편네도 간수 못하는 게…… 이미 네 여편네는 내가 건드렸어, 알어?"

"뭐가 어째? 미친놈이 지랄하네."

"저엉 못 믿겠으면 네 여편네한테 물어봐라. 저번 일요일에 나하고 어델 갔었는가."

서로 이런 말을 주고받았다.

그러자 그 사형수는 마음에 짚이는 데가 있었고 그 말이 틀

림없다고 생각한 나머지 곁에 있던 식칼로 한방에 가슴을 찌른 것이 즉사하고 말았던 것이다. 그런데 그 사형수가 판사의 동정을 못 받았던 이유는 이미 죽은 사람의 몸에 다시 칼질을 했기 때문에 결국은 항소심에서 기각되고 말았던 것이다. 대개의 경우는 치정에 얽힌 살인은 판사도 사람이 감정의 동물이라는 단순한 명제를 받아들여 선심을 베풀면 보통 10년 내지 15년의 형량을 선고하는 것이 통례였다. 상호도 재판정에서 판사가 주문을 낭독하는 것을 들었다.

피고가 사람을 죽였다는 것에는 일말의 동정을 할 수 없겠으나 자신의 부인이 다른 남자와 통정을 했다는 사실을 접하고 감정을 이기지 못하여 우발적인 범행을 한 것을 특별히 참작을 하여 이번에 한하여 특별히 다음과 같이 선고한다. 피고는 징역 15년에 처한다. 그리고 이제까지 구금된 통산 일수는 155일을 산정하여 산입한다.

그리고 나무망치를 땅땅 두드리는 것을 본 적이 있었다. 대개 사형수들은 깊이 잠들지 못하고 밤에도 몇 번이나 화장실을 들락거리는데 옆에 있는 재소자들이 얼마나 불편했는지 모른다. 왜냐하면 그것은 사형수들이 자살하는 것을 방지하기 위해서 구치소에서는 양손에다 수갑을 두 개씩이나 채웠으며 다시 그 위에다 가죽으로 된 혁수정을 채워 놓았는데 그것은 일종의 착고로서 수갑을 찬 팔이 몸에서 멀리 벗어나지 못하도록 허리에 가죽띠를 두르게 하고 손목도 가죽으로 된 수갑으로 고정시켜 놓아 밥숟갈도 입으로 가져가지 못할 정도로 꼼짝달싹 못하게 만들어 놓았다. 때문에 밤에 화장실을 가려고 덜그럭거리는 쇠붙이 소리와 몸을 마음대로 움직이지 못하여 내는 부스럭대는 소리가 사람들의 잠을 깨워놓기가 일쑤였다. 상호가 한밤중에 일어나보면 깨어서 눈을 반짝거리고 있는 그와 눈이 마주치기라도 하면 자신도 모르게 오싹했던 적이 있다. 그 눈은 절대 잠과는 거리가 먼 생생한 눈빛이었고 눈에서 살기가 돌 만큼 초롱초롱했던 것이 기억에 또렷하다. 그러고도 낮에 낮잠을 자지 않았다. 괜히 앉아서 사람들의 얼굴이나 훑어보곤 했는데 그 눈빛을 보면 섬뜩해서 호흡이 멎어버릴 정도였다. 상호야 그래도 서울 장안에서 주먹으로 논다는 축에 들어가 있었으므로 그러한 내색을 않고 있었다. 매일 그러한 모습을 보면서 한 방에서 지낸다는 것은 과히 기분이 좋지 않은 일이었다.

그러다가 그는 항소심 재판에서 기각이 되어서 들어왔고 그는 밤새도록 소리 없이 울다가 이를 부득부득 갈았다가 울다가를 반복했는데 간간이 부인의 이름을 부르면서 이년! 이년! 하고는 다시 이를 갈아서 그날 밤은 방 안 사람들이 거의 잠을 자지 못하고 그저 눈만 감고 자는 척하고만 있을 뿐이었다. 방 안의 사람들은 어떻게 해볼 도리가 없었다. 그저 잠이 오지 않아

속으로만 끙끙 앓으면서 몸을 뒤척이기만 하고 있었다. 상호도 그땐 그저 죽을 지경이었다. 한 대 쥐어박을 수도 없는 노릇이었고 괴로워하는 그를 나무랄 수도 없었다. 단지 제풀에 지쳐 잠이 들기를 기다리다가 꼬박 날이 새버렸던 것이다. 그는 날이 밝자마자 아침을 먹고 있는데 서울구치소로 이송명령이 떨어졌다. 이곳에서는 항소심에서 사형이 떨어지자마자 사형수를 사형장이 있는 서울구치소로 이송을 보내 버렸는데 그것은 하루라도 이곳에 둬봐야 자살을 하든지 다른 재소자에게 피해를 입히든지 문제를 일으킬까 보아 서둘러 보내 버렸던 것이다.

그는 가면서 방 사람들과 일일이 악수를 하고 떠났다. 상호는 악수를 할 때 그의 손에서 묻어나오던 땀이 얼마나 기분이 나빴는지 모른다. 그러나 마지막으로 죽으러 가는 사람 앞에서 그러한 내색을 할 수가 없어서 태연하게 인사를 했지만 그러고 나서 얼마간은 영 기분이 좋질 않았다. 그리고서 그 일을 잊어버릴 즈음해서 상호는 신문에 난 사형집행 사실을 보았고 그는 다른 폭력조직의 패싸움에서 살인을 한 룸싸롱 살인사건의 주모자들과 같이 형장의 이슬로 사라졌다는 것을 읽었다. 상호도 그 뒤로 가끔 싸움을 할 때마다 자신도 모르게 살인을 할지 모른다는 무서운 생각이 들 때도 있었다. 주먹세계에서는 물불을 가리지 않는 것이 특징이었고 조직의 사활을 위해서라면 목숨 따위는 안중에도 없었다. 싸움이 끝났을 경우에나 자신을 뒤돌아보며 섬뜩한 것을 느꼈지만 싸울 당시에는 그저 이기는 것밖에 아무런 생각이 들지 않았다. 대개의 경우 일단 사시미 칼에 한 번 맞으면 그걸로 끝이다. 자신이 먼저 맞았다는 사실로 인해 전의가 상실되고 자신감이 없어져 버렸기 때문에 항상 그것에만 긴장을 하게 되면 생명 따위에는 일단 신경이 쓰이지 않는 것이다.

상호는 목에 빠닥한 종이를 달고 있는 비둘기에게 과자 부스러기를 한 번 더 던져 주었다. 아마 저 비둘기는 죽을 때까지 저 목걸이를 달고 다닐 것이다. 비둘기들이 더 모여들자 한줌 뿌린 과자도 금세 없어져 버렸다. 상호는 다시 한줌을 그 비둘기가 있는 곳을 조준하여 던졌다.

얼마나 되었을까. 1동 쪽에서 리어카를 끌고 덜그럭거리는 소리를 내며 걸어오는 내청이 보였다. 상호는 그들을 바라보며 그냥 서있었다. 그들 중 하나가 이쪽으로 뛰어오고 있었다. 박 형이었다. 손에는 기다란 대빗자루와 쓰레받기가 들려 있었다. 내청 사람들은 이쪽을 힐끗 보았으나 5방 앞에 너저분하게 버려진 오물을 보고 박 형이 청소를 하러 가는 것쯤으로 아는 것인지 그냥 리어카를 끌고 천천히 앞으로 지나가는 것이 보였다. 그들은 하루의 일과가 마쳐진다는 것에 대해 기뻤던지 잡담을 나누느라 정신이 없었다. 뒤쪽에는 담당이 따라오고 있었지만 그도 역시 방 앞에 금방 버려진 오물을 보고는 별다른 의심도 않은 채 박 형이 금방 뒤따라올 것이라고 믿고 천천히 걸어가는 것이 보였다. 그때 갑자기 담당이 소리를 치는 것이었다.

"야, 그 방 개새끼들한테 쓰레기 좀 밖으로 버리지 말라고 야단쳐!"

"알았습니다, 담당님."

박 형은 빗자루로 쓸다가 슬그머니 창쪽으로 다가왔다. 그리고 그의 품에서 똘똘 말은 것을 건네주었다. 그것은 얼마나 작았던지 골프공만 했다.

"고마워요, 박 형. 내일 아침에 들르세요."

"알았어."

박 형은 서둘러 그 자리를 떴다. 그의 행동은 다른 사람이 보더라도 아무런 의심을 사지 않을 정도로 완벽했다. 그들은 그러한 것을 잔반이 말해준다고 표현하고 있었다. 역시 잔반을 많이 먹은 사람이 행동 또한 민첩했다. 상호는 계속 열어 놓았던 창문을 닫았다. 방 안에서는 식구 둘이 내기 장기를 두고 있었고 옆에서는 훈수를 두며 사람들이 달라붙어 있었다. 종태 형님은 벽 밑에 누워 잠을 자고 있는지 눈을 감고 있었다. 상호는 뺑끼통으로 들어갔다.

손바닥 안에 들어있는 하늘하늘한 것을 조심스럽게 펼치자 분홍색의 얇디얇은 팬티가 펼쳐졌다. 밑의 가장자리가 레이스로 수 놓인 팬티는 입은 지 얼마 되지 않은 새것이었고, 윗부분의 고무줄이 있는 부분을 잡고 펼치자 사이즈가 아주 작은 치수였다. 상호는 그것을 자신의 코에 갖다 대었다. 아직 비누냄새가 가시지 않은 듯 향긋한 냄새가 났다. 상호는 지그시 눈을 감았다. 남자들만 있는 이 세계에서는 도저히 맡아볼 수 없는 냄새였다. 아마 이 팬티를 잃어버린 주인은 새파란 영계일 것이 틀림이 없었다. 팬티의 야한 무늬를 보거나 사이즈로 봐서 충분히 가늠이 되었다. 상호는 밖에 있을 때 일주일에 꼭 3번씩은 영계를 끼고 잤다. 걔들의 팬티도 꼭 이것처럼 얇았고 잘못 다루면 금방이라도 찢어질 것처럼 잠자리날개마냥 하늘하늘거렸다. 상호는 갑자기 담배 생각이 간절해졌다. 화장실의 비닐문짝을 통해 방 안을 보니 종태는 아직 잠에서 깨어나지 않고 있었다. 상호는 뺑끼통의 뚜껑을 열어 실끈을 찾아 당겨 올렸다. 그리고 그 속에다 여자의 팬티를 숨겼다. 상호는 이제 다시 그 비닐봉지를 내리면서 가슴이 뿌듯해옴을 느꼈다. 마치 보물을 숨겨 놓은 것처럼.

방 안의 재소자들은 이제 좁은 방 안에서 벽에 기대앉아 잡담을 하고 있었다. 이 시간은 이제 면회도 거의 끝나가는 시간이었고 조금 있으면 저녁밥이 뜰 시간이었으므로 달리 무엇을 하기도 애매했던지 그저 앉아서 이빨을 까는 게 상책이라고 생각하고 있는 듯했다. 방에서는 먹는 것과 노가리를 까는 것과 싸는 것을 빼고 나면 아무것도 남지 않는다는 게 징역을 사는 사람들의 공통된 인식이었다. 그래서 구치소에서 출소하는 사람들마다 처음에 입고 들어온 바지의 허리가 작아서 단추를 채우지 못하는 경우가 많은 모양이었다. 황혼이 어스름하게 내리깔리는 방 안은 이제 이야기꽃으로 만발하고 있었다.

"형님, 요즘 구치소 안이 좀 이상한 거 같아요."

이 말은 절도로 들어온 성군이가 상호에게 하는 말이었다.

"왜?"

"글쎄, 분위기가 좀 이상한 거 같아요. 직원들 표정도 그런 거 같고…… 갑자기 기동대의 검방도 조금 까다로워지는 것 같아서요."

"야, 아직 그것도 모르냐?"

"왜요? 무슨 일 있어요?"

"야, 임마. 5동 상에 있는 기결 확정 대기수들이 구매물로 들어오는 야쿠르트와 사과하고 빵을 반죽해서 술을 만들었다가 기동대에 걸렸던 걸 몰라?"

"나는 아직 몰랐었구만요. 아하, 그래서 검방이 심해졌구나. 어떻게 된 거래요?"

상호는 성군을 한심하다는 듯이 바라보다가 입을 열었다.

"너희들도 조심해야 돼. 숨길 거 있으면 잘 숨겨. 괜히 걸려 가지고 방이나 깨지 말고…… 5동 상층은 확정 대기방이 아니냐? 곧 이송을 갈 놈들이라 먹을 건 없구 그저 심심하니까 술이나 만들어 먹으려고 그랬던 거 같아. 거 뭐, 술을 만드는 일이야 간단한 문제가 아니겠어? 매일 들어오는 구매물인 야쿠르트에다 사과를 갈아서 넣고 또 거기에다 식빵을 잘게 부숴서 병에다 며칠 담아두면 삭아서 술이 되는 거 아냐? 그런데 그 자식들이 잘 감추어 두질 않고 어설프게 놔뒀다가 검방팀에게 들킨 거지 뭐. 지금 방이 완전히 깨져서 뿔뿔이 흩어졌어. 독방에 들어가 있는데 그놈들은 이제 다른 데루 이송을 가서도 그곳에서 수정을 차고 독방으로 직행하겠지. 아마 가출옥을 먹는데 지장이 많을 걸?"

"으응, 그래서 요즘 검방팀들이 옷장의 이불까지 다 내리고 샅샅이 검사를 하는구나. 난 또, 왜 그런가 했지."

"당분간은 조심을 해야 할 거야."

상호는 방 사람들에게 단단히 주의를 주었다. 구치소에서는 그러한 일이 한 번 일어나면 며칠 동안은 검방을 하는 기동대가 눈에 불을 켜기 마련이었다. 그러나 그것도 조금만 시일이 지나면 시들해지고 만다. 그때까지만 조심을 하면 다시 평상시처럼 범치기를 할 수도 있었다. 5동에서 술을 찾아낸 교도대원은 그 공과로 포상휴가를 갔다는 소문이 들렸다. 군인들에겐 휴가만큼 매력적인 것이 없었다. 그러한 경쟁심리를 부추긴 것이 부소장이었다. 부소장은 경비교도대원에게 재소자들의 부정을 잡아내는 대원에게는 3박 4일의 포상휴가를 주겠다고 공언을 함으로써 교도대원들은 눈에 불을 켜고 뒤지기 시작했고, 다른 사방에서는 가끔 담배나 라이터돌을 찾아내어 휴가를 가는 대원들도 있었다. 그러나 크게 문제될 것은 없었다. 교도대원들이 눈에 불을 켜면 켤수록 재소자들은 더 안전한 곳으로, 더 깊숙이 범칙물을 감추어 버리는 것이었다. 걸리는 놈은 꼭 어설픈 놈이나 이제 흉내라도 내보려고 처음 시도하는 놈이 걸려들었다.

좁은 방 안이었지만 감추려고 마음만 먹으면 전부가 은닉장소가 될 수 있었다. 마룻바닥은 물론이고 천장에다 숨길 수도 있었고 깨어진 시멘트벽에다 숨기고 그 위에 종이로 발라버리는 방법도 있었다. 그리고 조미료가 든 통에 파묻어 놓아도 그들은 그곳까지는 보지 않았다. 맨날 앉아서 그것만 연구를 하는 재소자들을 당할 수는 없을 것이다.

"참, 형님. 여사 쪽에서 희한한 사건이 하나 있었대요."

성군이가 은밀한 목소리로 말을 했다.

"뭔데?"

이번에는 재선이가 눈을 반짝이며 끼어들었다. 재선은 혼빙간음으로 들어왔는데, 여사의 일이라면 제일 먼저 눈빛을 빛내며 달려들었다.

"어젯밤에 김포 세관에서 넘어온 여자가 있었는데요. 거 왜,

여사에서 제일 뚱뚱한 여자부장이 있잖아요? 저번에 여자들을 데리고 의무과로 데리고 가던 부장 있잖아요?"

"응, 그래서?"

상호도 본 적이 있었다. 여자들은 일주일에 한 번 정도 의무과로 치료를 가기 위해 남자들이 수용되어 있는 사동의 복도를 지나가야 했는데 그날 우연히 창밖으로 여자 재소자들과 뚱뚱한 여직원이 지나가는 것을 보았다.

"근데, 세관에 붙잡혀 관세법으로 조사를 다 받고 이쪽으로 넘어온 여자였는데 약 30대 초반의 여자래요. 보안과 소지들 말로는 키도 크고 아주 예쁜 여자였다는데 어젯밤에 이쪽으로 넘어와 여사에서 여직원이 몸검사를 했는데 뭐 별다른 것은 못 찾아냈었대요. 여자들도 우리 남자들처럼 홀랑 벗기는 모양이던데요? 아마 검신을 한 여직원은 아직 신참 직원인 모양입디다. 그래서 걔들도 우리처럼 신입검사를 마치고 마악 방으로 집어넣으려고 하는데 손 부장이라는 뚱뚱한 여직원이 보니까 그 여자가 걷는 걸음걸이가 좀 이상하더라나요. 마치 그곳이 아파서 어그적거리는 처녀같이 걸음을 이상하게 걷길래 손 부장이 한 번 물어봤다는 거예요. 어디 아프냐고. 그랬더니 그 여자는 괜찮다고 이야기를 했는데 다시 걸음을 걷는 모습을 보니까 자꾸만 이상한 생각이 들어서 그 자리에서 불러 세워서 옷을 홀랑 다 벗으라고 지시를 했다나요. 그런데 그 여자는 이번에는 옷을 안 벗으려고 해서 그것이 더욱 이상해서 손 부장은 끝까지 그 여자가 옷을 벗도록 윽박질렀는가 봐요. 그랬더니 그 여자가 결국 옷을 홀라당 벗었는데 처음에는 건성으로 플래시를 비춰봐도 별다른 이상은 없더래요."

"혹시 그곳이 까졌는가 하고 봤겠죠."

재선이가 이 말을 하자 온 방이 떠나갈 듯이 웃음바다가 되고 말았다. 천식이는 뭐가 그리 우스운지 배를 잡고 뒤로 발라당 나자빠지는 흉내를 냈다.

"근데 말이예요, 손 부장이 짚이는 데가 있었던지 그 여자한테 다리를 쫘악 벌리라고 해놓고 플래시로 그곳을 자세히 들여다봤더니 뭔가 보이는 것 같아서 이번에는 손가락을 넣어 봤더니 손가락 끝에 이상한 것이 만져지더라나요. 그래서 그것을 꺼냈는데 뭔지 아는 사람?"

성군이는 마치 방 안의 사람들에게 어려운 퀴즈를 내는 사람처럼 휘이 둘러보고 있었다. 사람들은 여자가 숨겼을 만한 것을 생각하느라 제각기 얼굴의 근육을 오므리며 생각하는 척했지만 답은 나오지 않았다. 천식이가 얼른 '담배' 하고 소리를 질렀지만 성군이는 이내 고개를 좌우로 돌렸다. 다른 사람들은 묵묵부답이었다. 성군이는 마지막으로 종태에게 시선을 주었으나 종태도 모르겠다는 표정이었으므로 입을 열기 시작했다.

"그것이 뭔고 하니 비닐봉지에 새카맣게 든 다이아였다는 거야. 소지의 말로는 좁쌀만한 다이아였는데 무려 600개나 들어 있드래, 그 구멍 속에. 그래서 손 부장은 아마 그걸로 법무부에서 표창을 받을 모양이던데? 근데 참 이상한 것은 여자가 어째서 거기다가 그것을 숨겼을까 말이여."

"야야, 여자들은 거기밖에 숨길 곳이 더 있냐?"

재선이가 소리쳤다. 자신만만한 소리처럼 들렸다.

"맞아, 여자들이야 거기가 제일 안전할 거야. 그러니까 세관에서도 못 찾아내고 이곳으로 그냥 넘긴 거겠지, 안 그래?"

"그년, 지독한 년이네. 거기가 아파서 어떻게 며칠을 참았지?"

"아마, 소변을 볼 때는 빼냈겠지. 그리고 다시 집어넣었을 거고."

"어떻게 보면 남자들보다 여자들이 더 지독해."

이 말을 한 것은 재선이었다. 재선의 공범도 지금 여사에 수용되어 있었다.

"다이아 600개라면 돈으로 치면 엄청날 걸? 얼마나 될까?"

"아마 몇 천 만원이 되겠지."

"우와, 그 여잔 금테를 두른 게 아니라 다이아 보물창고였겠구만."

"그런 여자 하나 물어 가지고 팔자나 고쳐볼까?"

성균이 말을 하자

“야, 그런 여자는 나같이 실리콘 주사로 이따만큼 해가지고 한 번 집어넣으면 아가리가 찢어지도록 해줘야 돼.”

재선이가 오른손으로 주먹을 쥐어 주먹을 까딱거려 보였는데 그것은 마치 자신의 성기를 가리키는 말이었다. 재선은 저번에 교도소에서 징역을 살 때 자신의 성기에 바셀린을 주사하여 성기를 키웠는데 바셀린을 너무 많이 넣어 정말로 남자의 주먹만 했다. 일주일에 한 번씩 가는 재소자 목욕탕엘 들어가면 그의 것이 얼마나 컸던지 평상시에도 대가리 부분이 주먹만 했는데 사람들은 그것 가지고 처녀는 아예 가랑이가 찢어질 거라고 말을 했으며 과부한테 가면 끔찍이 좋아할 거라며 놀려대는 게 일이었다. 그래도 그는 처녀에게 결혼하자고 꼬셔 볼일을 다 보고 돈을 뜯고는 차버렸는데 그쪽의 처녀 부모가 혼빙간음으로 고소를 해서 쇠고랑을 차게 된 것이었다.

“재선이 너는 그것 때문에 여기 들어왔으면서 또 그 소리냐?”

상호가 재선의 허리를 찌르는 말을 하자 재선도 섭섭하다는 표정을 얼굴에 지으며 말대꾸를 해댔다.

“에이, 형님두, 저는 지금이라도 제가 결혼만 한다고 하면 오늘이라도 나가요. 공소 기각으로요. 그년이 처음에는 정말 입이 짝 찢어질 정도로 혼이 나가버리더라구요. 아마 며칠은 아파서 못 일어났을 거구만요. 제꺼가 좀 큽니까? 그래서 내가 살살 꼬셨죠. 아마 처음이라서 그럴 거다. 이제 조금 지나면 아프지 않을 것이다하고 살살 꼬드겼죠. 그 기집애도 완전 쑥맥도 그런 쑥맥은 없었어요. 할 때마다 아가리를 벌려대면서도 그래도 나만 보면 좋다는 거예요. 그래서 사업 밑천만 뜯고는 차 버렸는데 끝까지 따라다니는 거예요. 요새 말마따나 고런 쑥맥은 처음이라니까요. 웬만하면 내 눈치를 보고 저설로 띨어져야 하는데도 고것은 영 떨어지질 않아서 애를 먹었다니까요. 나중에는 정말로 칵 죽여 버리고 싶었어요. 얼굴은 뭐같이 생겨 가지고 갠 얼굴만 보면 밥맛이 떨어져요. 내가 웬만하면 합의를 하고 같이 살려고도 했는데 도저히 자신 없어요. 차라리 징역을 살고 나가는 게 백번 낫겠다는 생각이 들어요. 그런데 못생긴 게 또 벗겨 놓으면 몸매 하난 또 끝내줘요. 그런 애들은 그저 불을 완전히 꺼버리고 하기에는 괜찮아요."

재선은 그래도 몸매 하나는 괜찮다는 식으로 아쉬움을 나타내었다. 상호는 피식 웃었다.

"야, 너 그 기집애 어디서 꼬셨냐?"

"아 그거야 뭐, 형님도 잘 아시잖습니까? 나이트 같은 데 가서 친구들이랑 놀러 온 것을 내가 꼬셨죠. 걔 말고 다른 애들은 전부 괜찮았는데 일부러 걔를 찍었죠. 그래야 그런 애들은 허겁지겁하고 달려들거들랑요. 하하, 지금도 나이트에 가면 수북이 널브러져 있는 게 그런 애들이잖아요? 몇 번 데리고 놀다가 슬슬 본론을 꺼내었죠. 난 사실 사업을 했다가 자금이 딸려서 다른 사람에게 넘겨주려고 그런다하고 아주 슬프게 말을 했더니 슬슬 딸려오더라고요. 사업은 어떤 거냐, 전망은 좋으냐, 하면서 아주 진지하게 물어오더라고요, 그래서 앞으로 아주 전망이 있는 사업이고 첫째로 마진이 많은 장사다. 사실 뻥을 좀 튀겼지요. 그랬더니 자기가 저금을 해둔 게 좀 있는데 하고 말꼬리를 흐리더라구요. 그래서 속으로 됐다 하고 다음에 만날 때는 아주 으리으리한 음식점으로 데리고 가서 식사를 하고 영화를 보고 그리고 또 아예 일류 호텔로 끌고 갔죠. 한 마디로 뿅가게 만들었죠. 그 다음부터는 그년이 더 불이 붙어서 야단입디다. 하루에도 몇 번씩 삐삐가 오는 거예요. 그래서 내가 전화를 하면 그게 뭐라는 줄 아세요? 지가 먼저 심각하게 사업에 대한 걱정을 하는 거예요. 그러면 나는 느긋하게 일부러 꾸며서 며칠 뒤에 어음을 막아야 하는데 그것을 못 막으면 잠시 어디론가 피신을 해야 할 거라며 미리 말을 해 두는 겁니다. 그럼, 그쪽에서 뭐라는 줄 아세요? 지가 어떻게든 그 돈을 구해볼 테니까 염려말라는 말을 하지요. 그럼 난 이제 그년이 돈을 가지고 오기만 기다리면 되니까요. 참 순진한 년이었지요. 나이가 차니까 눈에 보이는 게 없어지나 봐요."

"몇 살인데?"

"올해 서른하나요. 똥차죠, 뭐."

"야, 니도 제 명대로 살기는 글렀다. 그래, 서른한 살짜리 여자가 모아놓은 돈을 고스란히 꿀꺽했다는 말야?"

"형님, 요즘 2천만 원이 뭐 돈입니까? 나도 그년과 돌아다니면서 쓴 돈만 해도 절반은 까먹었습니다. 왜 그러세요?"

"아야야, 그게 니 돈이냐? 전부 다 그 가시내 돈이지."

"하여튼, 같이 쓴 거 아닙니까? 난 별로 남는 장사도 아니었습니다. 그년을 즐겁게 해주려고 애쓴 것은 어떡하고요? 내 보약값도 안 돼요."

상호가 쥐어박으려고 하자 재선이 얼른 피했다. 순전히 그것은 흉내에 불과했다.

"자꾸 그러다가 니도 오지게 한 번 채인다."

"잘 알겠습니다, 형님."

이야기는 거기서 끝났다. 마침 그때, 사방 소지가 악을 쓰듯이 소리를 지르는 통에 그들이 후다닥 일어났기 때문이었다.

"각방 배식 준비이!"

저녁밥이 뜬 모양이다. 옆 방에서도 배식준비를 하느라 쿵쾅거리는 소리가 났다. 그것은 마치 밥에 굶주린 사람들이 취하는 행동 같아 보였지만 사실은 그게 아니었다. 그들은 징역 속에 갇혀 있으면서 밥그릇이 줄어야 속히 나간다는 무의식의 압박감이란 게 있었다. 열심히 밥을 축내다 보면 시간이 지나고 그렇게 되면 언젠가는 나가게 된다는 뜻이었다. 재판을 받을 땐 판사가 꼭 통산 일수를 알려 주었는데 그 통산 일수란 것이 그들이 구치소 안에서 재판을 기다리느라 얼마나 많은 밥그릇을 비웠느냐를 말하는 것으로서 그 밥그릇 수만큼 앞으로 징역을 살아야 될 날수에서 제외시켜 준다는 말이었다. 물론 그들은 여기 구치소에 갇힌 날부터 지금까지 살았던 날수를 자신이 먼저 헤아리고 있었다.

05

삶에의 도전

밥과 반찬의 배식은 전부 소지들이 맡아서 배분해 주고 있었다. 맨 처음 1방부터 사방 담당이 무식하게 생긴 키를 꽂아 사방문을 따면, 소지 두 명이 밥과 반찬이 실린 쇠로 된 수레를 끌어 방문 앞에다 대고 한 명은 밥을 퍼서 넣어주고, 또 한 명은 국과 만찬을 퍼서 넣어 주는데 밥과 반찬은 대충 방의 인원수에 따라 고무통에 담아주는 것이다. 그러면 그들은 알아서 자기들끼리 알맞게 밥을 푸고 반찬을 나눠서 먹는 것이다. 그런데 거기에서 소지들의 권한은 막강했다. 소지들에게 잘 보이고 먹을 것을 많이 내어놓는 방에는 국의 건더기라도 많이 주지만 그렇지 못한 방에는 아예 멀건 국물만 퍼넣어 주었다. 소지들은 얄미운 방 앞에 가서는 국을 푸는 국자로 국물을 한참

휘저어서 살짝 윗부분만 떠서 주는데 진짜 건더기는 아래쪽의 중앙에 다 몰려 있었던 것이다. 특히 고깃국이 나오는 날은 배부른 방은 배가 터지는데 가난한 방은 고기라곤 한 점도 없을 때도 있었다. 한 마디로 말해 소나 돼지가 발을 둥둥 걷고 지나간 기름 국물뿐이었다.

담당은 소지도 먹고 살아야 한다는 데에는 묵시적으로 동감을 하고 있었다. 게다가 매일 담당이 출근을 하면 소지가 갖다주는 우루사나 비나폴로, 각종 영양제에다 빨대를 꽂은 음료수라든가, 낮 시간 심심할 때 가져다 주는 과일이며, 오징어도 모두 다 사방에서 삥땅을 치는 것들이었다. 소지들은 방에서 나온 치킨이나 과자, 과일 등을 일단 담당이 먹을 만큼 그릇에 담아 상납을 하고는 자신들도 먹을 것을 챙겨 담당이 보이지 않는 세면장으로 들어가 둘이서 한참동안 먹어댔다.

그것은 사람이 사는 이곳에서도 독버섯처럼 자라나는 부조리였지만 좋게 말을 하면 상부상조의 누이 좋고 매부 좋다는 식의 편리를 도모하는 먹이사슬이었다. 소지는 또 그러한 먹을 것을 담당에게 갖다 바치면서 이것은 어느 방에서 나온 것이고, 저것은 또 어느 방에서 나온 것이라고 이야기를 해줌으로써 담당은 그 방에 대해 편리를 주지 않을 수 없게 했다.

가령 그 방에서 사소한 싸움이 일어났더라도, 담당의 눈밖에 벗어난 방이라면 관규대로 처리를 하겠지만, 담당의 기억에 남은 방은 그냥 넘어간다든가 아침 세면을 하는 시간에 얼굴만 씻는 것이었는데도 머리까지 감았다고 해서 심하게 야단을 칠 수도 없는 노릇이었다. 한국 사람에게는 용서하는 미덕이 있어서 자신에게 잘하는 사람에 대해서는 후한 점수를 주는 게 당연한 인지상정이었다.

물론 5방에는 소지들이 국을 퍼줄 때 바닥을 긁는 소리가 나도록 알짜배기만 퍼주는 것이었다. 그러면 방에서는 배식반장이 미리 허리 뒤에다 오징어며, 비닐봉지 훈제로 된 치킨을 싸들고 있다가 배식이 끝날 즈음에 소지들에게 내어밀었다. 소지들은 혹시 다른 방에서 보이지 않도록 국통에 처박아 넣거나 김치통의 맨 밑바닥에 쑤셔 넣어 다른 사람들의 눈에 일절 띄지 않도록 했다. 담당은 계속 문만 열고 다음 방으로 가서 기다렸다. 소지들이 밥과 반찬을 배식하고 문을 닫는 일도 소지들이 알아서 했다.

몇 년 전만 해도 담당은 아예 의자에서 일어나질 않았고 사방키를 소지들에게 주면 소지들이 저희들끼리 문을 따고 밥과 반찬을 배식하고 다시 문을 닫고는 다음 방으로 나아갔다. 그때는 담당이 얼마나 편했는지 모른다. 낮에도 면회를 오거나 재판정에 나가는 재소자들을 위해 문을 따야 할 때에도 담당은 의자에 앉아서 그저 책을 보고 있거나 잠을 자고 있었고 소지들이 알아서 문을 개방하고 또 문을 닫았다. 그래서 그때는 소지들이 더 권한이 있었으며 얼마나 삥땅이 심했는지 모른다. 그때는 소지로만 풀려도 징역을 살면서 잘 먹고 잘 놀고 겨울에도 따뜻한 난로 곁에서 지내다가 날수가 차면 출소를 했던 것이다. 그리고 소지들이 사방과 출역수들의 중간다리 역할을 해서 심심찮게 담배를 팔아먹었다. 소지라는 말은 원래 일제시대 형무소에서 쓰던 용어였는데 청소를 하는 사람을 일컫는 말이었다.

"야, 배식반장, 낮에 담당님 드리게 영양제 좀 구입하고…… 그리고 담당님이 위장이 안 좋으시다니까 사약 신청 직원이 오면 큐란을 좀 구입해 둬."

"알았습니다."

배식반장을 맡고 있는 천병권이 입에 밥을 떠 넣으면서 대답을 했다.

"그리고 소지들 좀 잘 거둬멕여. 그래야 우권 신청을 하더라도 잘 받아줄 것 아녀?"

배식반장은 입에 잔뜩 밥이 들었으므로 고개만 끄덕였다.

종태는 천식이가 깔아준 담요 위에 앉아 밥을 먹고 있었다. 그리고 종태의 밥과 반찬에는 어느 것에든지 참기름이 잔뜩 부어져 있었다. 온 방 안이 참기름 냄새로 가득 찼다. 그렇다고 나머지 사람들이 같이 공동으로 먹는 밥과 반찬에는 참기름이 안 들어간 것은 아니었다. 물론 거기에도 참기름이 뿌려져 있었지만 종태가 따로 먹는 밥과 반찬만큼은 들어가지 않았다.

"그리고 오늘부터는 두 사람에 한 대씩이다, 알았나."

상호가 그렇게 말을 하자 다른 사람들은 밥을 먹다말고 씨익 웃어보였다. 그것은 담배를 말하는 거였다. 요즘은 뭐든지 잘 돌아가고 있었다. 모든 게 풍족했다. 전에는 담배 한 개비를 다섯 명이 나누어 피웠는데 서로 한 모금이라도 더 빨려고 기를 썼고 맨 나중에 뺑끼통으로 들어간 이는 필터에 거의 가깝게 타들어온 꽁초를 빨았던 것이다. 그렇다고 불만을 내세울 수는 없었다. 서열상으로 제일 아래인 사람이 다섯 번째로 들어갔으며 만일 불만을 터뜨렸다간 종태나 상호는 절대로 그냥 두지 않을 것이 분명했다. 물론 한 번쯤이야 그런대로 봐주겠지만 여러 번 눈밖에 벗어나면 자신도 모르는 사이에 사방 담당이나 전방담당 직원에게 부탁을 해서 다른 방으로 전방을 보내버릴지 모르는 일이다. 그것은 간단했다. 종태는 이미 사방 담당인 갑부, 을부, 병부 부장들을 밖으로 불러내어 자신의 부하인 기식치를 시켜 융숭한 접대를 했으며, 거기다가 차비하라며 봉투까지 준비를 해서 기분좋게 해줬기 때문에 종태가 부탁하는 일은 어떻게 해서든지 이루어지고 있었다. 그렇기 때문에 다른 방에서는 몇 달을 지내고 나면 보따리를 싸고 전방을 가는 것이었지만 5방만큼은 아직까지 전방이라는 게 없었다. 그것은 이미 담당들이 종태의 말을 들어주고 있다는 증거였다.

그러면서도 종태는 절대 밖으로 드러나게 행동을 하고 있지는 않았다. 그저 하루에 몇 번 정도 방 안에 서서 담당과 이야기를 나누거나 아니면 밖에 나가서 난로 옆에 앉아 담당과 이야기를 했을 뿐 별로 크게 드러나지는 않았다. 말하자면 물밑으로 통하는 것이 있는 모양이었다.

재소자들에게 있어 전방이라는 것은 정말로 고역이었다. 서로 낯을 익히고 정이 들 만하면 다른 방으로 전방을 가게 되는데 아무리 징역을 많이 살았다 하더라도 일단 남의 방에 들어가면 그 방에서는 제일 낮은 신참이 되는 것이었고, 밑바닥부터 청소하는 것에서 시작하게 되어 있었다. 그리고 잠자리도 남들이 제일 싫어하는 뼁끼통이 있는 맨 끝자리에서 자게 되었다. 뼁끼통이 있는 끝자리는 밤중에 화장실을 가는 이들에게 손이나 발을 밟히기가 일쑤였고 요행히 밟히지는 않았다하더라도 이불을 밟는 기척에 잠이 깨어 버리는 것이었다. 그것도 수시로 드나들면 그때마다 잠이 깨어서 나중에는 잠이 모자랄 지경이었다. 그렇다고 신참이 낮에 잠을 잔다는 것은 있을 수 없는 일이었고 비실비실거리다 보면 괜히 방 사람들에게 찍히기가 일쑤였다. 공동생활에서 여러 사람에게 한 번 찍히고 나면 모두가 자신과는 적이 되고 말았다.

자신이 애써 말하는 것은 묵살되기가 다반사였고 말발도 서지 않았다. 그리고 장기를 두거나 놀이를 해도 자신만 제외시켜 버리는 것이어서 그때부터는 하루라도 빨리 다른 방으로 전방을 가기만을 고대하게 되는 경우도 있었다. 출소를 하는 것이 제일 상수였지만 그것은 어디까지나 자신의 바람일 뿐 이미 죄를 지어서 들어온 이상 쉽게 빠져 나간다는 것은 더더욱 어려운 일이었다. 재판이라는 것은 이미 수천 명의 재소자들이 있어서 그 사건이 일어난 순서에 의해 재판이 신행되있으므로 자신이 급하다고 해서 곧바로 재판이 붙는 것은 아니었다. 자신이 지은 죄 때문에 자신이 스스로 이곳 사정에 맞추어가는 수밖에는 별 도리가 없었다.

밖은 날씨가 추웠지만 밥을 먹는 시간만큼은 전부가 웃통을 벗어 제치고 밥을 먹었다. 겨울에 차입으로 들어온 한복은 두터워서 밥을 먹을 때엔 여간 불편한 게 아니었다. 그리고 한복은 뺑끼통에 갈 적에도 불편했다. 까딱 잘못했다간 옷에 똥이라도 묻을지 몰랐다. 그래서 사람들은 뺑끼통에 갈 적엔 한복을 죄다 벗고 내복 차림으로 들어갔다. 매일 방 안에 있으면서 밥 한 그릇을 뚝딱 다 먹어치우니 살이 안 찔래야 안 찔 수가 없었다. 거기다가 영양을 보충한답시고 마구 영양제를 먹어대니 그것이 전부 살로 안 갈 수가 없었다. 썩은 보리쌀로 밥을 지었다고 해도 반찬이 많으니 밥맛은 꿀맛 같았다.

"상호야, 바깥에서 이렇게 밥을 맛있게 먹어본 적이 있냐?"

"없습니다, 형님. 밖에서야 매일 술에다가 담배를 피워대니 밥맛이 있을 수 있나요. 그리고 매일 기집질이나 하고 있었으니 몸이 말이 아니만지요. 여기야 바깥에 비하면 수도하러 온 거 같지요. 술을 하나, 담배를 많이 하나, 오입을 할 수 있나, 이건 뭐 중이 된거나 마찬가지지지요. 안 그렇습니까, 형님?"

"맞아. 나도 살이 많이 불었어. 몸이 좀 무거워진 거 같다."

"형님, 창틀을 붙잡고 운동 좀 하십시오. 그래야 나가서도 몸이 가볍습니다. 우리들이야 몸으로 먹고 사는데 몸이 무거우면 큰일이지요."

종태와 상호는 밥그릇을 물리고 앉아 둘만의 대화 시간을 가졌다. 그것은 종종 있는 일이었다. 그동안 사람들은 먹은 식기들을 닦거나 방 청소를 하고 있었다.

"형님, 내청에 부탁해서 여자 팬티를 하나 구해 놨습니다."

상호는 나지막하게 얘기를 했다. 다른 재소자들은 각기 맡은 일에 열중하느라 분주하였다.

"왜?"

종태는 천식이 갖다준 나뭇가지를 꺾어 만든 이쑤시개로 이빨을 후벼파며 물었다.

"내가 이제 선고날짜가 얼마 안 남았잖습니까? 그때 나가야지요. 여자 팬티가 얼마나 재수가 좋다구요. 하늘하늘한 게 아마도 영계 것 같습디다. 허리 사이즈가 나한테로 한 뼘도 안 될 거 같아요."

"그으래? 잘 보관해 둬. 털은 없디?"

"원, 형님도."

"야, 참 서럽다. 밖에 있으면 뭐가 부럽겄냐. 돈이 없어, 여자가 없어, 하나도 부러운 게 없었는디 참말로 나도 잠을 자다가도 미치겠는거라. 기식이가 밖에서 일을 잘 해서 항소심에서 나가야 하는데……."

"형님, 걱정마쇼. 변호사한테 한 이천쯤 갖다주면 천 정도는 판사한테 갈 거 아니겠소. 그럼 잘 하면 안 나가겠소?"

"기식이에게 변호사한테 가서 확실한 액수를 알아보라고 했는데 모르겠어. 변호사가 액수만 결정하면 다된 밥인데."

"그렇겠죠. 변호사가 액수를 제시한다는 건 이미 판사하고 말이 된 거나 마찬가지니까요."

"구형량은 한 5년 나오겠지?"

"아마 그럴 겁니다. 형님은 그 정도로 잡고 계시는 게 마음이 편할 겁니다."

상호는 종태에게 더하거나 뺄 필요도 없이 그대로 말을 했다.

"아무튼 난 2심에서 나가기만 하면 돼."

"……."

그때 마침 설거지를 시키려고 담당이 사방문을 따는 소리가 났다. 매번 식사를 하고 나면 담당이 방문을 땄는데 방에선 재빨리 퐁퐁으로 식기를 닦아서 식기당번이 고무통에 담아서 밖으로 가져나갔다. 그 식기는 세면장으로 가져가서 다시 한 번 물로 헹구어야 했기 때문이다. 그리고 그때 가져나간 잔반을 쓰레기통에다 부었다. 그래서 식기를 닦는 사람들이 각 방에서 한 명씩 나와 있었으므로 세면장은 날마다 북새통을 이루었다. 간혹 식기를 먼저 닦고나서 칫솔로 양치질을 하고 세면까지 하는 재소자도 있었다.

이때는 사방담당도 의자에 앉아 있지 못하고 방을 따는 일과 식기를 닦고 들어가는 재소자를 방에 넣기 위해 문을 여느라 아예 복도에 서 있는 것이었다. 세면장에서 나온 재소자들은 식기를 닦은 고무통을 들고 자기의 방 앞으로 가서 앉아 있으면 담당이 가서 방문을 열어주는 것이었다. 담당은 1방과 12방의 거의 중간 지점인 5방 앞에 서서 세면장에서 나오는 족족 방으로 집어넣었다.

"담당님, 여사에서 한 건 했다면서요?"

종태가 은근히 물어보았다.

"그게 무슨 말인데?"

"담당님도, 어젯밤에 여사에 들어온 신입 말입니다. 몸속에 다이아를 육백 개나 숨겨 가지고 들어왔다면서요?"

"아, 그래."

담당은 이제야 알겠다는 듯이 어정쩡하게 말을 했다.

“근데, 종태가 그걸 어떻게 알어?”

“담당님도 참, 내가 누굽니까? 그런 거야 기본 아닙니까, 척하면 삼척이라는 말 있잖습니까?”

“나도 아침에 출근해서 그 이야길 들었어. 그런데 나보다 더 정보가 빠르구만.”

“그런데 어떻게 된 겁니까?”

“뭐, 반반한 여자가 하나 들어왔던 모양인데 그 여자한테서 다이아가 무려 육백 개나 나왔다는 거지 뭐야. 나도 여기서 십년이 넘었지만 그런 건 처음 듣는 얘기야.”

“여자들은 감출 곳이 거기밖엔 없는 모양이죠?”

“다이아니까 거기에다 감췄겠지. 여자들이야 남자들처럼 항문 속에 담배를 감추거나 수표를 말아서 감출 생각이야 하겠어? 밖에서 담배를 피웠다손 치더라도 이곳에 들어오면 당연히 끊어. 나가면 또 피우는진 모르지만 대개 여자들이 담배를 피우다가 독방에 가고 하는 것은 못 봤어.”

식기를 닦았던 재소자들도 거의 방 안으로 들어간 모양이었다. 이제 조금 있으면 저녁 점검만 받고 취침 때까지 자유시간이 될 것이다. 그러면 방 안에서는 장난을 치거나 바둑을 두거나 잡담을 하면서 시간을 보내게 되리라. 종태는 담당이 난로 옆에 앉아서 지그시 눈을 감는 것을 보고는 창문을 닫고 밑으로 앉았다.

“담당이 피곤한가 봐.”

종태가 말을 하자 상호는 그 말이 무슨 뜻인지 금방 알아차렸고 일어나 뻰끼통으로 들어갔다. 그것은 말하자면 담배를 피우는 시간이라는 뜻이었다. 이 시간은 담당도 하루의 일과가 끝나 교대근무자가 올 때까지 쉬는 시간이었고 간부들도 퇴근을 할 시간이었으므로 별로 거리낄 것이 없는 안전한 시간이었던 것이다. 그리고 설사 보안과장이 퇴근을 안 하고 몰래 사방을 순시한다고 하더라도 담당이 얼른 의자에서 일어나서 보안과장의 앞으로 뛰어가서 큰소리로 이상유무를 보고하는 소리만 듣고도 각 방에서는 누군가가 순시를 왔다는 것을 쉽게 알 수 있었다. 말하자면 담당도 자신이 지적을 안 받으려고 각 방에서 들을 수 있도록 최대한 큰소리로 보고를 할 것임에 틀림없었다.

먼저 상호는 화장실의 구석진 시멘트 턱 위에 한 개비의 담배와 라이터를 올려놓았다. 종태는 뻰끼통에 걸터앉아 느긋하게 한 모금 빨아보았다. 담배맛이 그렇게 좋을 수가 없었다. 마음 같아서는 담배의 연기까지 다 내장 속으로 집어넣고 싶었지만 아쉬운 듯 연기를 천천히 내어뿜었다. 종태는 담배를 빨아들이는 틈틈이 지금 이 시간쯤이면 바깥에서 자신이 무얼 하고 있었을까 하고 생각하기 시작했다. 자신은 이 시간쯤이면 동생들과 술을 마시고 있거나 업소에 매여 있다가 홀로 독립을 해서 조그마한 술집을 차린 은영의 가게에 가 있었을 것이다.

은영이는 이제 갓 스물한 살로 늘씬한 키에다 눈이 유난히 큰 순진한 애였다. 은영이가 처음 술집 〈황제〉로 오던 날, 종태는 그곳에 갔다가 모처럼만에 눈에 확 띄게 예쁜 은영이를 보고 자신도 모르게 마음속에서부터 찌르르 하고 울림이 왔었던 것이다. 종태가 이제까지 겪어보지 못했던 느낌이었다.

은영이는 괜찮은 집안의 딸이었는데 대학에 두 번이나 떨어지고 나서 대학진학은 이미 자신이 없어졌고 패션모델이나 되려고 아는 선배의 입을 통해 모델이 되기 위해 몇 컷의 사진만 찍고 프로덕션을 한다는 사장한테 몸을 빼앗긴 아이였다. 사장이라는 작자는 정식적인 모델 에이전시도 아니었고 그냥 조그만 사무실에 전화만 한 대 갖다 놓은, 한 마디로 말해서 사기꾼이나 마찬가지였던 것이다. 모델이 되려면 우선 사진을 찍어야 했고 그러면 그 사진값은 은영이가 물어야 했고, 또 그 사장이 만나는 사람은 전부 영화에 관계하는 사람들이거나 비디오 작가라는 말에 그들이 마시는 차값, 점심값을 모두 은영이가 치렀던 것이다. 은영이는 모두 모델이 되기 위해선 그만한 돈쯤은 들어간다는 소릴 듣고 있었던 터라 집에서 학원비라고 타낸 돈으로도 모자라자 그룹과외를 한다는 말로 부모를 속였던 것이다. 그러는 동안 사장은 자꾸만 자신의 몸을 요구했고 은영은 처음엔 무척 망설였지만 자신을 유명한 스타로 만들어준다는 말에 이를 악물고 들어 주었던 것이다. 그러나 그 후부턴 계속 그러한 요구를 했고 이미 한 번 빠진 올가미는 쉽게 그녀를 놓아주지 않았다. 나중에 그녀가 정신을 차렸을 때엔 이미 대학도 멀어졌고 그렇다고 집으로 선선히 들어갈 수도 없는 입장이었다. 그래서 고등학교 동창들의 집을 전전했고 이미 그 또래의 동창 중에서 얼굴이 빤빤한 애들은 일본어를 배워서 어설프게 지껄이며 일본 사람의 한국기생인 되어 있는 경우도 있었다. 오갈 데가 마땅찮은 은영이에게는 그런 애들의 아파트가 제일 부담이 없었으므로 거기에서 한두 달을 묵다가 보니까 자연히 걔네들의 생활에 젖어들고 말았다. 그 애들은 일본인이 한국에 오면 그들이 한국을 떠날 때까지 밤과 낮을 같이 지내다가 그들이 일본으로 떠나고 나면 전혀 할 일이 없었으므로 밤에는 슬슬 술집으로 나가는 거였다.

은영이도 친구를 따라 술집에 한 번 놀러 나갔다가 그곳 마담의 적극적인 프로포즈를 받았는데 은영이는 학처럼 다리도 길고 목도 길어서 좀 꾸미기만 하면 많은 돈을 벌 수 있을 것이란 우스갯소리에 그만 술집으로 나가고 말았던 것이다. 친구와 같이 매일 저녁이면 출근을 하고 새벽에 아파트로 돌아오는 술집 여자가 된 것이다. 그리고 간간이 일본에서 나온 일본인과 같이 우리나라의 여기저기를 돌아다니면서 여행안내를 해주었지만 실상은 돈 때문에 몸을 파는 몸비서에 불과했다. 일본인이 떠나고 나면 얼마의 돈이 통장에 쌓였는가 싶었는데 금방 나태해졌고 술집엔 아예 나가지도 않으면서 매일 쇼핑이나 하러 다녔고 차를 새것으로 바꾸는 일이 고작이었다. 그러니 돈은 금방 고갈이 났고 그때쯤이면 다시 일본인이 나타나서 자신의 통장에 돈을 불려주고 다시 일본으로 들어가야 하는 건데 세계적인 불황이 겹치면서 그러한 일본인을 상대로 하는 장사도 불황을 맞고 있었다.

은영은 할 수 없이 좋은 조건을 내건 〈황제〉로 나왔다가 첫날 종태를 만난 것이었다. 그날은 종태가 제일 신임하는 창호의 생일날이어서 종태가 이끄는 역전파의 온 식구가 다 모여서 벌이는 생일축하 파티였다.

그때 은영은 다른 아가씨들과 함께 남자들의 사이에 끼어앉아 있었는데 바로 종태의 옆에 앉아 시중을 들었다. 그날따라 종태는 상당히 술을 많이 마셨고 은영이가 따라주는 술은 마다 않고 받아 마셨다. 종태에게는 항상 여러 개의 잔이 밀려 있었는데 그 잔들은 모두 그 밑의 부하들이 손수 잔을 들고와 그에게 따라준 잔들이었다. 처음에는 창호에게 밀리던 잔이 서서히 종태에게로 옮겨졌다. 종태는 은영이가 술을 권하면 꼭 그 잔을 먼저 비운 다음에 곧바로 은영에게 빈 잔을 내미는 것이었다. 말하자면 은영이가 잔을 주면 곧바로 받아마시고는 다시 은영에게 술을 권했기 때문에 은영도 그날의 분위기가 좋아 자신도 모르는 사이에 술이 과하게 되었다.

그때 종태는 은영에게 술을 따르면서

"너, 언제 왔냐?"

"오늘요."

은영은 두 손으로 술잔을 모아쥐고 마시면서 그렇게 말을 했던 것이다.

"얼굴이 빤빤한데, 애인이 있냐?"

"……."

"왜? 말이 없는 걸 보니 애인이 있는가 보지?"

"아니예요…… 없어요."

종태는 그 말이 사실인가 아닌가를 확인이라도 하듯이 은영이의 눈을 바라보고 있었다. 은영의 속눈썹이 유난히 길어 보였다.

"정말인가?"

종태는 다시 한 번 확인이라도 해 두려는 듯이 물었다.

"정말이예요, 제가 감히 거짓말을 할 리 있겠어요?"

"그럼 너, 오늘 나랑 술이라도 한잔 할 거냐?"

은영이 고개를 끄덕였다. 종태는 은영이가 고개를 끄덕이는 것을 보자 앞에 놓인 잔을 집어 기분좋게 마셔댔다. 종태는 그날따라 양주와 맥주를 번갈아 가며 마셨지만 아직 술이 취할 정도는 아니었다. 오히려 술이 조금씩 깨는 기분이었다. 그날은 기분이 좋아서였는지 몰랐다. 자신이 심복인 창호가 생일을 맞았다는 것도 있었지만 자신의 옆에 학처럼 깨끗한 이미지의 은영이가 있어서 더욱 그랬으리라. 종태는 밤 11시가 가까워오자 창호에게 흰 봉투를 한 장 내밀었다. 그것은 일종의 격려금이었고 밑의 아이들에게 한턱 써도 좋을 백만 원짜리 수표 한 장이 들어 있었다. 창호는 넙죽 종태에게 고개를 숙여 보였다. 그것은 변함없는 충성의 표시였고 자신의 생일을 축하해준 보스에 대한 답례였다. 창호는 동생들이 다시 2차를 가자는 재촉에 마지못해 끌려나가다시피하면서 다시 한 번 종태에게 고개를 숙이고는 밖으로 끌려 나갔다.

종태는 모처럼만에 기분이 좋아지는 것을 느꼈다. 창호는 종태의 지시라면 사람의 목에 칼을 꽂는 것도 마다하지 않을 정도로 용감했고 또한 몸이 날렵해서 뒷걱정이 전혀 없을 만치 든든한 심복이었다. 창호는 특히 칼을 잘 썼으며 간혹 급할 때 한 번씩 쓰는 단도 던지기는 거의 백 프로 명중이었다. 그는 위급할 때 단도를 썼으며 그 단도를 맞으면 거의 치명적이었다. 그것은 그만큼 위급할 때 던지는 것이었으므로 거의가 심장 아니면 목부분이었다. 그래서 그 아래 동생들은 창호를 부를 때 그냥 형님이라고 부르질 않고 꼭 비수 형님이라고 불렀던 것이다.

종태는 은영을 데리고 밖으로 나왔다. 밖으로 나오자 초가을의 제법 쌀쌀한 바람이 불어왔다. 종태는 은영과 나란히 분수대가 있는 로터리를 지나 여의대교로 올라갔다. 옆으로 데이트를 하는 남녀들이 서로 팔짱을 끼고서 걸어가는 모습이 보였다. 그들은 하나 같이 서로 놓칠세라 꼭 껴안고 걷고 있었다. 다리 위를 걸어가자 시원한 바람이 얼굴로 불어왔다. 어느새 은영인 종태의 팔을 끼고 있었고 바싹 몸을 붙여왔다. 종태는 싫지 않았다. 거친 남자의 세계에 살면서 이렇게 여자와 팔짱을 끼고 걷는다는 것이 내심 쑥스러웠지만 밤인지라 그리 크게 마음에 걸리지 않았는지 모른다. 그들은 여의도 광장을 가로질러 한참동안 걷다가 숲속으로 들어가 벤치에 앉았다. 젊은 남녀들이 어둠 속에 서로 뒤엉켜 있는 모습이 눈에 띄었다. 그리고 군데군데 땅바닥에 둘러앉아 술을 마지고 있는 무리들이 보였다. 종태는 은영의 어깨에 손을 얹고 있었다.

"집은 어디야?"

"……."

은영인 현재 자신이 살고 있는 아파트를 묻는 것인지 아니면 부모님이 살고 있는 집이 어디냐고 묻는 말인지 선뜻 이해가가지 않아 머뭇거리고 있었다.

"왜? 말하기 싫어?"

"아뇨, 무슨 말씀인지 몰라서…… 집에서 나와서 살아요. 부모님은 전부 서울에서 살고 있어요."

"난 은영이가 어디서 사는냐고 물었어."

"신길동에 있는 우성아파트예요. 친구랑 같이 있어요."

종태는 고개를 끄덕였다.

"술집은 여기가 처음인가?"

"예."

"그 전에는 뭣을 했는데?"

은영은 종태가 묻는 말이 그리 나쁘게 들리진 않았다. 아까 〈황제〉에서 하는 종태의 행동을 봐서 그는 조직의 오야붕이었고 그 밑의 부하들에게 인간적으로 대해주는 것으로 보아 조직 세계에도 엄연히 따스한 인간성이 흐르고 있으며 의리라는 게 있어 듬직하게 보여졌던 것이다. 자신으로서는 처음 보는 폭력 세계의 사람들이었다.

"재수를 하다가 친구가 술집에 나가는 애가 있어서 공부를 그만 때려친 거죠."

"……."

종태는 그렇게 말을 하는 은영을 보았다. 아직 술집에 나갈 정도로 때가 묻지 않아 보였다. 일단 술집으로 나오고나서 한 두 해만 지나고 나면 그들도 세상의 때가 끼고 남자들을 홀리는 것이 예사였다. 술집에 나오는 여자라고 해서 전부가 다 처음부터 막돼먹은 여자들만은 아니었다.

"오빠 있나?"

"하나 있어요, 지금 군에 가 있어요. 내가 이런 델 나간다는 걸 알면 오빤 가만두지 않을 거예요."

"그럼, 집에서도 모르고 있나?"

"예, 회사에 나가고 있는 걸루 알아요. 그리고 친구랑 둘이 자취를 하고 있는 걸루 알 거예요."

"앞으로 나를 오빠라고 생각해."

"……."

은영은 종태를 가만히 올려다봤다. 종태의 옆 얼굴이 희미한 달빛에 윤곽만 보였고 그의 얼굴이 조금 굳어 있는 것처럼 느껴졌다.

"……."

"술 한잔 할까?"

종태가 말을 꺼내자 은영은 가만히 쳐다보기만 했을 뿐 아무런 말이 없었다. 종태가 자리에서 일어났다. 은영이 그의 팔을 꿰어 꼈다. 그들은 광장을 가로질러 마포대교가 있는 곳의 횡단보도를 지나 여의도백화점이 있는 근처의 나이트클럽으로 들어갔다.

종태가 들어서자 웨이터는 미리 알아보고 그에게 머리를 굽신거렸다. 그리고 종태가 자리에 앉자마자 이곳의 전무일을 보고 있는 충기가 반가운 얼굴을 하고 나타났다.

"아이고, 형님이 어쩐 일이십니까?"

"그냥 바람쐬러 나왔다가 들렀다. 그래, 요즘 잘 돼가냐?"

"저야 별일없이 그럭저럭 잘 지냅니다. 형님은 요샌 좀 어떠십니까?"

충기가 탁자 위에 양손으로 깍지를 끼며 말했다.

"우리도 잘 지내고 있어. 오늘이 마침 창호의 생일이라서 〈황제〉에서 술을 한 잔씩 하고 애들은 다시 2차를 가는 걸 보고 여의도로 바람이라도 쐴까 해서 나와 본 거야."

충기는 종태의 이야기를 듣고 있으면서 옆에 앉아 있는 은영일 힐끗 쳐다봤다. 처음 보는 얼굴이었다. 이 근처의 술집에 나가는 애라면 그가 모를 리 없을 것이다. 그런데 은영인 전혀 생소한 얼굴이었다.

그때 마침 웨이터가 술과 안주를 들고 왔다.

"형님, 술은 뭘로 하실까요?"

웨이터가 들고온 것은 맥주였으므로 충기가 다시 물어보는 거였다.

"됐어, 아까는 양주와 맥주를 짬뽕을 했는데 바람을 쐬고 나니 술이 싹 깼어. 시원하게 맥주로 하지."

종태가 옆에 앉아 있는 은영에게 씩 웃어보이자 그녀도 따라 웃어보였다.

"참, 인사하지, 내 후배야. 충기라고, 이곳의 전무님이지. 그리고 여기는 내 동생이야."

종태가 서로 인사를 시키자 은영이는

"저, 김은영이라고 해요."

하고 머리를 까닥거려 인사를 했다. 충기는 잔을 종태에게 권하고 술을 따랐다. 두 손으로 정중하게 따르는 폼이 마치 상전을 대하듯 했으나 충기는 역전파의 관할이 아니라 새마을파의 직계였다. 그러나 역전파와 새마을파는 상당히 우호적인 관계였으므로 충기는 종태에게도 깍듯이 대하는 것이었다. 충기는 서열상으로 보면 자신이 데리고 있는 창호보다도 한참이나 아래였다. 충기는 체대 유도과를 나온, 머리에 든 것이 있는 주먹꾼이었다. 그리고 선배를 대하는 것도 점잖은 축에 들어가는 편이었는데 종태로서는 상당히 호감간 친구였다. 충기가 몇 순배의 술을 권했고 또한 종태도 몇 번 술잔을 따라주었는데 충기는 이제 자신이 자리를 비낄 차례가 된 줄을 알고 일어섰다.

"형님, 저는 또 한 번 둘러봐야겠습니다. 시키실 거 있으면 애들한테 마음껏 시키십시오."

충기는 최대한의 예의를 갖춰 머리를 숙이고 나서 무대가 있는 쪽으로 걸어갔다. 새로운 음악이 흐르기 시작하자 댄서가 무대에 나와서 음악에 맞춰 느린 춤동작을 추기 시작했다. 아슬아슬하게 가린 옷을 입고 붉은 조명 아래서 느린 동작의 춤을 추는 것이 보였다. 술꾼들에게 유혹을 하듯 서서히 몸을 눕히기도 하고 옆으로 누워 몸을 꼬기도 하면서 익숙한 체위로 어떠한 것을 묘사하는 춤이었다. 종태는 흥미가 없다는 듯이 담배에 불을 붙였다.

"담배 피울 테냐?"

"담배는 할 줄 몰라요."

"그럼, 술이나 마셔. 난 말이 좀 거칠어. 은영이에게 함부로 말을 하더라도 은영이가 이해를 해라."

"네, 괜찮아요."

은영은 맥주잔을 들어 한 모금 마셨다. 목을 타고 시원한 감촉의 물이 흘러내려 갔다. 그리고 종태를 바라보는 것이 어색하기도 해서 무대 쪽을 바라보고 있었다. 댄서는 이제 무대 위에 무릎을 꿇고 성행위를 하는 자세를 취하고서 손으로 허공을 젓듯 묘한 자태를 연출하고 있었다. 은영은 못 볼 것을 본 것처럼 고개를 돌려 버렸다.

"오늘밤, 집에 안 들어가도 되겠지?"

"……."

"꼭 들어가야 한다면 할 수 없고……."

"아뇨…… 괜찮아요."

은영인 입술을 지그시 깨물었다. 그가 자신의 잔에 맥주를 따르는 것이 보였다. 그것은 이내 잔위로 부풀어 올라 거품이 잔 밖으로 불거져 나오기 시작했다. 하얀 거품이 밀려나오듯이 잔을 따라 흘러내리고 있었다.

은영인 호텔로 들어오자 갑자기 샤워를 해야겠다는 생각이 났다. 정신은 맑아 있었다. 그러나 샤워를 하고나면 더욱 몸이 개운해질 것만 같았다.

"저 먼저 샤워를 할게요."

은영은 돌아서서 옷을 벗기 시작했다. 종태는 소파에 비스듬히 누워 은영일 바라보고 있었다.

은영인 그의 앞이었지만 하나도 부끄럽지 않게 여겨졌다. 그것은 이상했다. 오빠라는 감정도 아니었고 그렇다고 애인의 앞이라는 생각도 들지 않았는데 그것은 마치 한 방을 같이 쓰고 있는 지혜의 앞에서처럼 아무런 느낌이 없었다. 종태가 어쩌면 묵직한 바위마냥 듬직하게 보여져서 그런지 모를 일이었다.

은영은 욕실로 들어가 조용히 문을 잠궜다. 샤워 꼭지를 비틀자 기다렸다는 듯이 물이 쏟아져 내렸다. 시원한 물줄기를 맞으면서 은영은 한참동안이나 그대로 서 있었다. 술이 확 깨는 기분이었다. 몸의 신경들이 낱낱이 되살아나서 팽팽하게 조여주는 느낌이었다. 은영은 비누를 집어 자신의 가슴부분부터 문지르기 시작했고 비누 거품이 씻겨 내려가자 이내 팽팽한 젖무덤이 드러났다. 알맞게 솟아오른 곳에 약간 딱딱한 검붉은 것이 거기 보였다.

일본인들은 특히 은영의 가슴에 큰 호감을 갖고 있는 듯했다. 특히 사무라라는 일본인 사내는 40대 초반이었는데 은영의 가슴에 아예 코를 박다시피 하고 애무를 즐겼다. 그들은 한결같이 입술로 핥다가 나중에는 이빨로 잘게 물기도 했는데 은영은 거기에 자신도 모르는 성감이 숨어 있다는 것을 알았다.

비누는 여러번 문질러졌고 다시 물로 씻어내려갔다. 그리고 천천히 비누로 온몸을 문지르기 시작했다. 은영의 몸은 이제 소녀의 티를 벗어나 성숙에 이르는 과정에 접어든 여자처럼 피부는 한껏 윤기가 흘렀고 탄력이 있었다.

은영이가 미니스커트를 입고 시내엘 나가보면 지나가는 남자들이 거의 한 번씩은 뒤돌아볼 정도로 쭉 뻗은 몸매는 사과맛 같은 기를 풍기고 있었다. 은영은 자신의 소중한 부분을 섬세하게 씻었고 마지막으로 구부려 발을 씻었다. 은영이가 몸을 다 씻고 밖으로 나오자 종태는 무엇을 골똘하게 생각하는 사람처럼 소파에 몸을 깊이 파묻고 앉아 있었다. 은영이 앞으로 걸어와 말을 하려고 하자 그는 벌떡 일어나 은영의 몸을 안았다. 종태는 은영의 물기가 묻은 것 같은 몸을 쓰다듬었다. 그 손은 허리의 곡선을 따라 밑으로 내려갔다. 조그마한 엉덩이가 만져졌다. 그곳은 알맞게 살이 붙어 있어 가장 곡선적인 느낌을 갖게 해주는 곳이었다. 종태는 손바닥으로 어루만지며 그녀의 입에 입술을 갖다 대었다. 거기에도 약간의 물기가 묻어 있었다. 종태는 자신의 입술을 밀어 넣으려다가 그녀의 혀에 의해 제지를 당했다.

"씻으세요."

그녀는 나지막하게 말을 했고 그제서야 종태는 순순히 팔을 풀어 놓아 주었다. 종태가 샤워를 끝내고 침실로 들어서자 방 안의 불은 전부 꺼버리고 침대 머리맡의 전등갓에서만 희미하게 불빛이 새어나오고 있었다. 푹신한 베개 위에 긴 머리카락이 흐트러지게 누워 있는 그녀의 얼굴이 너무 앳되어 보였고 시트는 그녀의 가슴께까지 덮여 있었다. 종태는 의자를 끌어당겨 그녀의 머리맡에 앉았다. 그리고 그녀를 물끄러미 내려다보았다. 잘 빚어놓은 조각상처럼 희고 깨끗했다. 자신이 범하기에는 너무 과분한 것처럼 느껴졌으나 그것도 잠깐뿐이었다. 종태는 스스로 그러한 생각을 먹었다는 자체가 이미 그는 여자에 대해 약하다는 증거라고 생각하며 지워 버렸다. 종태는 그녀가 빤히 올려다보자 담배를 빼어 입에 물었다. 그녀가 스탠드에 놓인 라이터로 불을 켰다. 그녀는 반쯤 허리를 세우고 방 안이 바람 한점 없는 곳임에도 불구하고 두 손을 오므려 라이터 불을 감싸고 있었다. 길쭉한 그녀의 손이 무척 아름답게 보였다.

"은영인 손가락이 무척 아름답군."

은영인 그 말을 듣자 얼른 이불 밑으로 쏘옥 들어가면서 얼굴만 배꼼히 드러내놓고 있었다. 꼭 망아지 같은 소녀였다. 종태는 천천히 담배를 빨아들였다. 담배를 빨 때마다 그 불빛에 의해 그녀의 얼굴이 더욱 환해지는 것이었다. 그녀는 옆으로 누워 종태가 담배를 피우는 것을 올려다보고 있었다. 마치 천진난만한 소녀 같은 얼굴이었다.

"오빠, 오빠는 그런 세계에서 살면 겁나지 않아요?"

"겁이 왜 나?"

"무시무시한 사람들만 만나니까."

"동생들이 전부 무섭게 보여?"

"아뇨."

"그럼 왜 무섭다고 그래?"

"잘못하면 막 싸움도 해야잖아요? 영화에서 보면 주먹으로만 싸우는 것이 아니라 칼로 싸우던데 , 오빠도 칼을 갖고 다녀요?"

"아니."

종태는 그저 웃었다. 은영이가 궁금해하는 것을 알았기 때문이다. 사실 종태도 비상시를 대비해서 옆구리와 종아리 부분에 칼집을 차고 있었던 것이다. 조금 전에 은영이가 샤워를 하러 들어갔을 때 미리 풀어서 옷속에 숨겨 놓았던 것이다. 그 칼은 만약의 비상시를 위한 것이지 싸울 때마다 쓰지는 않았다. 대개 신사적으로 싸울 때는 순전히 주먹으로 하는 것이며, 상대방이 칼이나 무기를 들었을 경우에만 칼을 빼들었을 뿐이다.

주먹은 주먹으로, 칼은 칼로 싸웠던 것이다. 그것이 주먹세계의 정도였다.

이제 은영은 반듯이 누워 눈을 감고 있었다. 종태는 다 탄 담배를 비벼끄고 침대 속으로 들어갔다. 손을 뻗치자 매끈한 그녀의 알몸이 만져졌다. 종태의 손길이 다가오자 은영은 반짝 눈을 떴다. 그리곤 얼굴을 종태에게로 돌려 바라보았다. 종태의 손이 이번에는 그녀의 가슴으로 더듬어 올라갔다. 손바닥에 뭉클한 것이 만져졌다. 종태는 서서히 언저리에서부터 쓰다듬으며 중심으로 옮겨가고 있었다. 팽팽한 젖무덤은 조금씩 커지듯이 부풀어지기 시작했고 불규칙적인 맥박이 느껴졌다. 은영인 다시 눈을 감고 있었다. 종태는 이번에는 다른 쪽의 젖가슴으로 팔을 길게 뻗었다. 그쪽의 것은 이미 덩달아 부풀어올라 있었고 손끝이 닿자 팅 하는 팽팽한 감이 느껴졌다. 이번에는 손바닥을 오므려 젖가슴의 중앙에 있는 돌기를 만지자 은영의 몸이 움찔거렸다. 은영은 지금 종태의 손길에 대해 참는 것인지 눈을 꼬옥 감고 있다. 양손은 반듯하게 늘어뜨려 바닥의 시트를 잡고 있었다. 종태는 몸을 세워 그녀의 가슴에 입을 갖다 대었다. 그리고 천천히 혓바닥으로 쓸 듯이 지나갔다. 그리고 다시 그 근처를 빙빙 돌았다. 그러자 은영인 시트를 잡은 손에 더 힘이 들어가기 시작했고 나중에는 불끈 거머쥐었다. 종태는 입안에 까맣게 돋은 것을 넣고 입술과 혓바닥 끝의 힘으로 조금씩 눌렀다가 풀었다가 하면서 살살 약을 올리자 그것은 팽팽해지다 못해 딱딱해지기 시작했고 은영의 입이 조금씩 벌어지기 시작했다.

"아아……."

종태는 서두르지 않고 좀 더 머무르다가 서서히 입을 아래로 쓸어 내려갔다. 납작한 배부분에 이르러서는 그녀의 호흡이 일정치 않음을 느낄 수 있을 정도로 들쑥날쑥거렸다. 종태는 시트 안으로 들어가 그녀의 벌어진 다리 사이로 얼굴을 디밀었다. 그러자 은영은 마치 펄쩍 뛰기라도 하듯이 꿈틀거렸고 이번에는 그녀의 손이 내려와 종태의 머리를 잡았다. 그녀의 입안은 바싹 말라 있었고 컴컴한 천장을 올려다보는 눈동자는 그것을 보려고 뜬 것이 아니라 그저 떠져 있는 상태일 뿐이었다. 종태의 입술이 닿자 그녀는 잠깐 호흡이 멎는 듯했다. 그저 정신이 아찔거렸다. 그녀의 모든 것은 이미 준비완료 단계를 지나 넘쳐 있었다. 그러나 종태는 역시 보스답게 서둘지 않았다. 그것은 사나이 세계에서 오래도록 단련되어진 느긋함이었고 자신만만함이었다. 종태의 입술이 닿을 때마다 그녀는 윽윽, 하는 소리를 내었는데 그 소리는 입에서 나는 소리가 아니라 아랫배에서 나오는 소리였다. 소리가 날 때마다 호흡이 잠깐 멈춰지고 아랫배는 단단해지는 것이었다. 그녀의 손은 자기도 모르게 종태의 머리칼을 잡고 흔들었고 나중에는 있는 힘을 다해 위로 끌어당기는 거였다.

종태는 서서히 일어나 그의 것을 갖다 대었다. 여자는 입이 따악 벌어지면서 몸을 부르르 떨었다. 그것은 사시나무 떨듯 계속되었는데 그녀의 입에서 마악 소리들이 새어나오기 시작하는 거였다.

"아으…… 제발…… 그만……."

종태는 징역에서 키운 그것을 힘껏 밀어넣었다. 여자에게서 몸 떨림이 가슴으로 전달되어져 왔다. 종태는 계속 있는 힘을 다해 앞으로, 앞으로 밀고 나아갔다. 은영은 이제 말도 못하고 그저 입만 벌리고 있었다. 울대를 밀고 나오는 바람소리만이 이상한 음으로 새어나오고 있을 뿐이었다. 그것은 학학거리는 소리 같기도 하고 흐흐 하는 소리 같기도 했다. 그녀는 이제 팔과 다리를 총동원하여 종태의 몸뚱이를 휘감기 시작했고 가끔 경련을 일으키듯이 갑자기 팔과 다리에 억센 힘이 들어가는 거였다. 종태는 잔뜩 허리를 구부려 그녀가 깜짝 놀랄 정도로 힘있게 올려쳤다. 그녀의 머리가 뒤로 젖혀지고 눈동자에 초점이 없어졌다. 종태는 절대 서두르지 않았다. 그리고 그것은 규칙적으로 운동을 하듯이 천천히, 그리고 힘있게 해나갔다.

종태는 처음 징역을 살 때 자신의 성기에다 바셀린을 주사하여 표피를 두툼하게 키웠고 그리고 다시 다마를 박았다. 보기엔 흉측할 정도로 울퉁불퉁한 것이 마치 도깨비 방망이처럼 생겼지만 일단 관계를 하는 여자들마다 깜빡 하는 거였다. 운동으로 단련된 몸에다 멋진 도구를 가졌으니 아무리 성접촉이 잦은 여자들이라 할지라도 일단 종태와 관계를 가졌다면 흠뻑 땀에 젖고 말았다. 이제 은영이가 죽은 듯이 잠잠해졌을 때에야 비로소 종태는 모든 것을 멈췄다. 은영은 종태가 자신의 몸에서 떨어져 나간 것도 모르고 그대로 누워 있었다. 희미한 불빛에 보이는 그녀 계곡은 이미 허벅지까지 다 젖어서 불빛에 번들거리고 있었다. 그녀는 겨우 일어나 몸을 추스렸고, 그 다음에는 종태의 몸으로 파고들어 깊은 수면에 빠졌다. 이제는 누가 업어가도 모를 지경이었다.

그후로 모든 일은 〈황제〉에서 구상되어지고 이루어져 나갔다. 이제 〈황제〉는 그들의 본부나 마찬가지였다. 종태는 밀실로 창호를 불러 들였다. 기식이에게 지시를 하자 관내에 둘러보러 나갔던 창호가 급히 뛰어 들어왔다.

"형님, 부르셨습니까?"

창호의 손에 조그마한 핸드폰이 들려져 있었다. 아마 핸드폰을 받고 달려오는 모양이었다.

"오늘 밤에 전원 대기시켜."

"무슨 일입니까? 우리 관내의 일입니까?"

창호는 궁금한 듯이 물었다. 그래야 작업의 성격을 알 수 있었고, 모든 것을 준비하는 데에 빈틈이 없이 하려는 그의 의도였다.

“오늘은 김포 쪽으로 원정이다. 낮에 전부 여관으로 모아서 미리 잠을 재워라. 저녁을 먹고 출발한다.”

“알겠습니다.”

창호는 이제 알았다는 듯이 어금니를 꽉 물면서 대답을 했다. 창호가 나가자 이번에는 은영일 불렀다. 은영이는 복숭아 뼈까지 내려오는 하얀 차이나칼라의 드레스를 입고 있었다. 미스코리아 뺨치게 아름다웠다.

“오빠, 왜요?”

“응, 오늘밤에 일이 좀 있어. 김포로 가는데 한 며칠 지방에 갔다가 올라올지도 몰라. 그렇게 알고 있어.”

“예, 알았어요.”

“집에 일찍 들어가고.”

“예, 염려마세요, 오빠.”

은영인 종태에게 살짝 눈을 흘겼다. 그는 잠자코 그녀를 바라보고만 있었다. 언제 보아도 귀여운 여자였다. 이제는 자신의 가슴 한귀퉁이에 그녀가 들어와 있다는 것을 느꼈다. 종태는 그녀가 갖다준 차가운 양주를 한 잔 마시고는 내실로 들어가 잠을 청했다.

그러나 잠은 쉽게 들지 않았다.

불을 껐는데도 방 안에는 여자들의 옷들이 즐비하게 걸려 있는 것이 보였고 여자들이 쓰는 화장품 냄새 같은 것이 진하게 코에 스며들어 왔다. 이 방은 〈황제〉에서 일하는 아가씨들을 위한 방이므로 그녀들이 잠깐 쉬거나 일이 끝나고 들어와 잠을 자는 곳이기도 했다.

종태는 이번의 일이 끝나면 10억을 받게 돼 있었다. 미리 황 사장이 주고간 수표는 2억이었지만 일이 끝나는 다음날 8억이 통장으로 들어오게 되어 있었다. 오늘은 어떤 조직이 달라붙을지 모른다. 종태는 동생들에게 단단히 준비를 시키라고 말은 해두었지만 자신이 지금 잠을 청하려고 해도 잠이 쉽게 들지 않는 것을 보면 약간은 긴장이 되는 모양이었다. 오늘밤만 지나고 나면 동생들을 데리고 전원이 강원도로 가거나 남해로 가서 바닷가에서 회나 먹으며 며칠을 쉬었다가 올라올 참이었다. 종태는 이런저런 생각을 하다가 언제 잠이 들었는지 몰랐다.

창호가 옆에 와 깨울 때에야 그는 비로소 눈을 떴다. 얼른 시계를 보니 6시였다. 한 두세 시간은 족히 잤을 것이다. 그는 그대로 누워 있다가 잠이 들었는데 누군가 자신에게 이불을 덮어주었다. 종태는 이불을 걷고 서서히 일어났다. 몸이 개운해지는 느낌이었다.

"애들은?"

"요 앞 여관에 있습니다."

"식사는 했나?"

"아직……."

"괜히 밖으로 나오지 말고 거기서 시키라고 그래. 그리고 차 넘버를 가릴 덮개를 준비하고 차바퀴는 홈에다 진흙을 발라 놔. 철두철미하게 흔적이 안 남도록 하고."

"이미 준비를 다 해왔습니다. 이제 저녁만 먹으면 됩니다."

창호는 단호하게 말을 했다. 종태가 그를 바라보자 그는 씨익 웃었다. 종태도 따라 웃었다. 모든 것이 창호의 지시에 의해 미리 빈틈없이 준비되어 있다는 것이었다. 그동안 출격을 나가기에 앞서 준비를 시켰던 훈련이 이제는 제대로 몸에 익혀진 결과라고 믿고 있었다. 종태가 한 번 지시를 하기만 하면 창호는 그대로 실행을 했고 다음에도 그러한 일을 할 땐 종태가 두 번 다시 얘기를 하지 않아도 그는 준비를 착착 진행시켜 놓고 있었다. 그들이 쓰는 도구나 연장은 더 이상 물어볼 필요도 없었다. 그것은 그들의 생명이나 마찬가지였으니까.

종태가 여관으로 간 것은 7시가 다 되어서였다. 그가 방문을 세 번씩 두 번을 연달아 노크를 하자 그제서야 문이 열렸다. 그것은 그들만 통하는 암호나 마찬가지였다. 혹시 지금이라도 어떤 다른 조직이 냄새를 맡고 그들을 기습해 올 경우를 대비해서 그들은 미리 긴장을 하지 않으면 안 되었다. 종태가 방으로 들어서자 그곳에 있던 부하들이 긴장된 눈빛을 하고 있다가 종태라는 것을 알고 긴장을 푸는 것이었다. 그들은 전부 일어나서 종태에게 허리를 굽혔다. 종태가 방 안에 놓여 있는 음식들을 먹는 그릇들과 술병이 눈에 들어왔다. 허리가 잘록한 배갈병이 여러 개 보였다.

"식사는 했나?"

"예, 형님."

"여기서 8시에 출발이다. 차량이 전부 세 대니까 가다가 교통들에게도 눈치채이지 않도록 흩어져서 따라와라. 이것은 만일을 위해서다. 그리고 가는 동안 절대 차선 위반이나 교통들에게 잡힐 일은 하지 마라. 시간은 충분하니까 천천히 따라오도록. 그리고 양호는 맨 뒤차에 타서 중간중간에 나한데 위치가 어딘가를 보고도 하고…… 창호는 두 번째의 차를 탈 것이다. 미리 말해두지만 한 사람이라도 절대 낙오하면 안 된다. 습격을 받아 조금 심하다 싶으면 스스로 미리 차가 있는 곳으로 가서 차에 올라 있던지 누군가 도와줘서 미리 차에 태워둬라. 차가 출발을 할 땐 한 사람이라도 흘려둬선 안 되니까."

"알았습니다."

전원이 대답을 했지만 그 목소리들은 낮게 깔리었으므로 밖에는 들리지 않을 정도였다. 그들은 방을 나와 여관의 주차장에 세워져 있던 코란도에 올라탔다. 코란도는 세 대였다. 이미 바깥은 어두워져 있었고 영등포 쪽에는 사람들의 왕래가 많았다. 차는 영등포로터리를 지나 목동 쪽으로 달리고 있었다. 오목교를 지나 좌회전을 해서 남부순환도로를 탈 예정이었다.

앞 차가 주택가의 골목길로 들어서 이리저리 헤쳐 나가다가 어느 공터에 섰다. 그 공터에는 밤 시간이라 주민들이 주차해 놓은 차량들로 만원이었지만 세 대가 나란히 멈춰 서 있었다. 그들은 마지막 차가 도착을 하고 나자 곧바로 차에서 커다란 나무상자를 끌어내렸다. 뚜껑을 열자 달빛에 번득이는 것들이 담겨 있었다. 그들은 누가 뭐라고 하지 않아도 아주 익숙한 몸놀림으로 그것을 집어 들어 자신의 몸속에 감췄다. 그것은 정말 순식간이었다. 빈 나무상자를 닫아 차의 뒷부분에 싣고 트렁크를 닫자 그들은 쏜살같이 큰 주택으로 들어갔다.

처음엔 그 집 문 쪽에 있던 사나운 개가 컹컹거리며 짖었다가 이내 짖는 것을 뚝 멈춰 버렸다. 사람을 알아본 모양인지 아니면 누군가가 입을 다물라고 지시를 내린 듯했다. 한두 명도 아닌 많은 사람들이 갑자기 들이닥치자 개도 입을 다물어버린 것 같았다.

집은 무척 넓었고 개가 짖는 소리가 나자 미리부터 현관으로 나와 있던 그쪽의 사람들이 밖으로 나와 종태의 식구들을 맞았다. 그들은 바깥에서 잠시 몇 마디의 말만 나누었을 뿐 곧 안으로 들어갔고 문이 닫히자 어둠이 다시 문쪽을 캄캄하게 위장하기 시작했다. 창문에서 가느다란 빛이 새어나올 뿐이었다.

응접실로 들어서자 그쪽의 사람들이 서서 그들을 맞았다.

"여어, 어서 오시오. 정확하게 오셨구만 그래."

"황 사장님, 몇 시에 인천으로 가시는 겁니까?"

"열한 시."

황 사장은 낮게 말을 했다. 그리고 소파에 앉으면서 손으로 종태에게도 앉으라는 시늉을 했다.

"벌써 어느 곳에서 냄새를 맡았는지 협상을 하자고 제의를 해 왔어. 귀신 같은 놈들이야. 이쪽의 덩어리가 크다는 것까지 다 알고 있는 모양이야."

"얼마를 제시했습니까? 그쪽에서."

종태가 담배를 빼어 물면서 물었다. 황 사장은 커다란 시가를 입의 중앙에 물고 똑바로 피우는 모습이 눈에 들어왔다. 황 사장은 마약 밀매를 하는 국제적인 거물이었고 주로 일본을 상대하고 있었다. 전에는 홍콩까지 거래를 하고 있었지만 홍콩은 될 수 있으면 거래를 기피하고 있는 중이었는데 그것은 어디까지나 돈거래에 있어 일본만큼 깨끗하지 못한 것에 우려를 해서 일부러 피하는 형편이었다.

"이십 억."

"이십 억이나 내놓으라는 겁니까?"

"그래."

"어느 조직입니까?"

종태는 그게 궁금해졌다. 어느 조직이라는 것만 알면 일은 예상외로 쉬웠다. 한판을 붙더라도 그쪽에 대해 미리 소상히 알아두면 싸우기도 쉬웠고, 만일의 경우에는 서로 피를 보지 않고 나눠가질 수도 있었다. 그것은 보스끼리만 만나서 해결할 문제였다.

"아직 윤곽도 모르겠어. 저쪽에서 전화를 걸어왔는데 나한테 '좀 나눠주시죠.' 하고 말을 하는 걸로 보아 우리가 이번에 작업을 하는 것을 알고 하는 소리야. 그래서 슬쩍 떠보았는데 이십 억을 제시했어. 간뎅이가 부은 놈이야."

"……."

종태는 짚이는 데가 없었다. 이십 억을 제시할 만한 놈이라면? 통이 큰 놈이긴 분명한데. 별로 짚이는 데가 없었다. 단지 시장파가 요즘 들어 부쩍 행동이 거칠어졌다는 것을 느낄 만한 것 외에는 이 서울바닥에서 다른 어떠한 조직도 크게 종태의 눈에 벗어난데 라곤 아직 보이지 않았던 것이다. 이십 억을 요구할 정도의 조직이라면 작은 조직은 아닐 것이다. 인천의 칠성파가 조금은 막돼먹은 거친 행동을 하고는 있었지만 조직의 힘은 아직 미약했다. 그러나 종태는 방심을 해선 안 된다고 다짐하면서 가슴이 울리도록 헛기침을 한 번 했다.

지금 거실에는 건장한 남자들만 잔뜩 긴장한 채로 서 있을 뿐 아무 소리도 선뜻 하려고 하지 않았다. 갑자기 개가 짖기 시작했다. 그러자 그들은 순간적으로 긴장하기 시작했고 제각기 자신이 숨기고 있는 무기 쪽으로 손들을 집어넣었다. 계속 잠잠했으므로 누군가 한 사람이 창문을 통해 밖을 내다보았다. 지나가는 사람의 모습이 보였고 정원에 있던 개가 그것을 보고 짖었다. 아마 술에 취해 비틀거리는 취객 같다고 황 사장의 식구 중 한 사람이 말을 했다.

밤 10시 30분이었으므로 일을 치르려면 30분 정도가 남았다. 밤은 조용했고 거실에 걸린 시계소리만 유난히 크게 들려왔다. 이제 시간이 거의 되었으므로 황 사장은 시가를 빼어 물었다. 그의 불을 붙이는 모습이 꽤나 긴장되어 보였다. 얼굴의 표정이 굳어 있었다.

"황 사장님, 걱정마십시오. 저희들이 있으니까 아무런 염려를 하실 필요가 없습니다."

종태가 말을 하자 황 사장은 겉으로 태연한 척하면서 담배연기를 길게 내어뿜었다. 그 연기는 종태의 앞에까지 몰려왔다가 흩어졌다. 종태는 창호를 눈짓으로 불렀다."

"어떤 놈들인지는 아직 몰라. 이제 곧 물건이 나가면 그 물건을 주위로 해서 황 사장님 식구들을 감싸도록. 그리고 만일 붙더라도 너무 멀리 떨어져서 싸우지 않도록 지시를 해놔."

"알겠습니다."

창호는 나지막하게 말하고는 읍하는 자세로 물러갔다.

"이제 슬슬 시작해 볼까요?"

"그럴까."

황 사장이 옆에 있는 건장한 젊은이에게 얼굴을 돌리자 그는 알았다는 듯이 방 안으로 들어갔다. 그리고 금방 여행용 가방을 들고 나왔는데 황 사장은 탁자 위에 올려놓고 가방을 열어 보였다. 그 속에는 하얀 분말의 히로뽕이 비닐봉지에 들어 납작하게 누워 있었다. 한 봉지에 500그램은 족히 되어 보였다. 돈으로 환산을 하자면 어마어마한 액수였다. 종태는 약간 눈을 크게 떴다. 이제까지 이렇게 많은 양의 히로뽕은 처음 보았던 것이다. 종태가 눈을 들어 황 사장을 쳐다보자 황 사장은 다시 시가를 빨아들이고 있었다.

"종태, 잘 좀 부탁해. 이번에는 액수가 좀 커."

종태는 대답 대신 고개를 끄덕거렸다. 황 사장이 뒤로 고개를 젖히자 옆에 있던 사내가 다가와 가방을 닫고는 황 사장의 옆에 섰다.

"전부 떠날 준비를 해라."

이제 벽시계는 11시 10분 전을 가리키고 있었다. 종태는 창호와 같이 나란히 앞에 섰다. 그리고 황 사장과 히로뽕을 든 사내가 섰고 그 주위를 종태의 식구들이 호위하고 따라 나왔다. 그들은 정원으로 나오자 숲이 있는 한쪽 구석에 지프가 세워져 있었다. 지프는 까만색이었다. 시동을 거는 데 보니 그 차도 역시 번호판을 가리고 있었다. 황 사장과 그 옆의 사내가 차에 타는 것을 보고 종태는 자신의 차로 갔다.

“별다른 이상은 없나?”

“예, 없습니다.”

창호가 자신의 차 앞에 서 있다가 그렇게 대답을 했다. 밖에 나오니 달빛은 구름에 가려 주위가 온통 깜깜하게 보였다. 차에 붙어있는 스테인리스 액세서리가 번쩍 빛을 내고 있었다.

“송도로 간다. 내가 앞장을 서고 그 다음이 황 사장, 그리고 창호는 그 다음에 따라 와. 만일 앞에 무슨 일이 있으면 뒤차는 그대로 있고 창호 너만 앞으로 나와.”

“알겠습니다, 형님.”

종태의 차가 서서히 공터를 빠져나가자 그 뒤를 따라 황 사장 검은 지프가 바짝 따라왔다. 차들은 조용한 주택가의 골목을 빠져나와 남부순환도로에 올려졌다. 사실 주택가에서는 싸움이 일어나지 않는 법이다. 그것은 둘 다 위험한 싸움이었기 때문이다. 종태는 어쩌면 습격을 감행하려는 쪽이 자신들의 움직임을 일일이 지켜보고 있을지 모른다는 생각이 들었다. 아마 싸움이 붙는다면 인적이 드문 송도쯤에서 싸움을 걸어올지 모른다는 계산을 하고 있었다. 종태가 탄 차에는 전부 여섯 명이 타고 있었다. 그들은 전부 조직 내에서 칼을 좀 쓴다는 양호, 순익, 찬구, 상면이 그리고 운전을 하고 있는 은호가 있었다. 그들은 출발을 하면서부터 일본도를 꺼내 바닥에 짚고 있었다.

차가 우측으로 우회전을 해서 경인고속도로를 타는 모양이었다. 종태가 옆에 있는 창문을 조금 열자 밤공기의 찬바람이 밀려 들어왔다. 차는 한적해진 고속도로를 따라 120킬로의 속력으로 달려가고 있었다. 앞에 가는 차들이 종태의 차와 속력을 비슷하게 놓고 갔으므로 추월을 할 필요없이 그대로 달리기만 하면 되었다.

황 사장은 동남아에서 알아주는 히로뽕계의 거물이다. 이때까지 한 번도 법망에 걸려든 적이 없었고 돈거래가 철두철미했기 때문에 일본에서는 가장 신임을 하는 히로뽕 공급처였다. 그러므로 황 사장은 1년에 몇 차례나 저택을 옮겨 다녔고 히로뽕을 만드는 곳은 절대 서울 근교에서 만들지는 않았다. 그것은 그의 철두철미한 계산에 의해 시골에 있는 외딴 농장이나 별장에서 만들어져서 서울로 반입을 해오는 것이다. 아직 경찰에서는 전혀 눈치를 못 채고 있었지만 국내에 있는 조직들에 조금씩 그의 정체가 드러나고 있었으므로 그는 이번에 크게 한탕을 하고 나면 외국으로 나가 1, 2년을 쉬었다가 들어올 모양이었다.

그래서 이번의 거래량이 의외로 많은 건지도 몰랐다. 황 사장은 언제나 베일에 가려 있는 인물이었다. 서울에 있는 많은 폭력 조직에서도 아직까지 그의 존재를 알지 못했을 뿐만 아니라 막연히 대량으로 히로뽕을 국외로 반출하고 있는 사람이 있다는 것만 알고 있었다. 이제까지 그의 실체가 드러나지 않고 있었지만 그는 과연 그 막대한 히로뽕을 거래하면서 자신의 조직을 갖지 않고는 절대 불가능한 일을 계속해 오고 있었던 것이다.

종태가 그를 만난 것은 6, 7년 전에 교도소에 있을 때였다. 그가 종태가 있던 방으로 전방을 왔었는데 죄명이 단순 폭력이었다. 나이가 40대 후반이었으므로 그저 술을 먹다가 시비가 붙어 사소한 싸움으로 들어온 줄로만 알았고 나이가 제법 들었으므로 함부로 대할 수가 없어서 방에서는 대충 예우만 해주고는 종태가 감방장을 보고 있었는데 그 때 알게 된 것이다. 종태는 황 사장을 잘 몰랐지만 그 황 사장이라는 사람은 이미 사방 내에서 소문이 쫙 퍼진 종태가 어느 사동, 어느 사방에 있다는 것을 알고 일부러 손을 써서 전방을 온 모양이었다. 그 이야기는 입밖에 내지는 않았는데 지난번에 이 일을 부탁하면서 종태를 호텔에서 만났을 때에야 그 이야기를 꺼내서 비로소 그러한 사실을 알게 되었다. 그렇다면 종태는 황 사장이 무슨 피치 못할 일이 터질 것을 예상해서 미리 사건을 저지르고 교도소로 피신을 해온 게 분명하다고 생각했지만 확실한 내막은 알 수 없었다.

그때 교도소에 같이 있을 땐, 종태도 황 사장에게 간섭을 하는 일이 없었고, 단지 방 안의 식구로 같이 먹고 잠을 자고 간간이 이야기를 나눌 뿐 별로 말이 없었다. 하지만 그는 종태를 낱낱이 관찰하고 세밀히 파악하고 있었던 모양이다. 황 사장은 그때 당시 무슨 사업을 하는 사장이라고만 말을 했는데 종태는 무심히 흘려듣고 말았다. 그 나이에 사업을 하다가 사소한 싸움으로 들어오는 이가 어디 한 둘이었던가.

처음에 황 사장이 그때 교도소의 일을 이야기하면서 자신의 신분을 소개했지만 쉽게 기억에 떠오르지는 않았다. 벌써 5년 전의 일이었고 특별히 기억에 남을 만한 사건을 저지른 것도 아니었고 단순폭력에다 나이가 많았으므로 종태는 출소를 하자마자 잊어버렸는지도 모른다. 그래서 황 사장이 자신을 꼭 만나야 되겠다는 말을 했고 호텔의 방으로 찾아가서 얼굴을 보자 그때서야 겨우 안면이 있었던 것을 기억해 냈다.

황 사장은 그때 자신을 좀 도와달라고 말을 했고 구체적으로 어떻게 도와 달라는 말도 없이 그저 헤어질 때 천만 원짜리 수표가 한 장 든 봉투를 내밀었다. 아직까지도 종태는 그의 연락처를 모르고 있다. 지금의 일도 그가 종태에게 전화를 해와서 이 일에 손을 대기로 작정을 한 것이다.

차는 이제 서서히 톨게이트를 지나 시내로 들어가는 것이었다. 가끔 맞은편에서 오는 차의 헤드라이트 불빛에 얼굴이 반사되었지만 하향등이라 그리 센 불빛은 아니었다. 종태는 담배갑에서 담배를 빼내 물었다. 은호가 한 손으로 차에 붙은 시가

라이터를 빼서 건네주었다. 종태는 길게 한 모금 내어뿜었다. 그 연기는 종태의 입에서 나가자마자 창문을 통해 들어온 바람에 의해 삽시간에 흩어져 버리고 말았다. 종태가 힐끗 뒤를 돌아보자 뒤쪽에 앉은 동생들도 희미한 어둠 속에서 담배를 피우고 있는 모습이 눈에 들어왔다. 긴장이 되기는 모두 마찬가지였다.

차는 서서히 속력을 줄이며 송도로 들어서고 있었다. 은호는 미리 라이트와 차의 모든 불을 껐고 천천히 차를 몰았다. 앞쪽으로 멀리 보이는 시커먼 바다와 어디선가 비치는 서치라이트가 바다 쪽을 훑고 있었다. 그가 탄 차가 백사장에 멈춰 섰고 뒤이어 황 사장이 탄 차와 창호와 기식이가 탄 차가 차례로 멎었다. 어둠 속에서 그들은 쉽게 차에서 내리려들지 않았다. 조금 시간이 지난 뒤에 종태가 내려 황 사장이 있는 차 쪽으로 다가갔다.

뒤이어 종태의 식구들이 전부 내려 황 사장의 차를 에워싸고 있었다. 어둠 속에서 그들은 뭔가를 하나씩 들고 있었는데 검은 빛을 반사하고 있는 그것들은 검정 비닐테이프로 둘둘 감은 일본도였다. 달빛에 반사되는 것은 분명히 검은 빛이었다.

"황 사장님, 배는 언제 들어옵니까?"

"정각 12시 5분이야. 아마 고무보트가 이리로 다가올 걸세."

아직 25분이 남아 있었다. 종태가 서 있는 백사장에서 바다

까지의 거리는 약 100여 미터 정도 떨어져 있었다. 종태는 주위를 휘이 둘러보았다. 주위는 온통 깜깜했고 허허벌판이었다. 부하들도 자신이 서 있는 위치에서 주위를 경계하는 모습이 눈에 띄었다. 그러기를 한 5분쯤 되었을까.

바다가 있는 쪽에서 무엇인가가 움직이는 게 느껴졌다. 종태는 괜히 헛것을 보았나 하고 생각했다. 그리고 손목의 시계를 보니 아직 그들이 도착할 시간이 아닌 12시 15분 전이었다. 종태는 다시 고개를 들어 바다 쪽을 바라보았다. 바다 쪽은 그저 캄캄했다. 그런데 얼핏 종태의 머리를 스치는 것이 있었다. 좀 전에 보았던 물체가 어쩌면 사람이었는지 모른다는 생각이 갑자기 들었던 것이다. 그것은 오로지 종태의 육감적인 것이었다. 종태는 슬며시 창호에게로 돌아서서 창호에게 눈짓을 보냈다. 바다 쪽에 놈들이 숨어 있다고.

창호가 조심스럽게 움직이기 시작했다. 한 사람씩 눈치를 주고 있는 모습이 보였다. 아마 저쪽에서는 바다 쪽에 숨어 있다가 이쪽의 신호를 받고 바다 쪽에서 해안 쪽으로 신호를 보낸 다음에 서서히 뭍으로 오는 보트에 다가가 방심한 틈을 타서 기습을 할 모양이었다. 종태는 저들의 속셈을 알아차렸다. 창호에게 다가가 귓속말을 했다.

"저쪽에서 전부 바다 쪽만 있는 것인지 아니면 우리가 온 곳으로도 놈들이 있는지 모르니까 슬며시 뒤쪽의 동정을 살펴.

그리고 뒤쪽에 아무도 없으면 황 사장이 탄 차에는 세 명만 남고 나머지는 전부 돌격하는 거다.”

“예, 알았습니다.”

창호는 나지막하게 대답을 하고는 뒤쪽으로 나아갔다. 그 뒤를 기식이가 따르고 있었다. 만일의 기습을 대비해서이다. 종태는 계속 바다 쪽의 동정을 살피고 있었다. 그러나 이제 그쪽에도 아무런 움직임이 보이지 않았다. 뒤쪽으로 갔던 창호가 돌아왔고

“뒤에는 없습니다.”

“알았어. 우리가 먼저 선수를 쳐야 돼. 그래야 보트가 무사히 닿을 수가 있어. 우리가 저쪽을 속이자구. 내가 라이터를 두 번 켜고 나서 우리들이 바다 쪽으로 걸어가면 저쪽은 필시 이제 접선을 시작하려고 바다 쪽으로 오는 걸로 알고 기습을 하려고 그럴 거야. 그때 너는 애들을 데리고 뒤에 처져서 따라와. 될 수 있으면 양쪽으로 퍼져서.”

“알았습니다.”

“일단 붙었다 하면 우리 쪽이 먼저 저놈들을 포위하듯이 밀어붙이자구.”

“예, 알겠습니다.”

창호는 다시 동생들에게 귓속말을 하기 시작했고 종태는 조금 있다가 바다 쪽을 향해 라이터를 두 번 켜댔다. 그리고 상면

이와 은호를 데리고 바다 쪽으로 걸어갔다. 그들은 모두 칼자루에 손을 대고 걸었다. 그들이 약간 경사진 곳을 넘어 바다 쪽으로 다가갔을 때 바다 쪽에서 시커먼 무리들이 나타났다. 종태는 쉬익 칼을 뽑았다. 그러자 상면과 은호도 거의 동시에 칼을 뽑았다. 어둠 속에서 그들이 거의 동시에 칼을 뽑는 모습이 칼날에 빛이 반사되는 모습으로도 알 수 있었다. 종태는 갑자기 뛰어들면서 어둠을 베기 시작했고 뒤에서는 창호가 뒤따라 들어서 그들을 에워싸기 시작했다.

종태의 식구들은 뒤에 남아 있는 세 명을 제외한 15명이었다. 몇 번의 칼부림이 있자 저쪽에서는 부상자가 생겼는지 당황하기 시작했다. 칼은 절대 몸통을 겨냥해서는 안 된다고 당부를 했었다. 만일의 경우 사람이 죽는 일이 있어서는 안 되었다. 그것은 더욱 일이 커지는 것을 뜻하는 것이었고, 그렇게 되면 결국 경찰의 추적을 받게 되어 있었다. 가장 효과적인 것은 그쪽에다 빨리 치명타를 주어 그들이 도망치게 만드는 거였다.

컴컴한 바닷가에서의 피비린내나는 싸움은 예상보다 쉽게 끝나 버렸다. 저쪽에서 누군가 중상을 입은 모양이었다. 그들이 달아나기 시작했다. 그러자 창호가 마지막으로 달아나는 놈에게 비수를 던져 맞혔다. 그는 그 자리에 고꾸라졌고 창호가 가서 그를 잡아왔다. 창호는 그를 종태 앞에 패대기를 쳤고 그는 허벅지에 칼을 맞았는지 똑바로 꿇어앉지 못하고 엉거주춤하게 옆으로 비껴 앉았다.

"너희들은 누구 패냐?"

"……."

"말 안 할래? 그럼 죽인다?"

"영등포 시장파요."

"?……."

종태는 깜짝 놀랐다. 그리고 옆에 서 있는 창호를 돌아보았다. 창호도 예상외라는 듯이 놀라고 있었다. 이럴 수가. 시장파라면 바로 그들과 경계를 하고 있는 조직이 아닌가. 종태는 마치 뒤통수를 얻어맞은 듯했다. 시장파는 종태의 조직과는 항상 으르렁거리는 별로 좋지 않은 사이였다.

"누가 데리고 나왔지?"

"…… 청수 형님이……."

청수라면 시장파를 이끌고 있는 문조의 바로 밑이었다. 청수라면 저번에 한 번 술집에서 종태에게 결례를 해서 혼이 나도록 패준 적이 있었다. 그때는 그도 순순히 잘못했노라고 사과를 했고 나중에는 종태가 따라주는 술을 받아 마셨다. 그런데 그 청수가 애들을 데리고 나왔다면 문조가 그 사실을 알고 있는지 궁금해졌다.

"보스는 어디 있나?"

문조를 말하는 거였다.

"부산에 내려갔습니다."

"부산에는 왜?"

"모르겠습니다."

"알았어, 이 자식을 차에 태워."

칼을 맞은 사내는 어렴풋이 안면이 있어뵈는 놈이었다. 그도 그럴 것이 좁은 서울바닥에서, 그것도 같은 영등포라는 지역에서 몇 번은 서로 어깨를 부딪친 기억이 있는지도 몰랐다. 이윽고 바다 쪽에서 반짝거리는 신호가 왔고, 황 사장이 신호를 보내자 한참 후에 어둠 속을 스르르 미끄러지듯이 보트가 해안으로 닿았다. 황 사장과 그의 식구들이 거래를 하는 동안 종태와 창호는 식구들을 데리고 그 주위를 경계하고 있었다. 거래는 단 몇 분만에 끝났다. 거래가 끝난 보트가 다시 어둠 속으로 멀어져 가는 것이 보였고 황 사장은 차로 돌아왔다. 종태는 황 사장이 차에 타는 것을 보고서야 자신의 차에 올랐다.

황 사장의 집까지 무사히 도착하자 모든 일이 끝났다는 안도감이 들었다.

종태와 창호는 집 안으로 들어갔고 다른 식구들은 모두 차에서 기다리고 있도록 했다. 집안으로 들어서자 황 사장은 먼저 양주를 꺼내오도록 시켰고 종태에게 술을 따랐다. 종태는 잔을 정중히 받아 그대로 한 입에 다 마셔버렸다. 그리고 냉수로 입가심을 했다. 이번에는 찬호가 잔을 받았다. 창호가 마시는 동안 황 사장은 돈을 꺼내오도록 했고, 그는 흰 봉투에 돈을 담아 탁자 위에 놓았다.

"종태, 수고했소. 난 이번에 일본에 나가 좀 있다가 올거요."

"고맙습니다, 잘 다녀오십시오."

"돈은 약속한 대로 팔 억이오. 수표로 했으니 그리 아시오."

"잘 알겠습니다, 그럼 이만."

"내 일본에서 나오면 연락하리다."

종태는 황 사장한테 고개를 숙여 보이고는 현관을 빠져나왔다. 바람이 불어와 그의 몸을 상쾌하게 만들었다. 몸은 이제 피로한 것이 아니라 오히려 가뿐해지면서 어디 가서 마음껏 술이나 퍼 마시고 싶은 충동이 일어났다. 종태는 창호를 돌아보며 싱긋 웃어 주었다. 어둠 속에서 창호의 웃는 모습이 보였다.

상호는 이제 거의 타들어간 담배를 시멘트 바닥에 짓눌러 꺼서 필터를 해체하기 시작했다. 그리고 조각조각 낸 것을 밑으로 던져 넣었다. 그래야 담배를 피운 흔적조차 남기지 않는 법이었다. 종태는 내일쯤 은영이가 면회를 올지 모른다고 생각을 했다. 그녀는 일주일에 한 번쯤 기식이랑 같이 오거나 아니면 혼자 올 때도 있었다. 그녀가 혼자 올 때에는 기식이와 상의를 하고 와야 했다. 이곳의 면회는 하루에 한 번밖에 못하기 때문에 은영이가 면회를 하고 가면 기식이는 면회를 할 수가 없었다.

방 안의 식구들이 전부 담배를 피우고 나자 방 안의 분위기는 더욱 아담한 분위기가 되어 있었다. 그것은 담배가 주는 매력이었다. 담배엔 재소자들을 결속시키고 순종하게 하는 힘이 들어 있었다. 물론 징역에서는 첫째로 주먹이면 모든 게 다 해결될 터이지만 주먹은 주먹대로 쓸 가치가 있는 것이고, 또 부드러운 것은 부드러운 대로 쓸모가 있었다. 그리고 바깥에서는 주먹세계와 술과 여자가 불가분의 관계였듯이 이곳에서도 주먹의 세계는 엄연히 존재하고 있었다.

저녁을 먹고난 후의 징역생활은 잡담이 없으면 괜한 바깥 생각에 마음이 심란해지기도 한다. 그래서 그들은 쉴새없이 지껄여대거나 잡담을 나누기를 원한다. 또한 그들은 언제 나가게 될지 모르는 이곳의 생활이 차츰 익숙해지면서 바깥과는 서서히 차단이 되어지기도 한다. 그것은 사람이 환경의 동물이라는 것을 실감케 하는 것인데 사실 모든 사람이 그렇게 익숙해져 가고 있었다. 듣기 싫은 잡담도 자꾸 듣게 되면 자기도 모르게 웃게 되고 휩쓸리게도 되었다. 그것은 마치 TV를 싫어하던 사람이 어느 날 갑자기 드라마를 좋아하고 코미디 프로를 즐겨보는 것과도 같은 이치였다. 사람은 어디서나 정 들면 그곳이 곧 그렇게 느껴지는 모양이다. 같은 방에서 쭈욱 지내다가 어느 날 재판을 받고 나가는 사람도 그 방을 나가면서 남아 있는 사람들에게 곧 면회를 오리라고 장담을 하고 나갔지만 면회를 오는 사람은 극히 드물었다. 그러한 것만 보더라도 이곳의 생활은 정말 내가 필요해서 겪는 생활이 아니라 피치못할 사정에 의해서 억지로 끌려와 살았기 때문에 일단 밖으로 나가면 뒤돌아보기도 싫은 곳이 바로 이곳이었다. 하여튼 이곳에 있는 동안만이라도 어떻게 해서 편하기만 하면 되는 곳이었고, 재미있으면 그걸로 만족해야 하는 곳이었다.

“민 형, 재미있는 얘기나 하나 하슈.”

그렇게 말을 한 사람은 김귀현이었다. 귀현이는 청소반장이었지만 나이가 민재구 씨보다 어렸다. 민재구는 간통으로 들어와 지금 심리재판을 받고 있는 중이었다.

“자고로 여자란 말이여, 요물이야, 요물. 내가 간통으로 들어왔다고 해서 이런 말 하는 거 아니고 지나보면 조금은 후회가 되는 것이 간통이여. 지금 여사에 있는 여자는 원래 보험을 하는 여자였어. 내가 장사를 하고 있으니까 처음에 와서 ‘생명보험이나 하나 드시죠,’ 하고 살살 웃더라구. 그래서 내가 ‘멀정한디 보험은 무슨 얼어죽을 보험이냐.’고 한 마디 했지. 그랬더니 그 여자는 가지 않고 앉아서 끈질기게 설득을 하드라구. 노후에 타는 노후설계라는 보험이 있다면서 노후에 부부가 생활을 보장받는 보험을 또 소갤하더라구. 그래서 난 얘길 하던지 말던지 그대로 두구 난 내 할일만 하고 있었어. 그 여자는 그래도 끝까지 가지 않고 앉아 있더라구. 내가 아마 물렁하게 보였나 봐. 그래서 계속 가지 않고 설득을 하고 있는 여자에게 괜히 헛김 빼지 말고 보험은 안 들텡께 가던지 아니면 내가 쪼께 미안한께 커피나 한 잔 사겠다고 농을 걸었더니 그러면 커피나 한 잔 사라드구만. 그래서 가게를 종업원에게 맡기고 그 여자랑 다방에 가서 커피를 마셨어. 그런데 사람이라는 게 차암 이상한 거드만. 막상 앞에 앉아서 이야기를 하니까 그 여자에게 괜히 미안한 거 있지? 그래서 할 수없이 보험을 하나 들어주고 말았어. 막상 들고 보니 보험이란 게 여유만 있으면 하나쯤 들어둬도 괜찮겠다라는 생각이 들더군. 그래서 내가 시간이 어떠냐고 물었어. 시간이 있으면 저녁에 술이나 한 잔 하자고 했는데 그 여자도 처음엔 머뭇거리더니 나중엔 승낙을 하더라구. 그래서 술집엘 갔어. 간단하게 맥주를 마시면서 이런저런 얘길 나누었는데 차츰 술이 들어가니까 술술 이야기가 잘 풀리더라구. 그리고 그 여자는 직장을 나가는 여자라서 그런지 제법 얼굴도 괜찮았고 나이가 든 여자치고는 몸매도 꽤 괜찮았어. 그 날은 그저 간단하게 하고 헤어졌는데 헤어지면서 내가 가끔 들르면 술이라도 한 잔씩 하면서 이야기나 나누자고 제의를 했던 것인데 아마 일주일 정도가 지났을까, 그때 그 여자가 우리 가게로 나타나더라구. 그래서 우리는 가끔 만나 술을 같이 하면서 서로의 흉금을 터놓기 시작했는데 그 여자는 남편에게 어느 정도 불만을 갖고 있었어. 남편이 회사를 다니는데 노름을 좋아하고 여자를 그렇게 밝힌대나. 그래서 자신은 몇 년 동안 참아 오면서 집에만 틀어박혀 있는 것이 너무 갑갑해서 친구의 소개로 보험을 하게 됐다나. 이제는 그 여자가 버는 수입이 남편의 수입보다 낫다는 거야. 내가 서너 번 술을 사면 그 여자가 한 번은 술을 샀어. 그 여잔 한 달에 수입이 삼백 정도는 된다고 그래. 하여튼 여자는 밖으로 돌리면 안 돼. 여자가 밖에서 배우는 것이 뭐 있겠어. 간덩이만 커져서 남자랑 같이 놀기를 좋아하는 거야. 나야 그렇게 나오니까 전혀 부담도 없었고 좋았지만 말이여. 우리들은 가끔 교외로 나가면 모텔로 들어가 낮에 정사를 하고 돌아와도 아무런 표도 나지 않았어. 그 여자 한 번 불이 붙으니깐 정말 굉장하대. 한 번 그 짓을 하고 나면 나는 진이 쫘악 빠질 정도였어. 그래서 남자맛을 아는 여자가 더 무섭다는 거야. 일주일에 한 번 정도는 꼭 야외로 나가서 했어. 나중엔 슬슬 겁도 나더라구. 여자가 점점 더 적극적으로 나오니까 언젠가는 꼭 들킬 것만 같더라구. 내 예감이 맞았어. 나야 그 짓을 하고 집에 들어가더라도 꼭 마누라한태는 봉사를 해 주지. 그런데 그 여자는 점점 간덩이가 부었는지 남편이 한 번 요구를 해도 뿌리치는 모양이었어. 가끔 만날 때마다 그러한 얘기를 하기는 했는데 마치 그렇게 얘기를 하는 그 여자가 더 사랑스러워졌지 뭐 싫지는 않더라구 남편의 손길도 뿌리치고 나를 찾아오는 것 같아 속으론 괜히 기분이 좋더라구.

그런데 그게 결국 남편에게 단서가 되었나 봐. 남편이 하루는 눈치를 채고 그 여자한테 캐묻기 시작했는데 여자란 것이 얼마나 단순해. 그저 남자의 유도신문에 달랑 넘어간 거야. 완전히 밝힌 거는 아니었지만 대충 자신도 바람을 필 수 있다라는 식으로 대든 거야. 그래서 결국 남편한테 얻어맞고 며칠 직장에도 못 나갔어. 하루는 내가 가게에 있는데 전화가 왔더라구. 자신은 지금 남편과 싸우고 얻어맞아서 직장에도 출근을 못 했다구. 그때 내가 마음을 단단히 먹고 정신을 차렸어야 했는데 병신같이 질질 끌다가 이 모양 이 꼴이 된기라. 나중엔 그 여자가 찾아와서 다방에서 만나 작전을 짰어. 어느 여관 몇 호실로 미리 예약을 해놓고 둘이 다방을 나와서 택시를 타는 거야. 그래서 조금 가다가 다시 택시를 내려 갑자기 골목으로 들어갔다가 다시 빠져나와 택시를 탔는데 그러면 남편이 우리의 뒤를 밟는다고 해도 못 따라올 줄 알았어. 그래서 계속 여관엘 간 거야. 그런데 하루는 여관에 들어가는데 오토바이 두 대가 자꾸 왔다 갔다하면서 여관이 있는 골목까지 따라오더라구. 우리는 그것까지는 미처 생각을 못했지. 그날도 버스를 타고 가다가 내려서 택시를 탔고 다시 골목으로 돌아서 택시를 타고 왔기 때문에 남편이라는 사람이 뒤를 쫓아오지는 못할 거라고 믿고 있었지. 그런데 그날 우리가 여관으로 들어가서 그 여자가 먼저 샤워를 끝내고 다음으로 내가 샤워를 하고 침대에 들어가 한참동안이나 애무를 했어. 여자는 달아오르니까 자꾸 머리 끄덩이를 잡아당기더라구. 완전히 죽여줬지, 뭐. 그 여자는 밑으로 줄줄 싸더라고. 그래도 난 좀 더 천천히 약을 올리며 구석구석으로 애무를 했어. 나중엔 여자가 자지러지더라구. 여자가 괴로워하는 표정을 보면 얼마나 우스운지 알아? 오만가지 인상을 쓰며 나를 쳐다보는데 속으로 웃음이 쿡쿡 나오더라고. 그래도 참았지. 웃으면 기분이 깨지잖아. 하여튼 그 여자는 한 번 달아오르면 정신을 차리지 못하더라구. 그래서 서서히 삽입을 하고 한참을 하고 있는데 방문을 똑똑 두드리는 소리가 들렸어. 그런데 누가 한창 하고 있는데 벌떡 일어나 문을 열어 주겠어. 그때 빼버리면 기분이 사그라들잖아. 아무래도 조바가 와서 문을 두드리다가 안에서 기척이 없으면 그냥 갈 줄로만 알았지. 그런데도 계속 문을 두드리더라구. 여자는 밑에서 한창 색을 쓰고 있고 나도 조금만 있으면 콱 싸질 것 같아서 이러지도 못하고 저러지도 못하고 그냥 계속 하고 있었는데 콰당 하고 문이 열리는데 보니까 경찰하고 남자 하나가 들어온 거야. 나는 갑자기 당한 일이라 어쩔 줄을 모르고 있었어. 그들을 보기는 봤지만 어떻게 할 수가 없어서 엉거주춤하게 하던 동작을 멈춘 채 양손으로 침대를 짚고만 있었어. 여자는 아래에서 그것도 모르고 내 허리를 콱 붙잡고 내가 가만히 있자 자신이 밑에서 움직이는 거야. 정말 말이 안 나오더라구. 놀라서 그랬는지 어어,

하는 소리밖에 안 나왔어. 경찰과 남편은 그것을 다 본 거야. 지금 생각하면 얼마나 창피했는지 몰라. 두 명이 버젓이 보고 있는데도 여자는 그것도 모르고 밑에서 색을 쓰고 있었으니, 아마 옆에 경찰이 없었더라면 나는 그 남자의 손에 죽었을지도 몰라. 여기서 저번에 재판을 받으러 나갔다가 재판정에서 나와 비슷한 일로 살인을 한 친구가 있더라구. 정말 자기 부인이 그러는 걸 보고 눈깔이 안 뒤집힐 놈이 있겠어? 난 그때 그 여자를 주먹으로 내려치고 싶었어. 둘이서 할 때는 그게 그렇게 좋았는데 경찰이 보는 앞에서 여자가 밑에서 엉덩이를 들고 그러는 걸 들켰으니 정말 화가 치밀더라구. 정말 죽고 싶었어. 차라리 경찰이 총이라도 쏴서 죽여 버렸다면 더 좋을 뻔했어. 경찰도 나중에는 웃고 있더라고. 여자는 그래서 독종이야. 내가 확 빼버리자 여자는 내 허리를 콱 잡았는데 내가 턱으로 방문 쪽을 가리키자 그때서야 그 여자도 내가 가리키는 곳을 쳐다보더라구. 그 뒤는 말 안 해도 알겠지? 우리는 현장에서 붙잡혔을 뿐만 아니라 그것도 현장에서 생생하게 그 짓을 보여준 장본인들이었어. 나중에 경찰서에서 조서를 받을 때 경찰관들이 자꾸만 웃더라구. 그래도 여자가 남편한테 따귀를 맞더니 앙칼지게 덤벼들더라구. 나는 어안이 벙벙해져서 도대체 말을 못하겠더라구. 어떻게 여자가 그렇게 뻔뻔할 수가 있는지 모르겠어. 이젠 이판사판이다 하는 식이었어. 지금도 재판을 나갈 때 호송차 안에서 나한테 뭐라는 줄 알아? 남편이 면회를 오는데 지금이라도 용서를 빌고, 다시 나랑 안 만난다면 합의를 해주겠다고 하는데도 자기는 그것이 싫대. 차라리 여기서 형을 살고 나가서 나랑 같이 새 출발을 하자는 거야. 내가 미쳤어? 나도 마누라가 면회를 오는데 가정을 버리면서까지 같이 살 필요는 없잖아?"

"아이, 형님두. 그럼 살살 꼬드겨서 일단 나가서 일을 도모하자고 해서 남편이 용서를 해줘서 공소기각으로 나가면 안 만나면 되는 거 아뉴?"

"맞어, 맞어. 그런데 그게 쉽지 않아."

"그래에?"

방 사람들은 한결같이 그렇게 말을 했다. 사실 그렇기는 하다. 일단 나가고 볼 일이다.

"나도 그랬어. 그런데 그 여자는 아예 여기서 같이 살고 나가자는 거야."

"으응, 그러면 안 되겠구나. 그 여잔 물귀신이군 그래."

일단 합의가 안 되면 둘 다 못 나가는 거였다. 재구는 그래서 그 문제를 어떻게 할까 하고 생각을 하다가 자신의 동생을 시켜 저쪽의 여사에 있는 공범에게 면회를 해서 일단 나가서 다시 만나자는 설득을 하고 있었다. 그러나 여자는 쉽게 수그러들지 않고 있었다. 부부란 것은 일단 한 번 정이 떨어지면 철천지 원수처럼 멀어지는 모양이었다.

"일단 민 형은 이 방에서 제일 빨리 나갈 확률이 많은 사람이오."

"그럼, 합의만 되면 그날로 공소기각으로 나가니까."

민재구는 씨익 웃었다. 말이라도 그런 말을 들으니 기분이 좋았던 것이다. 그래도 징역에서는 간통으로 들어온 사람이 제일 빨리 나가는 예가 많았다. 전방을 다닐 때마다 자신을 가리켜 이곳의 말로 소위 '물총'이라고 불렀지만 그래도 죄질은 가벼운 편에 속했다. 남녀 간의 사랑 때문에 일어나는 사건이었으므로 정말 애매한 범죄였던 것이다. 미국과 같은 나라에서는 아예 간통죄라는 법조문이 없으며 가까운 일본이라는 나라에도 그러한 죄명은 없다. 그들은 같이 살 마음이 없으면 쉽게 헤어졌다. 법이라는 틀이 있어서 개인의 자유를 속박하거나 그것 때문에 일생을 같이 살아야 하는 억지는 없었다. 그러나 그것은 민족적인 감정 내지 정서에 따라 규제될 수 있는 성질의 것이기도 했다. 우리나라와 같이 시민의식이 결여된 나라에서 그 법을 폐지한다면 아마 가정에 대한 문제는 지금보다 더 심각했으면 했지 줄어들지는 않으리라. 재구는 일단 출소만 하면 자신의 가정으로 돌아가고 싶어했다. 이때까지의 모든 일은 일종의 불장난이었다.

"형은 좋겠수. 여자가 그렇게 달라붙으니."

그렇게 말을 한 사람은 태식이었다.

"야야, 말 마라. 뭐가 좋으냐? 나가면 친구들이 나를 뭘로 보겠냐? 그리고 난 이제 평생 여편네한테 매여 살아야 할 터인데."

"형님, 좆이 큰 모양이우. 여자가 그 정도가 됐다면 알 만하우."

이제는 별 거지 같은 농담들이 다 튀어 나왔다. 그래도 재구는 싫진 않았다. 남자들은 모두 성적인 어린애였다. 자신의 것이 제일 크고 힘이 세고 오래 하는 것이 자랑거리인 것처럼 떠들어대기 때문이었다. 징역에서는 밥 먹고 그저 섹스에 관한 얘기라면 사족을 못 쓰는 거였다. 그러다가 그들은 지쳐 잠이 들었고 다시 날이 밝으면 또 그 얘기였고, 저녁이 되어도 또 그 얘기였다.

종태는 그만 일어나 창살에 붙어 섰다.

담당이 의자에 앉아 책을 보고 있었다.

"담당님, 책을 꽤 보시네요?"

담당이 어슬렁거리며 일어나 종태가 서 있는 창살 곁으로 다가왔다.

"왜? 종태가 오늘은 심심한 모양이군?"

"아뇨, 그냥 담당님하고 이야기나 할까 하고요. 뭐 좀 재미있는 일 없을까요?"

“여기야 매일 먹고 자고, 먹고 자고 하는 것밖에 더 있나?”
“담당님은 집이 어디세요?”
“바로 요 근처야, 오류동.”
담당은 손가락으로 4감시대가 있는 쪽을 가리켰다. 직원도 친해지면 격의가 없어진다. 종태는 매일 한두 시간은 밖에 나가 담당 앞의 난로에서 불을 쬐다가 들어오곤 했다. 담당도 심심하면 종태가 갖고 나간 오징어를 연탄불에 구워 먹으며 같이 말동무가 되곤 했으므로 직원과 재소자와의 관계를 떠나 인간 대 인간으로서의 만남이었다.
“심심해 죽겠어요. 밖에 나가면 담당님 한 번 근사하게 모실 텐데.”
“야, 말로는 뭘 못해. 집에 금송아지가 있다고 해도 안 믿어.”
“담당님도 참, 제가 뭐 거짓말을 합니까? 나가면 압니다. 우리들은 주먹잽이들이 아닙니까.”
“그래, 빨리 나가라. 그래야 나도 술 한 잔 얻어먹지.”
“담당님, 이번 보안과장은 돈을 상당히 밝힌다는 말이 있대요?”
“누가 그래?”
담당은 종태가 하는 말에 궁금해하면서 물었다. 그러면서도 담당은 빙그레 웃고 있었다.

“뭐, 다 들리는 소문인데요 뭐. 담당들이 짜웅을 하면 좋아한다는 말은 들었어요.”

종태는 양 손바닥을 펴서 서로 맞닿게 비비는 흉내를 내었다. 그것은 일종의 돈으로 하는 아부를 뜻하는 것이었다.

“그리고, 사실은 제 동생이 전화를 해서 보안과장을 한 번 만났어요. 형님을 잘 부탁한다고 하면서 백만 원짜리 수표를 드렸는데 잘 쓰겠다고 받드라는데요.”

“그으래?”

담당의 눈빛이 빛났다. 과장은 오늘 아침에도 사방담당들이 재소자와 결탁을 하여 부정을 하는 사례가 있다면서 입에 거품을 물고 일장 훈시를 했었다. 과장은 가끔 무작위로 뽑아 사동 내에 있는 재소자를 불러 갔는데 그것은 과장이 그 재소자를 통해 담당이 잘 하고 있나를 물어보기 위해 데려가는 것이었다. 그러한 것은 과장이 직접 데려가는 것이 아니라 보안과 서무직원을 통해 몇 동, 몇 방의 누구를 데려오라고 지시를 내려서였다. 그러면 그 재소자는 보안과장이 불러준 것만 해도 감사하고 환송해서 사방 내에서 일어나는 것을 순순히 불기도 했고 자신이 느낀 대로 불만이 있는 것까지 곁들여서 과장에게 말을 하는 거였다. 그러면 몇 10년을 교도소에서만 닳아온 과장은 척하면 삼척일 정도로 담당이 얼마나 삥땅을 치고 있는지 훤했다. 과장은 담당이 혼자 독식을 하면 그냥 두지 않았다. 파악이 되어 있는 대로 담당이 어느 정도 상납을 하지 않으면 어떠한 트집을 잡아서라도 자꾸 괴롭혔다. 담당은 미리 방어선을 치기 위해서라도 겸사겸사해서 보안과장의 집을 찾았고 한 번 약을 쓰고 나면 그 약발은 오래 갔다. 다음번 인사이동에서 특혜를 받았고 사방 내에서 사소한 문제가 생겨도 담당을 문책하지 않았다. 그건 당연한 이치였다.

그러한 것은 밖의 세상에서도 늘상 통용되던 것이었다. 하물며 세상과 좀 동떨어진 15척 담장 안에서야 더 말할 나위가 있으랴. 담 안에서는 재소자가 죽어도 사건을 은폐시킬 수 있었다. 그곳이 교도소였다.

"담당님만 알고 계십시오."

종태가 그렇게 말을 하자 담당은 고개를 끄덕였다. 그래서 요즘은 보안과장이 2동엘 순시하러 잘 들르지 않았구나. 꼭 3동에서 순시를 마치고 곧바로 1동으로 들어가 버렸다. 담당은 아무래도 과장이 순시를 안 들어오는 것만 해도 훨씬 편했다. 그리고 관구주임들이 관구실로 종태를 자주 불러내가는 것이 또한 그랬다. 그것은 일종의 과장이 내린 지시였는지 모른다. 그러면 주임들은 과장에게 잘 보이려고 서로 종태에게 편의를 제공하려고 했을 것이다. 종태는 관구실로 가면 두세 시간이 지나서야 사방으로 돌아왔다.

"종태, 너 관구실에 가는 것도 다 과장의 지시겠지?"

"그건 모르겠어요. 어젠 관구실로 갔더니 김 계장님이 직접 나를 의무실로 데려가더니 영양주사를 놓아줘서 늦었어요."

"그래?"

담당은 깜짝 놀랐다. 어제 종태는 거의 세 시간 만에 사방으로 돌아왔는데 왜 그렇게 늦었느냐고 물었더니 종태는 그저 의무과에 갔다가 왔다는 말에 몸이 어디 아파서 약이라도 타러 간 줄로만 알았다. 이건 어마어마한 특혜였다. 바깥에서 보면 링거 하나 놓아준 게 뭐 대수냐고 물을지 모르겠지만 멀쩡하고 건장한 재소자에게, 그것도 힘이 넘쳐나는 조직폭력배에게 링거 영양제 주사를 놓아 준다는 것은 교도소 내에서는 있을 수 없는 특혜임에 분명했다. 담당은 그 말을 자신의 머리 속에 꼼꼼하게 입력을 하기 시작했다. 언젠가 한 번은 써먹을지도 모른다는 생각에서였다.

"그런데도 과장은 담당들한테 사방의 재소자들에게 조금이라도 편의를 제공하면 부정을 저지르는 것으로 간주를 한단 말이야."

"다 그런 거지요, 뭐. 과장은 뒤로 더 크게 먹는데요, 뭘."

"네가 그걸 어떻게 잘 알아?"

"제가 뭐 방 안에만 처박혀 있나요? 밖에 운동을 나가거나 의무과엘 가면 다른 사동에 있는 동생들을 만나서 얘기를 해보면 개네들도 다 먹인답디다. 그래서 아는 거지요, 뭐."

“하긴 그래, 먹어도 뒤로 먹으니까.”

“그리고 과장은 가출옥 신청을 할 때 크게 먹는다면서요?”

“아마 그러셨지.”

담당은 건성으로 대답을 했다. 자신은 그 액수까지는 모르기 때문이었다. 가출옥이라는 것은 출역수들이 징역을 살면서 매달 자신이 따는 점수에 따라 행형성적이 좋으면 만기출소일 전에 미리 출소를 시키는 것을 말한다. 그러한 것은 아마 큰 돈이 오갈 것이라는 추측만 할 뿐이었다. 직접 돈을 건네는 당사자가 밖에서 과장을 만났고 그 재소자가 출소를 해 버리면 안에서는 전연 모르게 되기 때문이다.

“몇 달을 먼저 나가려고 몇 백을 쓰는 걸 보면 그게 이상하죠?”

“뭐가 이상해? 넌 그냥 방 안에 가만히 앉아 있을 사람이 뭐 할려고 과장에게 백만 원이나 갖다줬니?”

“담당님도, 그렇게 말씀을 하니까 할 말이 없네요.”

“사실이 그렇지 뭐, 안 그래?”

종태는 잠시 입을 떼지 못했다. 담당의 말이 맞는 말이었다.

“담당님은 여사에 들어가 봤어요?”

“그럼, 야아 말도 마라. 여사에 들어가면 머리가 아파.”

“왜요?”

“여자들의 암내가 얼마나 심한 줄 아니? 우리들이 밖에서는 여자들을 만나거나 같이 잠을 자도 모르는데 여사에만 들어가면 얼마나 지독한지 말도 못해. 그건 어떻게 표현을 해야 제대로 표현이 될지 모르지만 아무튼 이상한 냄새야. 땀내 같은 것두 아니고, 꼭 뭐가 썩는 것 같은 냄샌데 다른 직원들도 다 그런 말을 해. 아마 여자들이 화장을 하지 않고 있어서 더 그럴 거야. 그리고 목욕을 더 자주 해야 되는데 일주일에 한 번 목욕을 하니 거기서 썩지 안 썩겠어?"

"우하하, 담당님도……."

"일근 하는 날, 우연히 영선이 작업을 하러 들어가면 계호를 하기 위해 같이 들어가는데 그 냄새는 이 세상에서는 맡을 수 없는 냄새일 거야. 이 구치소에서만 맡을 수 있어. 나중에는 머리가 지끈거리고 아파. 그런데 그런 것을 우리 여직원한테 그런 말을 해도 여직원들도 마치 농담을 하는 것으로 들어. 남자가 시시껄렁하게 희롱하는 줄로만 알아."

"우리들도 여자들이 많이 기거하는 방에 들어가보면 가끔 그런 것을 느껴요. 물론 지독한 향수 냄새도 나지만요."

"맞아, 그건 분명히 여자 냄새야."

종태는 크게 웃었다. 얼굴을 찡그리는 담당의 모습이 더 재미있어서였다. 마침 저녁식사 담당이 교대하러 와서 이야기는 중단되고 말았다. 식사교대를 온 담당은 이곳에 들어온 지 얼마 되지 않은 직원처럼 보였다. 종태는 척 보고 신참직원인 것을 알 수 있었다. 행동하는 것이 왠지 어색했고 그만큼 때가 묻어 있지 않았다. 그리고 하나하나 보는 시선들마다 경이로움을 간직한 것처럼 보여졌다. 자신이 비록 직원이긴 하지만 이곳의 모든 것들이 생경함 때문이었으리라.

"담당님, 식사를 하셨습니까?"

종태가 말을 걸자 그 직원은 반가움 반 호기심 반으로 창살로 다가왔다.

"응."

여기서는 직원이면 무조건 재소자들에게 반말을 했다. 나이 고하를 막론하고 반말을 하는 것이 이곳의 생리였다.

"담당님은 이곳에 오신 지 얼마 안 되는 것 같아요?"

"조금밖에 안 됐어."

그 직원은 이곳에 온 지 얼마 되지 않았다는 말을 하면서 약간 쑥스러웠던지 얼굴을 살짝 붉혔다. 이곳으로 오기 전에 교도소에는 흉악한 놈들만 있는 덴 줄 알고 왔는가 보았다. 더구나 종태가 가슴을 풀어헤친 목 밑의 부분에 새겨진 용의 문신을 보고 더욱 그랬는지 몰랐다.

"담당님, 제가 보기엔 담당님이 참 선량해 보이시니까 말씀을 드리는데요."

종태가 낮게 깔고 귀엣말을 하듯 속삭이자 그 직원은 더욱 바싹 창살이 있는 벽 쪽으로 다가왔다.

"담당님 제가요, 여기 들어오기 전에 쫓겨 다니면서 산속에 다 귀중한 물건을 숨겨 두었거든요."

"그게 뭡니까?"

담당은 약간 호기심이 있는 눈길로 물었다.

"예, 그게 다른 게 아니라 저……."

종태는 조금 망설였다. 할까말까 하다가 말을 꺼냈다.

"보석입니다, 금괴하고 다이아 같은 것들, 그리고 현찰을 비닐봉지에 싸서 산 속에 나만 아는 곳에 묻어 두었거든요. 잡히면 그것들을 전부 압수당할 것 같아서 산속에 있는 나무 밑에 숨겨 놓았지요. 담당님, 나와 담당님만 알고 담당님이 찾아오시면 나한테루 절반 정도를 영치하시고 나머지는 담당님이 가지세요. 그게 굉장히 큰 액수가 될 겁니다."

담당의 눈빛이 빛나기 시작했고 목젖을 보니 마른침을 삼키는 듯했다. 담당도 구미가 당기는 모양이었다.

"이 일은 절대 담당님과 저만 아는 비밀이에요. 절대로 비밀을 지켜야 합니다. 아시겠어요?"

종태는 다시 한 번 다짐을 하듯 그에게 물었다.

"알았어, 그런데 나말고 누가 할 사람이 없어?"

담당은 약간 의심이 가는지 자신의 의문을 질문해 왔다. 그것은 당연한 질문이었다.

"없어요, 만일 누군가에게 시켰다가 그 놈이 그걸 갖고 날라

버리면 난 거지가 되는 거 아닙니까? 담당님은 선량해 보이시니까 제가 믿고 말씀을 드리는 겁니다."

"알았어, 거기 위치가 어딘데?"

담당은 이제 더욱 벽 쪽으로 머리를 디밀며 물었을 뿐 아니라 사방 출입구 쪽을 내다보며 누가 오지나 않을까 하고 내다보기도 했다.

"잘 들으세요. 이쪽으로 가면 개봉동 사거리가 나오죠? 그 사거리에서 광명시 쪽으로 가다가 개봉아파트가 있는 쪽으로 가세요. 그러면 개봉아파트가 나오고 그 아파트의 옆 산으로 올라가는 길이 개봉 약수터예요. 거기에서 골짜기를 따라 가면 약수터고 그 약수터 바로 밑에는 운동장이 있을 거예요. 사람들이 거기서 배드민턴을 치고 운동을 할 수 있는 기구들이 놓여 있어요. 그러면 거기서 왼편으로 산으로 올라가는 조그만 길이 있어요. 폭이 1미터나 될까 말까한 길이 나 있어요. 그 길로 쭈욱 올라가면 산등성이가 나오죠. 그곳에서 다시 왼편과 오른편으로 갈라지는 길이 나와요. 그럼 오른쪽으로 계속 올라가세요. 길이 끝나는 부분에 이르면 거기에 큰 소나무가 한 그루 있어요. 거기서 산 아래쪽으로 두 번째 소나무 밑을 파보면 비닐봉지가 나올 겁니다. 아시겠어요?"

담당은 종태가 하는 말을 계속 조그만 수첩에 받아적고 있었다. 종태의 말이 끝나고도 그는 한참동안이나 받아적기를 하다가 자신의 포켓에 집어넣었다.

“오전과 저녁 시간에는 사람들이 운동을 하러 자주 올라오고 하니까 낮 2시쯤에 가는 게 좋을 거예요. 그리고 담당님과 저와의 약속은 꼭 지키셔야 합니다.”

“알았어, 염려마.”

종태와 담당은 서로 마주 보며 싱긋이 웃었다. 마치 사나이끼리의 무슨 거래가 끝난 것처럼 그들은 웃었다.

“참, 담당님 성함을 제가 알고 있어야지요?”

“아 참, 그렇지. 내 이름은 박수영이야. 필요하면 다른 담당한테두 나를 불러달라고 그래.”

“알았습니다.”

담당이 다른 방을 살피러 가자 종태는 방바닥으로 내려앉았다. 상호는 운동을 하느라 팔굽혀펴기를 한 상태에서 다른 두 명이 상호의 양쪽 발을 하나씩 들고 서 있었고 상호는 팔굽히기를 하느라 얼굴이 시뻘겋게 변해 있었다. 두 명은 상호의 발만 붙잡고 있는 것이 아니라 상호의 팔굽혀펴기를 세고 있었다. 그러한 운동은 마땅한 운동기구가 없는 이곳에서 늘 상당히 격한 운동이었다. 두 다리를 번쩍 들고 있었으므로 온몸의 체중이 전부 앞으로 쏠렸고 그 무게를 감당하며 팔을 굽혔다가 다시 펴는 것은 여간한 운동이 아니었다. 상호의 몸집은 누가 보아도 탄탄했고 가슴의 근육이 잘 발달되어 있었다. 상호는

50번의 숫자를 헤아리는 데서 팔굽혀펴기를 멈추었다. 종태는 모처럼만에 운동을 해볼까 하는 심정으로 웃통을 벗어 제쳤다.

"야, 니들 내 발 좀 잡아."

종태는 두 발을 그들에게 맡겼다.

"하나, 두울, 세엣……."

종태의 발을 잡은 그들은 종태가 한 번 내려갔다가 다시 올라올 적마다 숫자를 세고 있었다. 종태는 피가 거꾸로 역류하는 것을 느끼며 팔을 계속 접었다폈다 하면서 윗몸을 들어올렸다. 몸이 좀 무거워진 것 같은 것을 느꼈다. 바깥에서는 매일 헬스에 나가서 운동으로 단련된 몸이었지만 이곳에서는 고작 운동이라고 해봐야 바깥쪽의 창틀을 잡고 몸을 당겨 올리는 일 외에 방 안에서 1.5리터 물병을 서너 개씩 묶어서 양손으로 들어 올리는 운동이 고작이었다.

"육십 하나, 육십 두울…… 칠십…… 칠십 다섯…… 칠십여서…… 엇."

종태는 더 이상 팔을 굽히지 못했다. 한 번만 더 하려고 맘을 먹었지만 지금 내려가면 다신 못 올라올 것만 같았다. 종태는 다리를 그만 놓으라는 시늉을 했다.

"이야, 형님. 정말 대단하시네요."

상호가 반색을 했다. 종태의 이마에서 굵은 땀방울이 뚝뚝 떨어졌다. 누군가 얼른 수건을 갖다 주자 종태는 눈으로 들어가려는 땀부터 닦아냈다.

"몸이 좀 무거워졌어, 전 같으면 백 번은 하는 건데."

"형님, 뼁끼칸에서 목욕이나 하시죠?"

"물 있나?"

"예, 있죠. 잡수야 많잖습니까."

상호는 천식을 불렀다. 천식은 장기를 두다 말고 일어서 왔다.

"형님이 목욕을 하실 거니까 준비해라."

천식은 1,5리터 물병 4개와 타월을 들고 뼁끼통 안으로 들어갔다. 뒤이어 종태가 들어갔고 물을 끼얹는 소리가 들렸다. 지금은 한창 추운 날씨였지만 그런 것쯤은 아랑곳하지 않았다. 찬물에 목욕을 하는 것은 아무것도 아니었다. 오히려 물이 없어서 못할 지경이었다.

종태는 목욕을 하면서 자신의 그것을 물끄러미 내려다봤다. 팽팽하게 힘이 들어가 있었다. 비누를 잔뜩 묻혀 오른손바닥을 둥글게 말아 자위를 해보았다. 그는 그러면서 은영일 생각했다. 지금쯤 바깥에 있었더라면 낮이고 밤이고 가릴 것 없이 몇 날 몇 일을 계속 그 짓만 할 것 같았다. 은영이의 희고 부드러운 젖가슴과 탄력 있는 피부가 눈에 어른거렸고 길게 곧은 허리부분과 아랫배의 납작한 부분과 그리고 그 밑의 무성한 숲이 차례대로 떠올랐다. 은영인 종태를 알고부터 육체에 대한 눈이 비로소 뜨였는지 모른다. 그 전의 육체적인 관계야 한갓 장난에 불과한 유희였지만 종태를 받아들이고부터는 그녀의 몸이 하루가 다르게 달라지는 것을 느낄 수 있었다. 피부의 세포 하나하나에서 윤택한 기름 같은 것이 흘러넘쳤다. 여자는 사랑을 하면서 비로소 피부가 고와질 수 있다는 증거였다. 그것은 마치 미려한 조각품이 그저 조각품으로서만 있는 것이 아니라 그 조각품에다 실제로 살아있는 피부를 이식한 것처럼 아름다워질 수 있다는 사실이었다. 여자들의 몸은 성행위를 통해서 모든 세포의 잠재적인 능력이 비로소 눈을 뜨듯이 모든 것이 본래의 여자로서의 기능을 발휘하는 것이리라.

종태는 이제 참을 수 없는 충동이 고환을 통해 묵직하게 발산되려 하고 있었다. 하체 부분의 근육이 조여지면서 두 다리가 후들거렸다. 손가락을 모아쥔 손이 몇 번 더 자신의 성기를 피스톤처럼 마찰시키면서 왕복을 하자 도저히 참을 수 없는 분출욕구가 튕겨 나왔다. 종태는 성기의 끝으로 온 힘을 끌어보았다. 그리고 갑자기 튀어나오는 정액을 손바닥으로 받아 쥐었다. 한 움큼이나 되는 하얀 액체가 한꺼번에 쏟아져 나왔다. 종태는 가만히 서서 달아나버린 은영의 환상을 찾느라 다시 눈을 감았지만 정액이 분출되면서 깨져 버린 환영은 다시 살아나지 않았다. 그 대신 갑자기 나른함이 몰려왔다.

종태가 잠깐 눈을 붙였나 보다. 눈을 뜨니 스피커를 통해 취침 나팔소리가 흘러나오고 있었다. 종태는 일어나 창문 곁으로 다가갔다. 방 안은 온통 취침준비를 하느라 떠들썩했다. 이불에서 나는 먼지를 피하느라 타월을 잘라서 만든 마스크를 꺼내 썼다. 창밖은 어두웠고 각 방에서 흘러나온 불빛만이 바깥의 어둠을 밀어내려고 안간힘을 쓰고 있었다. 이때쯤이면 비둘기들도 쌍쌍이 보금자리를 트는지 구륵구륵 하는 소리가 들렸다. 비둘기들은 집을 짓지 않고도 아무데나 보금자리를 만들었다. 창틀 위이거나 화장실의 악취가 빠져나가는 시멘트 구멍에다 몸만 얹을 수 있으면 그게 바로 그들의 보금자리였다. 어떤 때는 창문 위에 있는 조그만 창틀이 있는 곳의 나무받침 위에 보금자리를 틀었는지 밤새도록 꾸룩거리면서 부스럭거리는 소리가 났다. 종태는 잠결에 그 소리를 듣고 잠이 깨서는 한참동안이나 잠을 이루지 못했다. 그는 비둘기들이 낮에 옥상 끝에서 수놈이 아슬아슬하게 암놈의 몸 위에 올라타고 성교를 하는 것을 보았다. 종태는 미물인 날짐승도 성교를 하는 법을 터득하고 있다는 것을 알았다.

비둘기들은 낮에도 수시로 성교를 했다. 그들만큼 자주 성교를 하는 동물은 일찍이 본 적이 없었는데 그들은 심심하면 암놈의 등에 올라탔다. 처음에는 암컷이 있는 주위에 다가간 수컷이 몸을 비비꼬며 날개짓을 하다가 슬쩍 접근을 시도해 보면 암컷이 부리로 쪼아댔는데 그래도 수컷은 물러서지 않고 다시 몸을 꼬고 날개짓을 하다가 암컷에게로 다가가면 이번에는 암컷이 자신의 입술을 내밀어 수컷의 구애를 받았다. 수컷은 암컷의 목 부분을 자신의 목으로 마구 비비다가 그러한 애무가 끝나면 뒤로 돌아가 암컷의 몸에 올라탔다. 미물인 비둘기도 생육의 번식을 위해 성교하는 법을 터득하고 있다는 점은 다음에서 알 수 있었다. 여자가 남자를 받아들일 때 여자가 스스로 다리를 벌리듯이 비둘기의 암컷은 뒷부분에 있는 꼬리를 옆으로 틀어주어 위에 있는 수컷이 성교를 용이하도록 해주었다. 비둘기의 그러한 모습은 마치 인간의 그때 모습과도 흡사하다는 것을 연상케 했다.

사람이나 동물은 일단 밤이 되면 돌아갈 집과 사랑하는 대상이 있어야 한다. 사랑하는 대상이 없는 밤은 얼마나 고독한가. 동물들은 인간들처럼 고독을 느낄 수 있는지는 모르지만 이성이 없다는 것은 곧 고독을 의미하는 게 아닐까. 우리들은 흔히 동물의 세계에서 짝을 잃고 넓은 초원을 배회하는 동물에게서 그러한 고독 같은 것을 쉽게 느끼기도 한다. 사랑이라는 것은 사랑할 대상이 옆에 있음으로 해서 더욱 깊어지는 것이다. 종태는 이제 내일이면 은영이가 면회올 것이라는 설레임으로 괜히 마음이 들뜨기 시작했다. 이제까지 종태는 그녀에게 일주일에 한 번만 면회를 오라고 했던 것이다. 우선 시급한 것은 기식이가 매일 면회를 와서 바깥의 돌아가는 사정과 변호사를 사는 문제, 그리고 재판의 진행과정이 궁금했기 때문에 술집을 운영하느라 바쁜 은영에게는 일주일에 한 번만 오도록 했던 것이다.

하늘을 올려다보자 까만 하늘에 비행기의 반짝거리는 불빛이 보이기 시작했다. 아마 저 비행기는 가까이 있는 김포로 내리는 중이리라. 여기서 보면 낮에도 수없이 비행기들이 낮게 지나가는 것을 볼 수 있었는데 구치소의 상공이 비행기 항로인 모양이었다. 밤에 보는 불빛들은 다 따뜻하게 느껴졌다. 멀리 보이는 아파트의 불빛도 그렇게 다정해 보일 수가 없었고 고척동의 지대 높은 곳의 집들이 밝히는 불빛은 더욱 마음을 설레이게 하는 불빛이었다. 이제 방 안 사람들은 모두 잠자리에 들어 새근거리는 소리들만 들렸다. 종태는 매일 자는 잠이었으므로 창가에 붙어 서서 한참동안 바깥을 내다보고만 있었다. 서울 안에 살면서도 바깥세상과 이렇게 멀리 떨어져 있는 것처럼 느껴지는 것은 무엇일까. 지금이라도 밖에만 내어준다면 영등포까지는 뛰어서라도 금방 다다를 수 있을 것 같은데. 종태는 자신도 모르게 저절로 한숨이 새어나왔다.

"형님, 내일이면 형수님이 면회를 오시는데 굉장히 미인이시라면서요."

"……."

종태는 이불 속에 엎드려 상호를 보며 그저 웃었다. 옆에서 상호가 다시 말을 했다.

"병찬이 형도 알던데요?"

"그래? 병찬이가 어떻게 알지?"

"아, 그야 같은 주먹패끼리 그것 하나 모르겠어요? 형수님이 키도 크시고 얼굴이 아주 미인이시라는 거 다 알아요. 내일 몇 시쯤 오시죠?"

"아마, 오후에 오겠지."

"저도 한 번 봤으면 좋겠습니다. 얼마나 미인이신지."

"언제 한 번 보게 될 거야. 상호 너도 면회를 오는 시간이 거의 같으면 볼 수 있을걸."

"그렇군요."

그것은 가능했다. 둘 다 거의 같은 시간에 면회를 온다면 면회실은 각기 틀리더라도 먼저 면회를 끝낸 상호가 다시 종태가 있는 면회실을 기웃거려 가려진 유리창 너머로 볼 수는 있었다.

"상호, 너는 누가 오냐?"

"저야, 동생들이 올 때도 있고 형님들이 올 때도 있고, 어떤 날은 애인이랑 같이 올 적도 있어요."

"바깥에 있을 때에는 주로 어딜 잘 가냐?"

"맨날 만나는 장소야 뻔하죠, 뭐. 카페에서 만나거나 술집에서 만나 모텔로 가는 게 아예 정해져 있어요."

상호는 웃고 있었다. 종태도 따라 웃었다. 남자들의 세계란 어쩔 수가 없는 모양이다. 감정이 없는 것이 같았고 대충 술을 마시고 여관으로 가는 게 똑같았다. 종태는 어쩌다가 무드라도 잡아보려고 애를 썼지만 원래 천성이 그래서인지 그게 잘 안 되었다. 오히려 그러면 그럴수록 더 어색해지는 것을 느꼈다. 그래서 제일 편한 게 술집이었고 술을 마시거나 쇼를 보다가 기분이 좋아지면 여관으로 가는 게 전부였다. 남들처럼 극장이나 잔잔한 음악이 흐르는 카페에라도 가보고 싶었지만 그곳으로 가면 종태는 하품부터 터져 나왔고 따분하기만 했다. 차라리 여관으로 들어가서 홀랑 벗고 누워서 여관에서 틀어주는 중국 영화나 섹스 비디오를 보는 게 훨씬 좋았다. 섹스 비디오도 미국 것이나 유럽의 것은 남성의 그것이 너무 커서 실감이 안 났으므로 일본이나 대만에서 제작된 것이 훨씬 실감 있게 느껴졌었다. 그리고 종태는 물침대의 출렁거리는 맛과 양 사방이 온통 유리로 만들어진 방에서 하는 섹스를 좋아했다. 그것은 은영이 흥분을 했을 때의 모든 몸동작을 골고루 볼 수 있었을 뿐만 아니라 5와트짜리 희미한 붉은 전구가 내뿜는 불빛에 의해 방 안이 가히 환상적인 모습으로 변했기 때문이다.

"넌 얼마나 오래 하냐?"

상호는 의외라는 듯 종태를 멍하니 바라보다가 쿡 웃었다.

"형님도, 아무래도 오늘은 형님이 좀 이상한데요?"

"뭐가 이상하냐, 임마. 남자란 좆 차고 다 그런 거지."

"하긴 그래요, 저는 했다 하면 한 시간 정도는 하죠. 계집애가 아주 나가떨어질 때까지 말입니다."

"하하, 그래? 너도 바셀린을 넣었더구만. 여자가 좋아하냐?"

"좋아하다마다요. 집어넣으면 빽빽하죠 뭐, 형님도 수술을 했으면서 왜 그래요."

"근데 한 가지 나쁜 게 있어. 바셀린을 넣으니까 커지기는 우라지게 커졌는데 별로 감각이 없어."

"그러니까 더 오래 가는 거 아닙니까? 하룻밤에 두 번 정도 뛰고나면 그 계집애는 아랫도리가 아픈지 쩔쩔매는 거예요. 하긴, 주먹만한 걸로 했으니까 그럴 만도 하겠죠."

종태는 자신도 그랬을 거라는 뜻으로 웃었다.

"나도 하룻밤에 서너 번까지 했는데 아예 녹초가 되어버리더라고. 나중엔 새벽에 또 하려니까 그때는 설설 겁을 내더라고. 속으로 얼마나 웃었는지 모른다."

"형수님은 나이가 아직 어리다면서요?"

"그래, 아직 영계지. 이제 스물하나밖에 안 됐어. 재수를 하다가 술집으로 넘어온 걸 낚았지. 참 착해. 상호 너, 나가면 언제 술집으로 놀러 와라. 내가 한잔 푸짐하게 대접하지."

"아이구, 형님도. 그러다가 나를 아예 영등포로 끌어들이려고 그러는 거 아닙니까?"

"왜? 영등포로 오면 어때? 영등포가 이태원보다 더 후지다고?"

"그게 아니구요, 남자는 자고로 한 우물을 파야 하는 거라구요. 지조없이 이쪽저쪽 옮겨다니다가 보면 대우도 못 받고 찍히기만 하잖아요?"

"그래, 네 말이 맞다. 넌 그쪽에서 충성을 하다보면 반드시 성공할 날이 있을 거다. 나도 초창기에는 그랬지. 너처럼 다른 곳에서 손짓을 해도 절대로 가질 않았지. 그래야 보스들은 더 믿는 거야."

"참, 형님. 7동 상에 일본 야쿠자가 와 있다는 말이 있던데, 알아요?"

"봤어, 의무과엘 갔다가 마침 거기 와 있더라. 떠듬떠듬 인사만 나눴는데 데리고 온 담당의 말로는 일본 야쿠자의 부두목이라고 했어. 대충 보기로는 40대 중반쯤인 거 같았어. 한국으로 오면서 권총을 소지했다는 이유로 불법무기소지라는 죄명으로 들어왔는데 아마 한국에 현지처가 있는 모양이야. 데리고 온 담당이 나를 소개하면서 나보고 야쿠자라고 했더니 대번에 나한테 악수를 청하더군. 그래서 악수를 하고 몇 마디 나눴지. 그 친구는 온몸에 문신을 했는데 전부 칼라 문신을 했더라구. 그림이 정말 깨끗했고 마치 동양화 같더라구. 몸에는 군살이 하나도 없을 정도로 탄탄해 보였어. 일본이란 나라는 원래 야쿠자없이는 아무것도 할 수 없는 나라야. 그들은 정치, 경제, 사회의 모든 전반에 걸쳐 관여를 안 하는 곳이 없을 정도야. 그리고 일단 야쿠자가 되면 그들은 일종의 명예심을 느껴. 그러니까 40대가 되었는데도 아직 건재한 거야. 우리나라는 아직 일본에 비하면 형편없어. 우리는 젊었을 때 힘으로 보스의 자리를 차지하고 늙으면 할 수 없이 물러나야 하지만 그들은 한 번 야쿠자가 되면 영원히 야쿠자야."

"그런데 왜 권총을 갖고 들어왔죠?"

"그건 모르겠어. 나도 이해가 되지 않는 건데 무슨 일이 있긴 있는 모양인가 봐. 분명히 우리나라는 무기를 휴대하면 안 된다는 걸 모를 리가 없을 텐데 말이야."

"그게 좀 이상하네요? 그런데 한국의 현지처는 매일 면회를 온대요?"

"나도 그저께 면회를 마치고 복도를 나오다가 면회실에 있는 그 친구를 슬쩍 봤는데 유리 밖으로 여자가 보이기는 했는데 나이가 상당히 어린 거 같았어. 나이가 겨우 스물두세 살 정도가 될까말까 했어."

"그렇다면 그놈이 어느 패하고 손이 닿는 건 아닐까요?"

"아직 우리나라에서 일본과 손이 닿는 곳은 부산밖에 없는 줄로 알아. 그렇진 않겠지. 아마 그 계집애가 일본으로 팔려갔다가 일본에서 우연히 만났겠지."

"하하, 그럴 수도 있겠네요."

"근데, 그 친구가 사타구니에 똥독이 올랐는지 가려워서 왔다는데, 바지를 까고 약을 바르는데 보니까 좆다마를 무수히 박았더라구. 그래서 내가 몇 개냐고 물었더니 자그마치 열세 개나 박았다는 거야."

"우와, 그렇게나 많이 박았어요? 그럼 여자들이 죽겠네요?"

"그 친구 말로는 병원에서 수술을 했는데 200만엔이 들었다는군. 그런데 다마는 작았어. 울퉁불퉁한 게 마치 도깨비 방망이 같더라구. 그리고 성기에까지 문신이 새겨져 있었는데 용의 꼬리가 그곳까지 내려온 거야."

"이야, 그 새끼 완전히 죽이네. 그럼 우리나라의 그 계집은 완전히 까무라치겠네, 그렇겠죠?"

"좋으니까 한 거지."

"7동 상층 몇 방이래요?"

"독방이니까 아마 11방이나 12방이 되겠지."

"언제 나도 한 번 봐야겠네. 어떻게 생겼는지."

방 안의 재소자들은 모두 엎드려서 종태와 상호의 얘기를 듣느라 눈을 말똥거리고 있었다. 그들은 언제나 섹스와 여자에 관한 얘기라면 밤잠을 자지 않는 사람들이었다. 징역 안에서 그것만큼 재미있고 신나는 이야기는 없었다.

"야, 너이들, 또 좆다마 박는다고 칫솔대를 다 부러뜨리는 것은 아닌지 모르겠다. 내건 절대로 손대지 마."

"알았어요, 누가 형님 꺼 손댈려구요."

민기가 웃음을 머금고 말했다. 안 그래도 방 안에서는 다마를 만드느라 매일 화장실에 들어가서 시멘트 바닥에 칫솔대를 갈고 있는 사람들이 몇 있었다. 어떤 사람은 동글동글하게 갈았고 또 어떤 사람은 약간 납작하게 만들었고 어느 재소자는 꼭 아령처럼 양쪽이 동그랗게 만들었다. 그들은 일단 칫솔대의 플라스틱을 갈아서 자신이 만들고 싶은 모형으로 시멘트 바닥에 갈아 다시 옷을 찢은 헝겊에 치약을 묻혀서 그걸로 다시 매끈하게 연마를 했다. 그리고나서 청소를 하는 소지에게 정식으로 손톱깎기를 빌려달라고 해서는 그걸로 자신의 성기의 표피를 잘랐는데 그 잘라진 표피를 벌리고 다마를 밀어넣었고 다시 벌어진 표피를 바늘로 꿰매었던 것이다. 그러고 나서 약 일주일이 지나면 표피의 상처는 저절로 아물고 다마만 안에 남아있게 되었다. 대개 그러한 작업은 옆에 있는 동료들이 도와주었고 하루에도 몇 사람이나 다마를 집어넣었다. 어떤 재소자는 너무 과욕이 넘쳐 엄지손톱만한 크기의 다마를 집어넣고 출소를 해서 자기 부인에게 모처럼만에 성관계를 했다가 다마가 너무 커서 부인이 비명을 지른 일도 있었다. 남자들이란 그저 자신의 성기가 커야 최고인 것처럼 여겼고 자신의 물건이 오래도록 시간을 끌어야 최고의 명기인 것처럼 자부심을 가졌다.

"다마가 너무 크면 여자가 아파. 그걸 알고 하라고."

상호는 방 안의 사람들에게 미리 쐐기를 박았다. 괜히 욕심을 부려 너무 크게 다마를 박는 친구들이 많았기 때문이다. 가끔 검방을 하는 기동대원들이 검신을 하다가 다마를 박은 재소자들만 골라 의무과로 끌고가서 다마를 제거하는 수술을 했지만 그들은 또 만들어 박았다. 의무과에는 재소자들에게서 뺀 다마를 모아놓은 것만 해도 링거병으로 다섯 개나 되었다. 그 링거병 안에는 별의별 모양으로 생긴 다마가 몽땅 집합이 되어 있었다. 남성들은 오직 쾌락을 얻기 위해, 그리고 여자를 즐겁게 해준다는 생각에서 다마를 만들고 있었다.

"형님, 형님은 거기다가 바셀린을 넣었던데 어디서 하셨소?"

재선이 상호에게 물으면서 킥킥거리고 있었다.

"난 저번에 징역 살 때 영선에 출역을 하고 있었어. 니들도 알다시피 영선이란 데는 연장이고 도구가 없는 것이 없잖냐? 칼, 망치, 쇠톱, 그냥톱, 끌, 삽…… 없는 것이 없어. 그래서 의무과에 가면 우리가 의자랑 고장난 것을 잘 고쳐주니까 우리가 달라고 하면 약이나 반창고 같은 것도 잘 줘어. 영선에는 인원이 많으니까 연고나 고약 같은 건 종이에 듬뿍 얻어왔어. 그래서 바셀린을 많이 얻어왔지. 어떻게 하는지 알아? 미리 의무과 소지한테 못 쓰는 주사기를 사바사바해서 얻어오는 거야. 그리고 조그만 그릇에다 바셀린을 넣고 끓이는 거야. 그러면 소독이 되거든. 그리고 난 다음에 자지의 키울 부분만 실로 꽁꽁 묶는 거야. 뼁 돌아가면서 묶어야 바셀린을 쏘더라도 그 바셀린이 사방으로 퍼지지 않아. 그리고나서 주사기에 바셀린을 주입시켜서 좆에 바늘을 찌르고 바셀린을 밀어넣는 거야. 바셀린을 다 넣고 나서 주사바늘을 뺄 때 꼭 그 바늘이 들어갔던 자리에 반창고를 조그맣게 잘라서 붙여놔야 그 구멍으로 바셀린이 새어나오지 못하게 돼. 그럼 이제 끝났어. 며칠 지나고나면 바셀린이 말랑말랑해지는 거야. 어떤 놈은 큰 게 좋다고 거기다가 바셀린을 얼마나 많이 집어넣었던지 주먹만하게 만들었어. 그게 평상시에도 그렇게 큰데 서면 얼마나 더 커지겠어. 아마 터져 버리고 말 거다. 그런 무식한 놈도 있어. 우리나라 사람들은 무조건 큰 게 좋다는 식인데 너무 커도 탈이야. 뭐 나가서 누구 기둥서방 할 일이 있어? 아니면 제비족이나 돼서 유한마담 돈이라도 털면 다행이지만 첫째루 여자가 죽어나. 느이들은 아직 몰라서 그러는데 그것도 결점이 있어. 뭐냐하면 바셀린이 들어간 부분이 귀두부분이잖아? 거기가 바셀린이 들어가서 주먹만하게 크니까 그걸 해도 귀두가 직접 닿질 못하니까 첫째루 기분이 안나. 오래도록 할 수는 있는데 남자는 별로 기분이 안 나니까 짜릿한 맛은 없어. 니들도 재판을 받고 교도소로 넘어가면 마음만 먹으면 할 수 있어."

상호가 말을 마치자 다른 사람들은 뭐가 그리 좋은지 키들거리고 웃었다. 바깥에서는 찬바람이 지나가는지 땅바닥을 빗자루로 쓰는 듯한 소리가 났다. 좁은 방 안에 이불과 사람들로만 꽉 차서 방에 훈기가 생겨났다. 이불에서 약간만 고개를 들면 코끝이 시려울 정도였지만 가만히 누워 있거나 엎드려 있으면 그래도 덜 추웠다. 바람이 지나가는지 나무로 된 창틀에 붙인 비닐이 펄럭거렸다. 비닐은 계속 펄럭거릴 모양인지 비닐이 한 번은 방 안쪽으로 펄럭였다가 다음번에는 바깥으로 펄럭거리고 있었다. 구치소나 교도소에서는 흉기가 될 만한 것은 일체 제거해 버리고 없었다. 이 창문만 해도 그렇다. 추운 겨울날 문틀에 유리라도 끼워 있었다면 그래도 방한이 되겠지만 방에 있는 창문이라곤 온통 비닐로 덮어씌운 것뿐이었다. 그것은 유리를 끼워두면 방 안에서 싸움이 일어났을 때 창문틀을 뽑아 내던지거나 유리창을 깨서 흉기로 삼는 경우가 있어 빼버린 것이다. 그래서 유리 대신에 비닐을 대서 양 사방으로 졸대를 박아 만든 창문이었다. 흔히 주먹잽이들은 구치소 측에서 무리하게 전방을 보낸다거나 억울한 일이 생기면 유리를 깨서 씹어먹거나 자신의 배를 갈라 피범벅이 되곤 했는데 그러한 사건이 자주 일어나자 아예 유리를 제거해 버린 것이다. 어느 교도소에선 교도소 측에 불만을 품은 재소자가 자신의 요구사항을 관철시키기 위해 담당을 인질로 잡고 유리를 목에 갖다대어서 인질극을 벌인 사실이 있었다. 그 사건 또한 교도소와 구치소의 유리를 몽땅 제거하라는 법무부의 지시를 내려오게끔 만들었다.

"야, 니들 내일 면회들 오면 우리 형님 사모님이 면회를 온다는 데 혹시 보게 될지도 모른다. 굉장한 미인이시라는데 혹시 보게 되면 확실하게 봐 뒀다가 이야길 해라."

"정말로요?"

"그래, 임마. 아주 절세미인이라는데 소문이 쫙 퍼졌드라."

"알았어요, 나도 내일 면회를 오니까 잘 하면 볼 수 있겠구만요."

"그리고 내일 면회를 오는 사람은 심심하니까 시시껄렁한 소설책이라도 좀 사서 넣으라고 하고, 반찬 종류 좀 넣으라고 그래."

"알았어요."

"누구 재밌는 얘기 할 사람 없냐?"

상호는 이제 심심했던지 이야길 꺼낼 사람을 찾고 있었다. 상호가 그런 말을 해야 진짜로 재미있는 이야기가 튀어나왔다. 그것은 일종의 압력이었는지 모른다.

"제가 할게요."

강도상해로 들어온 남재였다. 아직 스물 두엇이 됐을까말까 한 나이였다.

"하루는 가정집엘 털러 들어갔어요. 어중간한 집보다는 차라리 신혼집이나 젊은 사람이 사는 집이 더 털 것이 많은 법이지요. 그래서 이층 양옥집의 담을 넘고 들어갔는데…… 미리 낮에 시장을 봐오는 새댁이 사는 집을 봐뒀었지요. 그래서 아래층에 세들어 사는 집의 창문을 뜯고 살그머니 들어갔지요. 그런데 두런두런거리는 소리가 들려서 아직 잠을 자지 않는구나 하고 잘못 들어온 거 같더라구요. 괜히 아직 잠도 자지 않는 집을 들어와서 잠들 때까지 기다릴 수도 없구 참말로 난감하더라구요. 그렇다고 칼부터 들이댔다간 영락없이 칼든 강도밖에 안 될 것 같아서 어쩔까 하고 망설였죠. 그런데 갑자기 말소리가 뚝 그치더니 이상한 소리가 들리잖아요? 발도 움직이지 못하고 가만히 있었지요. 괜히 움직였다간 들켜서 초장부터 일을 망칠 수도 있으니까요. 그대로 꼼짝 않고 있었지요. 그랬더니 조금씩 이상한 소리가 들리는데 그게 그걸 하는 소리 같았어요. 그래서 쬐그만 창문을 통해 방 안을 들여다보았죠. 방에는 텔레비전이 켜 있었는데, 텔레비전에선 뭐가 나오고 있었는 줄 아세요? 양놈들이 섹스를 하는 비디오가 틀어져 있었어요. 신혼부부인 듯한 내외가 침대 위에서 발가벗고 하는 것이 그대로 보이더라구요. 나 참, 도둑질하러 들어왔다가 별걸 다 보게 된 거예요. 그래서 이왕이면 그것도 다 보고 나가자 하는 생각으로 처음부터 끝까지 다 지켜봤죠. 아아, 정말 생비디오였어요. 여자가 차암 예뻤는디 알몸으로 뒹구는 모습…… 으이그, 오줌이 마려울 지경이었어요. 그 남자는 비디오에서 나오는 그대로 따라 하는 거예요. 여자를 엎어놨다가 바루 눕혔다가 다음에는 옆으로 해서 하는데 난 계속 여자의 얼굴 표정만 바라보고 있었어요. 여자의 얼굴이 얼마나 여러 가지로 변하는지 알아요? 참말로 수십 가지로 변하더군. 찡그렸다가 활짝 펴졌다가 입을 벌렸다가 일자로 다물었다가, 으으 하고 소리를 질렀다가 한 마디로 말해 기괴하더라구요. 카메라가 있었으면 그걸 카메라로 찍었으면 차암 멋있었을 거예요. 나중엔 여자가 위에 올라가서 굴리는데 아직 신혼인 여자가 별걸 다 하더라구요. 물론 남자가 그렇게 하라고 시키니까 하는 거였지만 매번 할 때마다 그렇게 했던 것처럼 자연스럽게 하더라구요. 그 사람들은 그걸 하느라고 비디오는 못 봤지만 나는 비디오도 보고 또 실제로 하는 것도 봤으니까 하여튼 더 실감이 나더라구요. 그러더니 남자가 쌌는지 가만히 있더라구요. 나는 이크, 하고 빠져나와야겠다고 생각을 했어요. 혹시 그들이 거실로 나올까봐 겁이 났던 거죠. 그런데 이상한 것은 한편으론 겁이 나면서도 물러나고 싶지가 않더라구요. 그래서 이판사판이다 하고 끝까지 보기로 했죠. 마침내 남자가 부스스 일어나더니 여자의 거길 세밀히 닦아줍디다. 이야, 그걸 보니까 미치겠더라구요. 무슨 여자가 신혼인데 그냥 그대로 가만히 있더라구요, 글쎄. 그러더니 텔레비전을 끄고 잠을 자는데 도저히 들어갈 수가 있어야죠?”

"왜?"

상호가 물었다.

"생각해 보십쇼, 언제 잠이 들지 도무지 모르잖아요? 괜히 섣불리 들어갔다가 붙잡히게요?"

"야, 임마. 너 안 그래도 붙잡혀 들어왔잖아? 이미 붙잡혀 들어올 거 한 번 들어가 보지 그랬어?"

"에이, 형님도. 누가 붙잡혀 들어올 줄 알았어요? 도둑은 안 붙잡힐 거라고 믿고 도둑질을 하는데."

"하여튼 넌 들어왔잖냐?"

"내 말 좀 들어봐요. 그래서 나가 봤자 또다시 다른 집으로 들어가야 하느니 차라리 좀 더 기다리는 게 낫겠다 싶어서 좀 기다렸죠. 다른 집으로 다시 들어가려면 얼마나 힘들어요? 나는 일단 안심을 하고 한쪽 구석으로 가서 담배도 피우며 기다렸죠. 충분히 잠이 들 때까지 기다렸다가 들어가려고 말이에요. 약 두 시간은 기다렸을 겁니다. 살금살금 걸어가서 창문으로 방 안을 살폈는데 아 또, 그 년놈들이 또 일어나서 그짓을 하고 있잖아요. 이거 미치겠더라구요. 빽 소리를 지르고 달아나 버리고 싶을 지경이었어요. 에이, 오늘은 완전히 공쳤구나 하고 생비디오만 실컷 보다가 그만 나왔죠 뭐."

"그게 끝이야?"

상호가 군침이 도는지 물었다.

“아, 형님. 또 똑같은 거 틀면 뭐해요? 그거야 똑같은 건데요 뭐. 다른 얘기나 하나 할게요. 하루는 어느 집엘 들어갔어요. 새벽이었는데 여름이라서 전부 창문을 열어놓고 자는 집이 많았어요. 여름에 들어가기가 제일 쉬워요. 집 안으로 들어가 방 안으로 들어갔더니 침대가 있는 저쪽에는 부부가 그냥 자고 있더라구요. 그래서 패물이랑 카메라랑 돈이 될 만한 것이라면 모조리 집어넣었어요. 일단 물건을 다 털었더니 마음이 조금 풀어지더라구요. 그래서 느긋한 마음으로 침대 쪽으로 다가갔더니 아, 글쎄 침대 위에서 자고 있는 부부는 이불을 발밑으로 차던지고 자고 있는데 둘 다 발가벗고 누워 자고 있지 뭐예요. 그래서 그냥 나올 수가 있어야죠. 나는 고개를 잔뜩 숙여 그 여자의 거기를 봤죠. 하마터면 그 여자의 다리에 채일 뻔했어요. 내가 들여다보고 있는데 갑자기 무릎을 세우는 거예요. 내가 마침 운동신경이 발달해 있었으니까 망정이지 조금만 늦었더라면 코피라도 터졌을 거예요. 그러더니 이번에는 여자가 세웠던 다리를 다리 옆으로 눕히더라구요. 그러니 자연히 보일 건 다 보였지요. 밤에 들어가보면 벼라별 것들을 다 봐요.”

“야, 네가 운동신경이 발달했냐? 우연히 피한 거지. 그것은 운동신경이 아니라 그 여자가 봐 준 거야, 하하하.”

“밤일을 다녀보면 참말로 아슬아슬할 때가 많아요.”

남재는 아직도 이야기가 남아 있는 것처럼 여운을 남겼다.

"또 뭐 있어?"

"아직 많죠. 어느 날 출장을 갔는데……."

남재가 그렇게 말하자 갑자기 방 사람들이 와하하 웃어 버렸다. 남재가 말한 출장이라는 말이 우스운 모양이었다.

"야, 네가 밤에 출장을 갔다고?"

"내 말 좀 들어봐요. 나도 직업이 그거니까 출장이라는 말을 쓴 거예요."

방 사람들은 다시 배를 잡고 웃었다. 이번에는 좀처럼 잘 웃지 않던 종태도 웃어 버렸다. 남재는 그게 또 우스웠던지 힘을 내어 이야기를 계속했다.

"하루는 방으로 들어갔는데 훔칠 게 별로 없더라구요. 기껏해야 몇 푼 나가지도 않는 시계만 두 개 달랑 들고 나올려다가 누워 있는 부부를 물끄러미 내려다봤죠. 둘 다 거의 벗고 팬티만 입고 자더라구요. 그런데 그 집은 바로 길 옆이라서 얼른 튀기도 좋게 되어 있더라구요. 그러니 자연 간덩이가 조금 부었어요. 여자가 야한 팬티를 입고 자는 것을 보니 괜히 만져보고 싶은 충동이 일어나는 겁니다. 그래서 큰맘 먹고 살그머니 손을 넣었죠. 그랬더니 그 여자는 마치 남편이 그러는 줄 알고 나를 껴안는 거였어요. 그러더니 그냥 가만 있더라구요. 그래서 좀 더 만졌죠. 차암, 그래도 그대로 잠을 자는 것을 보니 정말 한심한 여자였어요."

"야, 너 순전히 물건을 훔치러 들어간 것이 아니라 생비디오나 보러 갔거나 여자껄 만지러 들어간 거 아냐?"

종태가 그렇게 말하자 남새는 정색을 하며 손사래를 쳤다.

"아이, 형님두 제가 직업이 그건데 무슨 그런 섭섭한 말씀을 하십니까? 안 그러면 강간으로 들어왔죠."

"그런데 넌 강도상해잖아?"

"예, 그게 그러니까…… 강도상해라는 게 뭐 별다른 겁니까? 그저 물건을 훔치러 들어갔다가 주인한테 들켜서 엉겁결에 눈에 보이는 대로 물건을 들고 덤볐던 게 강도상해죠."

"칼은 안 들었어?"

"어이구, 누구 사람잡을 일 있습니까? 칼들고 다니면 까딱 잘못했다간 살인하기 십상입니다. 그래서 칼 같은 건 아예 가지고 다니질 않습니다. 저도 알고 보면 정말 깨끗한 도둑이라구요."

"그래, 알것다. 넌 그래 깨끗한 도둑님이시다."

이번에는 재선이가 비비꼬았다. 이야기는 그칠 줄을 몰랐다. 벌써 옆 방에는 모두가 잠이 들었는지 조용하였다. 천장에 매달린 알전구의 불빛이 흐려진 것은 이미 밤 10시가 넘었다는 증거였다. 담당은 밤 10시가 넘으면 방 안의 전등 불빛을 조절하는 레버를 틀어 불빛을 줄였다. 그것은 밤 10시까지는 책을 볼 수 있도록 허용을 했지만 10시 이후부터는 책보는 것도 중단하고 잠을 자라는 뜻이었다. 가만히 들으면 옆 방이 아닌 더 먼 방에서 나는 소리가 마치 소곤거리듯이 들려왔다. 그들은 낮에도 방 안에서 갇혀 있으면서 뭐 그리 할 말이 많이 남아 있어 밤늦도록 이야기를 하고 있는 건지 정말 모를 일이었다.

"종태, 면회 왔다."

반 담당이 사방문을 열면서 말했다. 종태는 이제나저제나 하고 면회 오기를 계속 기다리고 있다가 화장실에 다녀와서 웃통을 벗고 있었으므로 얼른 일어나 윗도리를 걸쳤다. 종태가 방문을 나서려고 하자 천식이가 고무신을 방문 앞에 가지런히 놓아 주었다. 종태는 신발을 꿰어 신고 복도로 나갔다. 그리고 복도를 걸어서 사방 출입구가 있는 곳에 서자 바깥의 출입구 바깥은 뭐가 그리 소란스러운지 왁자지껄하며 지나가는 재소자들의 무리들이 보였다. 사방 출입구의 바깥은 재소자들이 통행을 하는 주복도였는데 재소자들이 면회를 오고가고 분주했으며 그밖에도 의무과에 치료차 가는 행렬, 이발 면도를 하러 가는 행렬, 목욕을 하고 돌아오는 행렬, 재판을 받으러 나가는 행렬과 또 재판을 받고 들어오는 행렬로 서로 엇갈려 복도는 꽤나 번잡했다. 종태는 이제 의무과가 있는 병동에서부터 면회자를 데리고 오는 접견담당이 2동 앞에까지 와야 비로소 면회자들의 행렬에 끼일 수 있었다. 그리고 나면 담당은 맨 뒤쪽에서 앞에 줄을 지어 가는 재소자들을 계호하면서 면회장으로 들어가게 되어 있었다. 사방과 면회장과의 거리는 약 오백 미터 정도였는데 복도의 끝에 있는 제1통용문에는 경비교도대원이 교도봉을 차고 지나가는 재소자들을 일일이 검문하고 있었고 사람이 지나가지 않을 때에는 항시 철문을 굳게 잠갔다. 종태가 두 줄로 열을 지어 지나가자 그 대원은 맨 뒤쪽에 있는 담당에게 '충성!'이라는 구호와 함께 경례를 붙이는 것이 보였다. 거기서부터는 일직선으로 넓은 마당을 건너 곧바로 접견자 대기실로 가는 거였고 그 거리는 불과 백여 미터밖에 되지 않았다. 접견장은 15척이나 되는 담을 잘라 그 자리에 지은 것처럼 되어 있었고 그 옆에는 제1감시대가 있어서 면회를 하러 나올 때마다 높은 감시대에선 경비교도대가 아래쪽의 동정을 살피느라 움직이는 재소자들을 내려다보고 있었다. 간혹 높은 간부가 지나가는지 고래고래 고함을 지르면서 '근무중 이상무!' 라는 소리를 외쳐댔다. 그럴 때마다 길을 가던 재소자들은 깜짝 놀랐고 위를 쳐다보면 감시대 위의 대원은 m16소총을 번쩍 들어 '받들어 총' 자세를 취하고 있는 것이 보였다.

그리고 우편에 있는 건물의 아래층에는 변호사 접견실이 있었고 이층에는 교무과가 있어서인지 외부에서 들어오는 변호사나 교무과에 들어오는 외부인들과 가끔 마주치게 되었는데 서로 마주칠 적마다 뒤에서 호령하던 담당은 외부인이 먼저 지나가도록 재소자들에게 '정지'하고 행렬을 멈췄다. 길의 통행도 외부인이 먼저라는 식이었는데 재소자들은 그럴 때마다 죄를 지은데 대한 수치심이랄까, 먼저 그들이 지나갈 수 있도록 길을 비켜줘야 한다는 알량한 자존심 같은 게 불끈 솟아났다. 그들은 남자들뿐만 아니라 여자들도 있었으며 재소자들이 멈춰서 있으면 그냥 지나가지 않고 힐끗 그들을 쳐다보면서 지나갔는데 파란 재소자복을 입었거나 때가 낀 한복을 입은 재소자들은 잠깐 동안이었지만 자신들 스스로가 수치심을 느끼기에 좋을 만했다. 죄를 짓지 않은 사람들은 죄를 지어 줄을 서 있는 재소자들을 보면서 어떠한 심정이었는지 모르지만 그들은 당당했고 동정의 눈초리를 보내오는 게 분명했다. 그들은 분명히 자신의 죄없음을 다시 한 번 확인했을 것이며 앞으로도 죄는 짓지 말아야 한다는 단호한 의지의 걸음걸이로 또박또박 걸어갔다. 마치 사병 앞을 사열하는 장군의 걸음처럼.

종태는 그러한 꼴을 보기가 싫어 일부러 줄의 끝부분에 섰다. 혹시라도 자신을 아는 사람이 있을지도 모른다는 생각도 없잖아 있었지만 외부인의 그런 거만함을 눈 뜨고 봐주기가 싫었던 이유도 있었다. 사실 바깥에서 버젓이 활보를 하는 사람들 중에도 단지 구금만 안됐을 뿐이지 더 큰 죄를 짓고도 무사하게 살아가는 사람들도 많다는 것을 빗대어서 안에서는 '유전무죄 무전유죄'라는 말로 표현하고 있었다. 돈이 있거나 든든한 빽만 있어도 이런 곳에서 썩고 있지는 않을 것이란 자조적인 표현이었다. 몇몇 사건을 제외하고는 돈 때문에 이곳에 잡혀와 몸으로 때우는 징역을 사는 사람들이 많았다. 간통이든, 폭력이든, 절도든, 교통사고든 간에 돈만 많이 준다면 전부 합의를 보고 나갈 수 있는 사건들이 얼마나 많은가 말이다. 법은 이상하게도 합의라는 최대한의 관용을 가지고 있어서 모든 사건에 합의만 되면 거의 밖으로 내보내거나 문제삼지 않는 것이 많았으며 사회적인 물의가 있는 사건이라고 하더라도 합의가 된 사건은 형량이 그다지 높지 않았다. 그래서 재소자들이 돈이 웬수라고 말을 하는지도 몰랐다. 사람을 죽인 살인이라고 하더라도 많은 액수의 돈을 주고 합의가 되면 정상 참작이 되는 거였다. 그것은 어쩌면 자본주의 사회의 편리한 모순이었다. 징역 안에서조차 돈이면 안 되는 일은 거의 없었다. 누구보다 편하게 징역을 살 수 있었고 잘 먹고 수양하는 마음으로 시간을 보낼 수도 있었다. 단지 술과 여자만 없을 뿐이었다.

접견 대기실로 들어가자 미리 와 있던 재소자들로 만원이었고 사람들은 자기의 면회 차례를 알리는 면호 횟수가 안내방송으로 나오기만을 기다리는 표정들이었다. 종태는 빈자리로 가서 앉았다. 앞쪽의 벽면에 붙어 있는 아크릴판에는 지금 면회를 하고 있는 횟수가 몇 번째라는 푯말이 꽂혀 있었고 다음 차례는 몇 회가 되겠다는 팻말도 그 밑에 꽂혀 있었다. 종태는 92회 9호실이었다. 아직 순서가 되려면 한참이나 있어야 될 성

싶었다. 지금 80회가 면회를 하고 있는 중이었다. 사람들은 팔짱을 끼고 소매 사이로 손목을 집어넣은 채 고개를 숙이고 있었고 그들은 누가 면회를 왔을까에서부터 면회실로 나가면 제한된 시간인 5분 안에 할 말을 구상하고 있는 중인지 골몰한 표정을 짓고 있었다. 말이 5분이었지 실제로 몇 마디 인사를 나누다보면 금방 종료 벨이 울렸고, 다음 차례를 기다리던 사람이 문밖의 의자에 앉아 있다가 벨소리가 남과 동시에 용수철처럼 튀어 들어왔다. 조금이라도 말을 더 하려고 하는 먼젓번의 사람과 자신의 면회시간을 단 몇 초라도 빼앗기지 않으려는 듯 튀어 들어오는 사람과 종종 입씨름이 벌어지곤 했다. 이곳에서 생활하는 재소자들은 가뜩이나 초조한 가운데 바깥의 소식이 그리웠고, 그가 저질렀던 사건에 대한 바깥의 진행상태가 궁금했을 것이다. 또한 보고 싶은 사람과의 만남인지라 몇 마디라도 더 할 수 있는 시간이 아쉬웠던 터에 5분이라는 시간제한이 더욱 조바심나게 만들었다. 그리고 또 있었다. 재소자들은 좁은 방 안에서만 생활했기 때문에 마음도 좁아질 대로 좁아져서 조그마한 것에도 벌컥 화를 내거나 주먹다짐을 하는 경우에서 보듯이 자신밖에 모르는 옹졸한 인간이 되기가 십상이었다. 그것은 환경이 주는 영향에서 기인한 것이었는지 모른다.

종태는 약간 컴컴한 실내에 눈이 익숙해지자 주위를 둘러보았다.

"어이구, 차 형님 아니십니까?"

종태가 소리가 나는 쪽을 바라보자 한 사람이 이미 몸을 일으켜 종태 있는 쪽으로 다가오고 있었다.

"여어, 병찬이. 면회를 왔었구만. 자주 만나게 되네, 그래."

"글쎄 말입니다, 형님."

"오늘은 누가 왔나?"

"아마 동생들이 왔거나 형들이 왔겠죠."

병찬은 영동 쪽의 주먹이었고 종태보다는 5살이나 아래였다. 영동 쪽은 아직 주먹계에서는 아직 신생이나 마찬가지였다. 영동 쪽이 개발붐을 타고 술집들이 들어서면서 그 술집들을 끼고 서울에 있는 주먹들이 그쪽으로 몰려들었지만 아직 이렇다 할 만한 조직패는 없는 실정이다. 그쪽은 아직 서울과 각 지방에서 청운의 꿈을 안고 몰려든 잔주먹들의 춘추전국시대나 마찬가지였다.

"방 생활은 좀 어때?"

종태는 그쪽 사방의 사정에 대해 물어보았다.

"아유, 말도 마십쇼. 사방담당이 얼마나 쫌상인지 뭐가 통해야 말이죠. 먹을 걸 내놔도 먹질 않아서 완전히 곱으로 징역 사는 겁니다. 기껏해야 소지나 물고 늘어지는 정돕니다. 소지들이야 한 마디만 하면 척척 되는데 담당은 한 마디로 독일병정이에요. 술도 못하고 담배도 안 하는 모양입디다."

"그래? 그럼 징역 사는 게 곱징역이겠구만. 그런데 방 안은 잘 돌아가나?"

"뭘요, 전부 개털들이라서 내 돈으로 아예 사먹일 정돕니다. 한 번씩 구매물이 들어오면 그날로 싹 없어집니다. 그래서 아는 담당이 근무를 들어오면 뭐라도 마실 것을 내놔야 할 텐데 뭐가 있어야죠. 미치겠습니다. 전부 잡범들만 있어서. 그리고 면회를 오는 놈도 별로 없어요. 아예 집에서 내논 자식들입니다."

"난 4동은 잘 돌아가는 줄 알고 있었는데."

"4동에서도 사기범들 방이나 잘 돌아가죠. 그 외에는 개털들밖에 없어요. 밤에 야식을 할 만한 사정이 못되면 알만하잖습니까?"

"전방 담당한테 손을 써서 범털들만 좀 집어넣어 달라고 그래. 범털들이 있어야 옷장 안에 먹을 것들이 잔뜩 쌓여 있지."

"누가 아니래요. 참, 그런데 형님, 부산애들이 일본하고 손을 잡는다는 소문이 들리던데 사실입니까?"

병찬이 나지막하게 말을 했다. 이때까지 큰소리로 떠들던 것과는 전혀 대조적이었다.

"글쎄, 그런 조짐이 보여. 아무래도 그쪽은 일본하고 가까우니까 어떤 거래가 있겠지."

"어떤 거래 말입니까?"

"…… 뭐, 해상에서 일어나는 거 말이야."

"아, 예. 형님은 누가 옵니까?"

"기식이가 매일 오고 오늘은 이게 왔어."

종태는 새끼손가락을 들어 보였다.

"예에. 형수님이 참 예쁘시던데요?"

"술집 때문에 자주는 못 와. 일주일에 한 번쯤 오지. 넌 재판이 어찌 돼 가냐?"

"아마 찍힐 거 같애요. 지금 집행유예 기간이고 구형이 4년 나왔으니까 맘 편히 먹고 있습니다."

"하여튼 몸조심하고…… 나도 나가기는 함들 것 같다. 검사하고 싸웠으니까 최고 구형이 나올 거야."

"변호사는 누구 샀어요?"

"남부지원 앞에 있는 안수빈 변호사를 샀어. 요즘 제일 잘 나가는 거 같던데. 밖에서 애들이 알아서 샀으니까."

"안 변호사가 여기선 잘 나간다는 소문은 들었어요. 난 백 변호사를 샀는데 일하는 게 별로 신통찮아요. 저번에 변호사 접견을 했는데 내 공소사실도 모르고 있더라구요. 나 참, 그래서 내가 이야기를 다 해줬다니까요?"

"얼마 줬는데?"

"형님들이 거둬서 사줬다는데 천오백 줬다는군요."

"……."

병찬은 갑자기 종태의 귀에 대고 귀엣말을 속삭이기 시작했다. 손바닥을 구부려 종태의 귓바퀴를 감싸고 말을 했다.

"형님, 담배 있으시면 좀 주시죠."

종태는 그저 고개만 끄덕여 주었다. 병찬은 다시 말을 이었다.

"그 대신 좋은 것을 보내드리겠습니다아…… 형님, 뽕 가는 거 말입니다."

종태는 희뜩 눈을 크게 떴다. 그리고 힐끗 병찬을 바라봤다. 병찬은 싱긋이 웃고 있었다. 그 웃음은 자신만만한 웃음이었다. 그리고나서 병찬은 다시 종태의 귀에다 대고 말을 했다.

"옷에 묻혀서 들어왔어요. 그걸 빨아 마시든지 물에 녹이시면 됩니다아."

종태는 알았다는 듯이 고개를 주억거렸다. 병찬이 제자리로 돌아가 앉자 곧바로 병찬의 순서였다. 안내방송이 나오자마자 병찬은 복도를 따라 면회실이 있는 곳으로 나갔다.

종태는 눈을 지그시 감았다. 은영이의 새하얀 웃는 얼굴이 눈에 비쳤다. 자신이 곁에 없어서 좀 쓸쓸할 거라는 생각이 들자 마음이 아팠다. 물론 동생들이 잘 돌봐주고 있겠지만 자기만큼은 못하리라는 것은 말할 필요도 없었다. 그녀는 종태만 곁에 있어도 마냥 즐거워하는 어린아이에 불과했다. 정신은 어리고 몸만 숙성해 있는 그런 여자였고 종태가 원할 때에만 자신의 모든 것을 다 꺼내어 주는, 자신이 먼저 요구하는 법이 없는 여자였다. 그러나 한 번 불이 붙으면 꺼질 줄 모르는 여자였다. 어쩌면 그 여자는 어려서부터 종태에게 길들여져 왔고 온순하게 풀만 뜯고 자라온 한 마리의 토끼 같았다.

지금은 종태의 모든 자금관리를 맡고 있고 술집에서 나오는 모든 이익금을 저축하고 있다. 후배들에게도 그렇게 잘 해주어서 동생들은 하나같이 나이가 어린 은영일 마치 누님 대하듯 하고 있었다. 종태는 모든 여건이 자신에게 한창 희망을 주던 시기였고 전성기라고 할 만큼 순풍에 돛 단 듯이 잘 나가고 있었다. 자신만 이제 풀려난다면 어느 것 하나 부러울 것이 없을 정도라는 사실에 안타까움이 가슴 한켠에서부터 불어나오고 있었다. 모든 것이 답답하게만 느껴졌다. 단지 그는 사나이였으므로 겉으로 내색을 않을 뿐이었다.

담당이 대기실로 들어와 다음 횟수가 92라는 팻말을 바꿔 끼는 모습이 눈에 들어왔다. 이제 슬슬 복도로 나가 의자에 앉아 있어야 한다. 종태는 일어서서 복도로 나갔다. 종태는 면회실이 시작되는 1호실을 지나가면서 무심코 면회실을 들여다보았다. 거기엔 공교롭게도 일본 야쿠자가 면회를 하고 있는 모습이 보였으므로 자신도 모르게 서서 창문을 통해 안을 들여다보았다. 야쿠자의 뒷모습이 보였고 그 앞으로 가로막힌 유리를 통해 여인의 얼굴이 보였는데 조그맣고 어린 소녀 같은 여자가 웃으면서 무어라 말하는 게 보였다. 종태와 그 여자의 시선이 마주치자 그 여자는 조금 어색해했고 남자는 그러한 기미를 눈치챘는지 뒤를 돌아보았다. 자신의 뒤에 종태가 서서 안을 들여다보고 있는 것을 안 야쿠자는 손을 들어 씨익 웃고 있었다. 종태도 손을 들어주며 웃었다. 야쿠자는 그 여자에게 종태에 대한 이야기를 하는지 그 여자는 종태를 보고 있었다. 마침 시작 벨이 울렸으므로 종태는 자신의 호실인 9호실로 들어갔다. 은영이가 조금이라도 더 시간을 아끼려는 듯이 미리 들어와 있었다.

"종태 씨, 우선 필요한 것부터 말하세요."

은영인 이미 수첩과 연필을 꺼내놓고 있었다.

"그냥 대충 넣어, 그리고 다음에 올 때 메이커가 있는 내의하고 양말 좀 가져오고…… 책 좀 갖고 와…… 됐어."

"그럼, 제가 얘기를 할게요. 모든 것은 기식 씨가 잘 하고 있어요. 변호사비가 이 천이라고 해서 제가 직접 사무장을 만나서 건네 줬구요. 그리고…… 사무장이 종태 씨가 군에서 상을 받은 것이 있으면 그것을 카피해서 갖다 달라고 해서 시골의 어머니에게 말씀을 드려서 그냥 필요하다고 말을 하고 부쳐달라고 했어요. 어머니는 왜 그러느냐고 물으셨는데 종태 씨가 일본에 출장을 가는데 여권을 내기 위해 그런다고 말했어요.

그리고 제가 판사한테 올리는 탄원서를 써 뒀어요. 내일쯤 사무장을 만나면 건네주려고 해요. 그리고 …… 가만, 할 말이 있었는데 그만 까먹었네…… 아 참, 종태 씨, 구형날짜가 잡혔어요. 2주 뒤인 12월 2일이에요. 변호사는 자꾸만 힘들다고 말을 하는데 1심에서 잘 되면 돈을 더 갖다 줄 거라고 운을 떼놨어요. 그리고 가끔…… 전화가 오고 있어요. 종태 씨에게 안부를 묻고 몸 건강하시라고…… 내가 어디냐고 물었더니 그냥 괴롭다고만 말을 했어요. 그래서 내가 돈이 필요하지 않느냐 하고 물었더니 돈은 많이 있대요. 나보고도 죄송하다고만 말을 했어요. …… 그리고…… 종태 씨 후배들은 매일 한 번씩은 가게엘 들러요. 참, 황 사장이라는 분한테서 전화가 왔는데 당신이 멀리 출장을 갔다고 했더니 자꾸 꼬치꼬치 캐묻더라구요. 그래서 할 수 없이 구치소에 있다고 했더니 그분이 꼬옥 전화가 왔더라고 말을 하라고 하면서 번호를 가르쳐달라고 해서 가르쳐줬어요. 당신한테 영치금이라도 부치겠다고 했어요. 그리고 제 통장의 온라인을 가르쳐달라고 해서 가르쳐줬는데 어제 은행에 돈을 찾으러 갔더니 역삼동 지점에서 일 억이 들어와 있었어요. 당신, 그 사람 알아요?"

"황 사장이라면 잘 알지. 다음에 전화가 오면 고맙다고 말하더라고 전하고 나가면 꼭 인사를 드린다고 말씀을 드려."

"알았어요. 그리고 면회를 마치면 2123번, 김병찬 이름으로 먹을 것 좀 많이 넣고 내의 좀 사 넣어줘라. 영동에 있는 후밴데 4동에 있어. 가게는 좀 어때?"

"예, 손님이 많아요. 밤이 되면 무지하게 바빠요. 여자애들도 더 늘었구요. 몸은 좀 어때요?"

은영이는 종태의 얼굴에서부터 눈으로 훑으며 내려갔다.

"난 괜찮아. 은영이가 젤 보고 싶어. 그것뿐이야."

"저도 그래요. 가게문을 닫고 나면 괜히 우울해져요. 요즘은 가끔 혼자서 술을 마시기도 해요. 혼자 울 때도 있구요……."

"너무 신경쓰지 마. 곧 나가겠지. 2심에서 나가도록 힘을 써야지. 기식이가 시키는 대로 해. 그리고 가끔 은영이가 변호사한테 직접 전화를 해서 절대 소홀하지 않도록 부탁 좀 하고."

"알았어요. 시골에는 3백만 원을 부쳤어요. 얼마 전에 어머님이 마늘을 부쳐왔더라고요. 그래서 고맙다고 전활 드렸어요. 또, 뭐 빠진 것 있어요?"

"내가 시킨 것만 넣어. 안에도 먹을 게 많아. 참, 그리고 누가 가면 술 좀 대접하고."

"누군데요?"

"……."

종태는 옆쪽의 책상에 앉아 대화내용을 기록하고 있는 담당을 쳐다봤다. 담당은 무슨 책을 보고 있는지 종태가 했던 말을 못 알아들은 모양이었다. 은영인 그제서야 알았다는 듯이 다른 말을 꺼냈다.

"알았어요. 그렇게 하겠어요. 요즘 시장파에서 조금 활개를 치고 다니는 거 같아요."

"그래?"

"아무래도 조금 불안해요. 그래서 제가 새마을 쪽으로 가끔 전화를 넣고 있어요. 별로 신경을 쓰지 말라고 말은 하는데……."

"다른 일은 없을 거야. 아직 동생들도 있으니까."

그때 면회의 종료를 알리는 벨이 울렸다. 종태가 밖으로 나오려고 몸을 돌리는 순간, 유리창을 통해 야쿠자의 얼굴이 보였다. 야쿠자도 역시 웃고 서 있었다. 종태는 다시 은영 쪽으로 다가가 소리쳤다.

"같이 있는 일본 야쿠자야."

은영이는 창밖에 있는 야쿠자에게 고개를 숙여 인사를 했다. 그러자 야쿠자는 손을 번쩍 들어보였다. 은영이가 밖으로 나가면서 손을 흔들며 웃고 있었다.

종태가 복도로 나오자 야쿠자는 어깨를 툭 쳤다.

"부인?"

야쿠자가 시원찮은 발음으로 묻는 질문에 종태는 고개를 끄덕여주었다. 그러자 야쿠자는 엄지손가락을 위로 세우며 최고라는 표시를 했다. 종태가 주먹으로 그의 옆구리를 쿡 찔렀다.

이미 야쿠자도 종태가 어떠한 인물이라는 것은 다른 담당을 통해 들어서 알고 있는 듯했다. 종태는 면회가 끝난 재소자들이 대기하는 대기실로 와서도 야쿠자와 이야기를 나눴다.

"총은 왜 갖고 왔나?"

"그건 묻지 마라. 미안하다."

"방금 면회를 한 여자는 한국 여자인가?"

"그렇다."

야쿠자는 순순히 대답을 했다. 그의 발음은 혀가 짧아 한글의 받침소리가 알아듣기 어려웠지만 가만히 생각을 하면서 들으면 금방 알아들을 수 있었다.

"애인인가?"

"그렇다. 일본에도 처가 두 명이나 있다."

종태는 조금 의아한 표정을 지었지만 그는 어깨를 으쓱했다. 그리고 그는 마치 소년처럼 웃어 보였다. 얼굴은 온통 털투성이었지만 면도를 말끔히 하고 있었다. 그가 아마도 외국인이라서인지 수시로 면도를 시켜주는 모양이었다. 내국인이라면 일주일에 한 번 정도 면도를 할 수 있었지만 그는 예외였다.

종태는 가장 궁금한 것을 물어보았다.

"일본의 교도소와 비교를 해보면 어떤가?"

"……."

그는 웃고만 있었다. 종태의 질문이 질문 같지 않았던 모양이다.

"왜 웃나?"

"한국의 시설은 일본에 비해 엄청나게 뒤떨어져 있다. 나는 변소에 들어가는 것이 겁이 날 정도다. 거기 들어갔다가 피부병이 생겼다."

야쿠자는 정말로 억울한 표정을 지어보이며 자신이 입고 있는 한복 바지의 끈을 풀어 보이려고 했다. 사실 그랬다. 저번에 종태가 의무과에 갔을 때 그는 사타구니의 가려움증 때문에 연고를 바르러 왔던 것이다. 그의 사타구니는 죽은 피부처럼 시커멓게 죽어 있었다. 그것은 너무 긁어서 생긴 피부병이었다. 사방 안에 있는 뺑끼통은 너무 더러웠고 똥이 썩다못해 시체가 썩는 냄새가 났다. 그 위에 올라앉아 있으면 밑에서 올라오는 똥독에 의해 부드러운 피부인 사타구니가 따끔거리고 화끈거렸다. 사람이 혼자 겨우 앉을 만치 좁은 똥간에 앉아 있다가 방으로 나오면 온몸에 냄새가 배어서 방 안에 냄새를 풍겼다. 사람들은 흔히 사타구니를 긁는 사람들을 보고 똥독이 올랐다고 말을 했으며 연고라면 아무 연고라도 무조건 짜서 바르곤 했다. 눈에 넣는 연고이든 화상에 바르는 연고이든 여드름에 바르는 연고이든 아무것이나 가리지 않고 대충 발라도 또 그냥 쉽게 나았던 것이다. 재소자들은 반은 약사였고 또 반은 의사나 마찬가지였다. 방 안에서 아프다는 환자가 생기면 자신이 알고 있는 쥐꼬리만한 알량한 지식을 총동원하여 병의 증세에서부터 설명을 하기 시작했고, 또 아무 약이나 꺼내 놓고 바르라고 내밀었다.

"일본에는 야쿠자들이 나이가 많은 사람들도 있는가?"

"그렇다. 한국에 와보니 한국에는 젊은 사람들만 야쿠자를 하고 있는데 우리 일본은 한 번 야쿠자가 되면 그것을 자랑으로 생각하며 늙어도 야쿠자를 할 수 있다."

종태는 아직 이해가 되지 않았다. 힘도 없는 늙은이가 어떻게 야쿠자를 한다는 말인가. 조직이라는 것은 오로지 힘에 의해 지탱되어진다는 것이 마치 진리처럼 전해져 내려오는 우리의 상식으로써는 도저히 이해가 가지 않는 부분이었다. 야쿠자는 창문 너머로 경비대원이 상급자에게 보고를 하느라고 고래고래 악을 쓰는 모습을 보더니 마구 웃어댔다. 재밌다는 표정이었다.

재미있게 이야기를 나누던 것도 그쳤다. 연출을 담당하는 직원의 '입방 준비'하는 소리에 종태와 야쿠자는 헤어질 수밖에 없었다. 그는 신사동에 있는 7동이었고, 종태는 구사동인 2동으로 들어가야 하기 때문에 각기 방향이 틀렸으므로 일단 헤어지고 말았다. 종태가 손을 들어 인사를 하자 그도 손을 흔들었다.

06

또 다른 불안

종태는 사방으로 돌아오며 은영일 만났다는 기쁨보다 요즘 들어서 시장파의 애들이 부쩍 활개를 치고 있다는 말에 자꾸만 불안감이 가셔지지 않고 있었다. 영등포라면 역전파와 새마을파, 그리고 시장파와 중앙파가 분할해서 그 주위를 커버하고 있었다. 그 주위라는 것은 서울에서는 사실상 영등포에 있는 조직들이 거의 분할해서 점거를 하고 있다고 해도 과언이 아니었다. 그에 비하면 서울의 한귀퉁이를 차지하고 있는 이태원파나 영동 쪽을 지키고 있는 영동파는 군소조직에 불과했다. 그 조직이란 것도 따지고 보면 전부 영등포에서 갈라져나간 분파의 일종이었다. 그러니 자연 영등포가 단연 종가집이었고 그들은 새끼집에 불과했다.

종태는 애써 불안감을 씻으려고 했다. 그러나 그게 쉽지 않았다. 만일 시장파의 문조가 딴 마음을 먹는다면. 종태는 거기까지 생각이 미치자 아까 은영이가 왔을 때 새마을파의 보스인 일재를 한 번 면회를 오라고 할 걸, 하고 후회가 되었다. 내일 기식이가 오면 그 말을 해도 되었으나 그 말은 꼭 은영이 편으로 하고 싶었다. 기식이한테 시킨다는 것은 종태의 자존심이 허락하지 않았다. 일개 조직의 보스가 다른 조직의 보스를 불러 타협하는 인상을 주고 싶지 않아서였다. 새마을파의 일재와는 처음에 폭력조직에 뛰어들었을 때 종태는 그와 거의 같은 시기에 들어와서 그 유명한 강종만의 밑에서 철두철미하게 조직의 습성을 익혔던 것이다. 강종만이 부산에 내려갔다가 부산의 광복파에게 무참히 깨어지고 나서 부산 앞바다에서 할복을 하고 투신해 죽기까지는 영등포에 조직이 하나밖에 없었던 것이 일재가 새마을파를 구축했고 종태는 역전파를 만들었던 것이다. 그러다가 다시 광주 서방파에서 잔뼈가 굵은 문조가 끼어들어서 시장파를 만들었고, 중앙파는 원래 김포, 강화 쪽에서 놀던 패들이 한 조직을 만들면서 생겨난 조직이었다. 그러니 종태와 새마을파와는 친구의 의리가 아직도 살아 있는 일종의 동맹관계였다.

종태는 그러나 일재에게 어떠한 부탁을 한다는 것은 아직 고려하고 싶지 않았다. 자신의 재판이 아직 불투명한 상태에서 그러한 것까지 신경을 쓴다는 것은 너무 피곤했다. 종태는 아직 일재를 부르는 일은 하지 않기로 다시 마음을 고쳐먹었다.

사방으로 들어오자 담당이 의자에 앉아 책을 보고 있는 것이 보였다. 종태는 담당이 있는 곳으로 다가가 난로 옆에 앉았다. 난로는 한창 불꽃이 일었는지 뚜껑이 벌겋게 달아올라 있었다.

"응, 면회 갔다 이제 오냐?"

"예."

"누가 왔는데?"

종태는 실실거리고 웃었다.

"응, 마누라가 왔구먼?"

"예, 요즘 담당님들 술 한잔 하러 안 가시나 보죠?"

"너무 자주 가기도 미안해서."

"무슨 말씀을 그렇게 하십니까? 술하고 안주래야 기껏 얼마나 된다고요. 한 번 놀러 가십시오."

"알았어…… 혹시 갔다가 보안과장이랑 맞닥뜨리는 거 아냐?"

"에이, 담당님. 보안과장이 그런 데 오겠습니까? 체면이 있지."

"맞아, 그 말도 일리는 있구먼. 과장이 그런 델 찾아오지는 않겠지. 직원에게 들키면 체통이 서질 않지."

종태는 난로가 너무 뜨거웠으므로 조금 멀리 떨어졌다. 저번에 난로를 쬐다가 담당과 이야기를 하느라 정신이 없었던 탓에 그만 한복을 태워먹은 적이 있었다. 안에서 입는 한복은 전부 옥양목으로 만들어져 있어서 난롯불에 조금만 닿아도 후루룩 하고 타 버렸다. 근처에만 가도 옷감이 누글하게 눌어붙어 버렸다.

“담당님, 여기다가 김치를 넣고 오징어나 넣어서 찌개를 만들어 먹었으면 좋겠습니다.”

“소지한테 시켜. 누가 오는가 삥을 잘 봐야 할 거야.”

의외로 쉽게 담당의 승낙이 떨어졌다. 담당은 책을 보는 둥 마는 둥 말을 했던 것이다. 그것은 은근슬쩍 봐주겠다는 의사였다. 종태는 얼른 사방 출입문 쪽에서 노닥거리고 있는 소지들에게 손짓을 해서 불렀다. 소지가 달려왔다.

“소지, 주전자 좀 갖고 와. 찌개 좀 끓이게.”

소지는 부리나케 달려가더니 양은주전자에 삼분의 이쯤되는 물까지 담아왔다. 그 주전자는 담당이 쓰는 주전자였는데 저녁 무렵이면 미리 물을 끓여서 11방과 12방의 독방에 수용되어 있는 학생과 전직 의원인 김택균에게 동상을 방지하기 위해서 보온통에 물을 담아주기 위해서 쓰는 거였다. 그러한 일은 모두 소지들이 하고 있었고 11방과 12방에서는 그러한 일을 해주는 소지들에게 얼마의 사례를 하고 있었으므로 소지들은 일단 일만 있으면 고달픈 것이 아니라 먹을 것이 생기는 젖줄이나 마찬가지였다. 소지들은 각 방에서 뜨거운 물이 필요해도 꼭 무엇을 받고 물을 줬지 절대 그냥 주는 법은 없었다.

종태는 일어나서 배식반장을 불렀다. 배식반장이 창살 사이로 얼굴을 디밀고 밖을 내다보고 있었다.

“야, 배식반장, 김치봉지하고 치킨하고 고추장 같은 것 있으면 내놔. 김치찌개 하게.”

배식반장은 난로 위의 커다란 주전자를 보자 얼굴에 희색이 만면해져서 우당탕거리며 옷장에서 먹을 것을 꺼내왔다. 종태는 그저 앉아 있었고 소지가 재빠르게 봉지를 뜯어서 주전자에 넣고 있었다. 사식당에서 파는 비닐봉지에 든 김치를 몇 봉이나 넣었고 치킨 닭다리를 또 몇이나 넣었다. 오징어를 찢어 넣고 고추장을 듬뿍 넣는 것을 보며 종태는 입맛을 다셨다. 방에서는 장기를 두다말고 전원이 밖을 내다보느라 창살이 비좁았는데 상호가 전부 앉으라고 지시를 하자 상호 외에는 전부 앉는 거였다. 괜히 소란을 피우게 되면 다른 방에서도 알게 되고 담당이 5방만 찍어놓고 봐준다는 소문이라도 돌면 담당도 피해를 입을 뿐만 아니라 5방도 찌개를 끓여 먹을 수가 없게 된다. 상호는 미리 그 계산을 한 모양이었다.

“소지, 저쪽 소지한테 삥 좀 보라고 하지. 괜히 누가 순시라도 오면 빨리 치워야지.”

“알았어요.”

종태의 말에 소지는 총알같이 출입구로 달려가 다른 소지에게 말을 하고 돌아왔다. 소지들도 군침이 도는 모양이었다. 밖은 꽁꽁 얼어서 얼음이 다 어는 판국인데 징역을 살면서 뜨뜻한 찌개를 먹을 수 있다는 것 자체가 얼마나 큰 행운이겠는가. 물론 소지들은 더할 나위 없었다. 그러니 자신들이 먼저 설쳐대는 거였다. 소지들은 몸뚱아리 하나로 먹고 사는 존재였다. 무슨 특권을 내세워서 방에서 먹을 것이나 입을 것들, 영양제를 빼앗는 것이 아니라 방에서 먼저 편리를 얻기 위해 소지들에게 그러한 것들을 내어놓았다. 종태는 소지가 마지막으로 양념을 하고 난 뒤, 입맛을 다시면서 세면장으로 들어가는 것을 보자 마음이 푸근해졌다. 오늘부터는 얼큰한 찌개국물에 밥을 먹을 수 있게 될 것이다. 어쩌면 담당도 집필실로 가서 찌개 한 그릇을 먹어치울지도 모르는 일이었다. 담당들도 그러한 것들을 잘 먹었다.

"담당님도 주임 시험이나 한 번 치시죠."

담당은 건성으로 읽고 있던 책을 내리며 피식 웃었다.

"주임이 되면 뭐해? 맨날 보따리를 싸들고 전국 교도소로 이사나 다녀야 하는데."

"왜 이사나 다녀요? 간부가 되면 그래도 좋잖아요?"

"넌 몰라서 그래. 간부가 되면 일이 년에 한 번씩은 이사를 다녀야 돼. 그리고 제주도나 청송감호소로 들어가면 그런 데서 어떻게 사냐?"

담당은 갑자기 목소리가 커지고 있었다. 마치 간부의 계급장을 달아줘도 안 달겠다는 듯이.

"그래도 다른 간부들은 다 그렇게 하잖아요?"

"말 마라. 그게 어디 쉬운 일이냐? 자주 이사를 다녀야 되니 애들도 전학을 가야 하지. 그러면 애들이 제대로 공부를 할 수 있나, 그리고 지방이나 시골로 가서 어떻게 살아? 그리고 만약 나 혼자만 내려간다고 한들 거기서 하숙을 해야 하지, 그러면 돈은 돈대로 깨지고 살림은 살림대로 엉망이 되는 거야. 얼마나 잘살겠다고 그런 짓 하냐?"

"그래도 간부가 되면 편하잖아요?"

"편하기야 편하지. 교도소에서 간부가 되면 손끝 하나 까딱 안하고 무지하게 편하지. 그러나 간부들 중에 혼자 지방으로 내려갔다가 서울에 있는 마누라가 춤바람이 나서 문제가 생긴 집안도 많아. 나중에 잡고 보니 자기가 데리고 있던 재소자더래. 자기 마누라를 전에 자기가 데리고 있던 제비족인 재소자에게 뺏긴 거지."

"하하하, 그런 일도 있어요?"

종태는 그 이야기를 듣고 보니 너무나 우스웠다. 그리고 그 이야기는 그럴 만도 했다. 여자들이란 혼자만 따로 있으면 조금씩은 풀어지게 되어 있었다. 남편이 있을 때에는 꿈도 못 꾸어보던 영화관에도 갈 수 있는 일이고 춤이라도 출 수 있을 것이고 못 먹는 술이라도 먹을 수 있는 일이었다. 그러다가 출소한 제비족에게 걸리면 바로 몸 뺏기고 돈 뺏기는 것이었다. 제비족들이라면 종태는 그들의 생리를 잘 알고 있지 않는가. 좆에 다마나 박고 실리콘으로 크게 키워서 쥐여줄 궁리만 했고 그 대신 돈을 빼가는 치들 아닌가. 여자들이 어떻게 자기 남편의 이름과 직장을 거들먹거리며 외도를 하겠는가 말이다. 일부러라도 그러한 것들을 숨길 것이 뻔했다.

"담당님은 그래서 간부가 안 되는 겁니까?"

"괜히 그렇게까지 살 필요가 없다는 거지, 내 말은."

"담당님은…… 지금이라도 간부가 된다면 나중에 소장까지 해먹을 수 있잖아요?"

"야야, 그것도 쉬운 줄 아냐? 칸칸이 올라가면서 승진할 때 돈을 싸들고 찾아다니며 아부를 해야 하는데,나는 그런 짓은 못해."

"그게 그렇게 심해요?"

"그러엄, 어느 조직사회나 다 그런 것은 있게 마련이지만 특히 여기는 더 심해. 옛날부터 세무서나 경찰, 교도소는 알아줬잖아?"

"그건 그래요. 경찰 새끼들은 뻑하면 돈을 챙겨 먹으려고 그래요. 싸움을 해서 들어오면 조서를 꾸미면서 때린 놈한테서 뜯고 또 합의를 유도해서 합의금이 오가면서 맞은 놈한테서도 돈을 뜯어요. 나도 여기로 넘어올 때 사식을 먹었는데 밥 한 그릇에 얼만지 아세요? 천 원짜리 한 그릇에 오천 원이구요. 담배 한 가치에 만 원이었으니까요."

"맞아, 그러니 사회가 뭐가 되겠어? 전부 다 도둑놈들이지."

지금 종태는 웃음이 절로 나왔다. 아마 담당도 돈다발을 안겨주면 안 받을 리가 없을 거라는 생각이 들었기 때문이었다. 사람이라는 것은 어쩌면 자신이 처한 상황이 대해서는 자기 변명식의 말들을 하지만 남의 부정에 대해서는 용서를 하지 못하기 마련이었다. 아니면 자신이 그러한 혜택을 누리지 못하는 데서 오는 자괴감에서부터 출발을 하는 질투였는지도 모른다. 큰 돈은 아니었지만 종태가 시켜서 갑부, 을부, 병부의 담당들에게 빽적지근하게 술을 대접한 것과 봉투를 쥐어준 것도 명백한 뇌물이었다. 그것도 한두 번이 아니라 약발이 떨어질 만하면 한 번씩 그러한 접대를 했는데 지금 담당은 자신이 받은 향응은 그저 가볍게 고개를 숙일 정도의 인사일 뿐이고 더 큰 것을 원하고 있는지도 모른다. 담당은 분명히 간부들에게는 자기보다 더 큰 액수의 돈을 건넸으리라는 추측을 하고 있을 것이 틀림없었다. 담당은 거기에 대한 불만으로 도둑놈들이라는 단어를 쓰고 있는 것이었다.

사실 종태는 기식이가 접대를 하고 난 뒤 면회를 오면 꼭 그 액수와 향응의 정도를 밝혔는데 계급에 따라 향응의 정도가 차이가 나는 것은 당연한 일이었다. 무궁화꽃을 네 개나 어깨에 단 과장에게 담당 정도의 향응으론 통하지가 않았다. 그것은 일정한 액수 같은, 정해진 것은 없었지만 어느 정도의 선에서 해결되는가 하는 문제는 불문율처럼 종태가 알아서 정했고 또한 지시를 했던 것이다.

"담당님, 월급은 얼마나 돼요?"

"공무원이라는 게 그저 굶어죽지 않을 만치 겨우 주는 식이야. 그것 가지고는 제대로 입에 풀칠도 하기 어렵지."

담당은 미간을 찌푸려 가며 오버액션을 취하고 있었다. 공무원 봉급이 약하다는 것은 누구나가 다 아는 사실이었다. 그러나 대충 먹고 살 만큼의 월급은 되지 않을까 하는 생각을 했던 것이다.

"얼만데요."

"15년 근무했는데 겨우 2백만 원 정도야."

"그것밖에 안 돼요."

종태는 믿기지 않은 듯이 물었다. 아무리 공무원의 봉급이 적다고는 하지만 15년이나 근무를 했는데도 그것밖에 되지 않는다는 것은 문제가 있는 것이었다.

"그러니까 남의 돈을 탐낼 만도 하지. 그것 가지고 먹고 살려면 허리띠를 졸라매든가 도둑질을 하는 수밖에 도리가 없지."

"담당님은 집 있어요?"

"아직 전세 살아. 올해 조그마한 서민 아파트라도 들어가려고 공무원 특별분양을 신청해 놨는데 그것도 경쟁이 치열해서 말이야."

"몇 평인데요?"

"20평……."

"그럼, 방이 두 개밖에 안 되겠네요. 너무 좁지 않아요?"

"그래도 할 수 없지. 그거라도 들어가려면 또 돈이 있어야지. 공짜가 있나, 전세를 빼고 직장에서 융자라도 받아야 들어갈 수 있어."

"……."

종태는 담당의 말을 들으면서 주전자의 뚜껑에 뚫린 구멍으로 하얀 김이 새어나오는 것을 보고 있었다. 김은 숨이 찬지 비좁은 구멍으로 뿜어져 나오다가 급기야 뚜껑을 들썩거리게 했는데 힘들게 느껴졌다. 김치가 익는지 맛있는 냄새가 번지기 시작했다. 사방 안에서는 복도에서 풍기는 맛있는 냄새에 군침을 흘리며 흘끗흘끗 창살을 통해 밖을 내다보는 재소자들이 있었다. 종태는 보란 듯이 뚜껑을 열어 플라스틱 스푼을 넣고 휘젓기 시작했다. 그것은 골고루 익히기 위한 동작이었으나 방 안에 있는 다른 재소자들에겐 잔인한 고문이나 마찬가지였다. 재소자들은 그 냄새만 맡아도 신열이 들뜰 만치 뱃속이 쪼르륵

거렸고 입안에 침이 돌았다. 따뜻한 난로 위에서 하얀 김을 내뿜는 주전자를 바라보며 애잔한 눈빛을 보이기 시작했다. 어떤 방에서는 화가 나는지 일부러 창문을 쾅 하고 닫아 버리는 재소자들도 있었다. 그러나 담당이나 종태는 먹을 게 있으면 너희들도 그렇게 해먹으라는 식으로 아예 그쪽으로는 신경도 쓰지 않고 있었다. 그것이 징역의 특권이라면 특권이었고 담당의 특혜라면 특혜에 해당하는 것이었다. 방 안에 갇혀 있는 재소자들은 이미 먹는 것에 대해서는 코가 예민해져 있었고 그다음으로 귀에 예민해져 있었다. 먹는 것과 음담패설이 그들의 최대의 낙이었기 때문이다. 물론 하루라도 빨리 나가야 한다는 의식은 늘상 가지고 있었지만 그러한 것은 자신이 안에서 몸부림을 친다 해서 되는 일이 아니라 밖에서 일을 하는 사람이 얼마나 요령있게, 그리고 돈을 투자를 하느냐에 따른 문제였으므로 안에서는 그저 먹는 것과 음담패설이 없으면 하루라도 견디기 힘든 징역이었다.

소지가 사방 출입구에서 마구 달려오는 모습이 보였다.

"왜?"

종태가 물었다. 담당이 힐끗 소지를 쳐다보았다.

"담당님, 과장이 떴어요. 지금 5동으로 들어갔어요."

소지가 말을 마치자마자 담당은 그 자리에서 일어선 채로,

"각방 순시 준비잇!"

하고 소리쳤다.

그리고 소지는 난로 위의 찌개주전자를 들고 세면장으로 뛰어갔다. 다른 한 소지는 얼른 복도를 다니며 창문을 열어젖히고 있었는데 그것은 과장이 들어오기 전에 찌개를 끓인 냄새를 바람에 날려 보내기 위해서였다. 종태도 얼른 일어나 소지를 도와 복도의 창문을 열었다. 창문을 열자 황소 같은 찬바람이 복도로 몰려들었다.

"담당님, 문 좀 따주세요. 들어갔다가 지나가면 나올게요."

담당이 사방문을 열자 종태는 방 안으로 들어갔다. 밖을 내다보니 복도에서 담당이 서성이는 것이 보였다. 만일 과장이 들어오면 지독한 김치찌개 냄새를 못 맡을 리가 없다. 담당은 자연 긴장이 되는 모양이었다. 그렇다고 소지들더러 웃옷을 벗어 바람이라도 일으켜 김치찌개 냄새를 창밖으로 내보내라고 시킬 수도 없는 노릇이었다. 방에서는 과장이 순시를 들어올 것을 대비해서 관물대의 수건을 똑바로 접어놓거나 책들이 아무렇게나 놓여 있는 것을 간추려서 정돈을 하느라고 우당탕거리고 있었다. 과장이 순시를 하면서 일일이 방을 들여다보았는데 관물대의 수건들이 정리가 되어 있지 않거나 어수선하게 되어 있으면 꼭 그 뒤를 병아리처럼 따르는 계장이나 주임들에게 지적을 하곤 해서 그 간부는 다시 담당에게 지적을 했기 때문에 담당은 그 일로 인해서 두 사람에게서 지적을 받는 꼴이나 마찬가지였기 때문에 일단 지적을 받으면 몹시 기분이 나빴다. 그것도 과장이 지적을 하면 곧바로 그 뒤의 간부가 손짓으로 담당을 불러서 그 지적받은 것을 손가락으로 지적하며 시정하도록 지적을 다시 했는데, 그것은 순전히 말단인 담당의 책임이라는 뜻이었다. 담당은 다사 그 방 사람들에게 "일어섯!"하고 일으켜 세워 방금 지적받은 것을 시정하도록 지시를 하고 있으면 어느새 11방과 12방의 특별 수용자들까지 순시를 마치곤 곧 위층으로 올라가려고 폼을 잡았는데 그러면 담당은 잽싸게 달려가 위층으로 통하는 계단을 마악 올라가려는 과장의 뒤통수에다 대고 "계속 근무하겠습니다"하고 소리를 질러야 했다.

일단 지적을 받고 나면 담당은 괜히 기분이 나빴으므로 과장이 지나가고 난 뒤엔 다시 지적을 받았던 방으로 가서 앉았던 재소자들을 일으켜 세워 "앉아! 일어서! 앉아! 일어서!"하고 기합을 넣거나 "뒤로 취침! 앞으로 취침!"을 시키거나 최소한 잔소리쯤은 해줘야 직성이 풀렸다. 담당이 지적을 받는 것이 싫듯이 담당에게 괜히 기합을 받았던 재소자들도 기분이 나빠져서 다음부터는 조심을 하게 되는 것이었으므로 일부러 그렇게 하는 것이었다. 과장이 다분히 의도적으로 트집을 잡아 지적을 하는 경우도 물론 있었다. 그것은 출소를 하는 재소자한테서나 사방에 있는 재소자를 불러 과장 면담을 하는 과정에서 읽은 사방 내에서의 담당의 부조리를 알고 담당이 스스로 상납을 하도록 일침을 주기 위해서이기도 했다. 담당이 자꾸 지적을 받는다는 것은 일종의 경고였다. 그날 과장의 순시에 따라 나왔던 중간 간부들도 사방 담당이 자꾸 지적을 받는 것을 보면 담당이 무엇을 잘못한 일이 있거나 과장에게 밉보인 결과라고 생각을 했으며, 담당에게 눈빛으로 과장을 한 번이라도 찾아가 보라는 투로 말을 하곤 했다. 그게 중간 간부로서 담당에게 마치 커다란 정보라도 귀띔을 해주는 것처럼 보였다. 사방 담당을 하면서 과장을 자주 찾아가서 손해될 것은 하나도 없었다. 오히려 인사 문제나 여러 가지 측면에서 유리했다. 과장을 몰래 자주 찾아다니는 직원은 인사이동 때도 파격적으로 근무여건이 좋은, 말하자면 개털 사동이 아닌 범털 사동으로 간다든가, 하층 근무가 아닌 상층 근무를 명받는다든가, (상층 근무는 하층 근무에 비해 상대적으로 편했다. 하층은 복도에서나 뒤쪽의 마당에서도 간부들이 순시를 다니면서 비닐창문을 통해 사방 안을 죄다 들여다볼 수 있지만 상층은 이층이라서 복도에서나 바깥에서 전혀 보이지 않았다), 같은 보안과 내라고 하더라도 요시찰 담당을 맡거나 의무과로 근무명을 받으면 모든 게 편했다.

이제 과장은 바로 옆동인 3동을 순시하는지 3동 쪽에서 "차렷, 경례!"하는 소리가 들려왔다. 소지 한 명이 각 사방 안을 들여다보며 혹시라도 과장에게 지적을 받을 만한 것이 있는지 없는지 살펴보고 있었다. 소지가 후닥닥 달아나는 발소리가 들렸다. 아마 과장이 3동을 빠져나와 2동 쪽으로 오는 모양이었다. 소지가 사방 입구에서 밖으로 뻥을 보고 있다가 사방을 살펴보고 있는 소지에게 이쪽으로 오고 있다는 신호를 한 모양이었다.

"각방 점검, 차려엇!"

하는 담당의 우렁찬 목소리가 들렸다. 재소자들은 얼른 가부좌를 한 상태로 주먹을 쥐어 무릎 위에 올려놓았다. 1방에서부터 "차렷, 경례!"라는 봉사원의 목소리가 들리기 시작했다. 오늘은 과장이 천천히 발걸음을 떼어놓는 모양인지 다음방으로 넘어오는 속도가 느리게 느껴졌다. 과장은 5방쯤에 오더니 담당의 의자가 놓여 있는 난로 앞에서 발걸음을 멈추었다.

"담당, 찌개 냄새가 나는 것 같은데……."

과장은 난로만 있고 그 위에 아무것도 보이지 않자 책상의 밑에까지 살피고 있었다. 그렇다고 담당의 서랍까지 열어볼 수는 없었다. 과장의 뒤를 따르던 계장이나 주임들도 전부 그 냄새를 맡았는지 냄새를 풍기는 진원지를 찾고 있는 중이었다. 좀 전에 찌개를 끓였던 것이 창문을 열어놓았는데도 아직 냄새가 가시지 않고 있었다. 담당은 그 옆에 그냥 서 있었고 아무런 대꾸도 없었다.

"사방에서 찌개를 끓인 거 아냐?"

과장이 재차 묻고 있었고 그 뒤의 간부들이 담당에게 무슨 말이라도 하라는 듯이 눈짓을 보내고 있었다.

"소지가 찌개를 끓인 모양입니다."

"……."

과장은 사방 출입구 쪽에 나란히 서 있는 소지들 쪽을 한 번 힐끗 보더니 다시 발길을 옮기기 시작했다. 과장은 5방에서 멈춰 섰다. 종태가 "차렷, 경례"를 하자 고개만 약간 끄덕이고는 그대로 서 있었다. 방 안을 훑어보는 척하더니만,

"차종태, 재판이 언젠가?"

과장은 묻고 있었다. 그것은 이미 돈을 먹었다는 증거였고 그에 대한 일종의 보답이었다. 과장이 아는 척한다는 것은 이미 그 뒤를 따르고 있는 중간 간부들이나 담당에게 차종태는 이미 자신이 돌보고 있는 재소자이므로 다들 알아서 기라는 뜻과도 같았다. 신임 주임들은 애써 기억이라도 해놓겠다는 듯이 방문 위에 조그맣게 붙어있는 방 표시의 아크릴을 올려다보고는 다시 한 번 더 종태의 얼굴을 익혔다.

"2주 됩니다."

"그래? 잘 되겠지? 면회는 누가 오나?"

"집사람이 옵니다."

"……."

과장은 다시 방 안을 훑어보는 척했다. 방 안의 재소자들은

양반 자세로 늠름하게 앉아서 주먹을 쥔 손아귀에 더욱 불끈 힘을 주었다. 과장이 자신들의 방에 관심을 가져 준다는 것과 개인적으로 차종태를 알고 있다는 것에 대해 커다란 자부심을 갖는 듯했다. 그들의 얼굴에 그렇게 씌어 있었다. 입술들은 굳게 다물어져 있었고 어깨에 들어간 힘은 더해졌으면 더해졌지 빠질 것 같지 않았으며 눈알에는 힘이 팽팽히 들어가 있었다. 과장이 씨익 웃었다. 재소자들의 그러한 모습을 보고 기분이 좋아진 모양이었다.

과장은 5방을 지나 11방으로 들어갔다.

11방은 이창희라는 학생이 있었는데 S대 총학생회장으로 민자당사 점거 시위 전단을 뿌린 혐의로 들어와 있었다. 그들은 전국 총학생회장들과 함께 여의도에 있는 민자당을 기습하여 플래카드를 내걸고 몰래 가지고 들어간 전단을 뿌리고, 핸드마이크로 "노태우는 물러가라. 군부독재 물러가라"를 외치다가 긴급출동한 경찰에 붙잡혀 들어온 학생이었다. 그 독방은 원래 난동자나 문제를 일으킨 재소자를 특별 수용하기 위해 만든 것으로 0.95평에 한 사람이 누울 정도의 크기였고 방 안에 대소변을 볼 수 있는 뻥끼통이 있었으며 입구 쪽의 문은 철문이 아니라 한 뼘이나 되는 두꺼운 나무로 된 문이었는데 문제수나 난동자를 가둬도 그들이 발로 문을 차며 행패를 부린다거나 문에 머리를 들이박아도 소리가 밖으로 새어나오지 않도록 되어 있었고 나무속에는 스티로폴을 대어서 아무리 머리를 들이박고 자살을 하려고 해도 머리가 터지거나 깨어지는 법이 없었다. 완전히 밀폐를 해 버려서 그 안에서 고래고래 고함을 지르면서 별지랄을 다 한다고 해도 소리가 밖으로 새어나오지 않도록 특별히 고안을 한 감방이었다.

"이창희는 누가 면회를 오나?"

창희는 얼른 대답을 하지 않는다. 짐짓 일부러 누군가를 알아보려는 듯 문틈에 구멍이 나 있고 쇠창살을 박아놓은 그곳을 통해 과장의 얼굴을 물끄러미 바라보고 있다가 한참만에 대답을 했다.

"예, 애인이 오고 있습니다."

창희는 자신의 대답이 부질없음을 알지만 일단 과장이 물었으므로 대답할 뿐이었다. 과장은 이미 자신에게 오고 있는 편지를 다 뜯어보았을 것이며 면회를 하고 난 뒤 접견기록부에 기록되어 있는 대화내용을 전부 샅샅이 읽어 봤으므로 모든 것을 알고 있으면서 일부러 물어본다는 것을 알고 대답을 했던 것이다. 자신이 시위법 위반으로 들어왔으므로 자신의 일거수일투족이 모두 체크를 당하고 있었고 오늘 무엇을 했다는 것은 낱낱이 보고가 올려지고 있었다. 창희가 오늘 몇 시에 누가 면회를 와서 어떠한 대화를 했으며, 식사는 얼마의 양을 먹었으며, 운동은 몇 시에서 몇 시까지 어느 운동장에서 했으며, 다른 사동에 있는 시위법 위반으로 들어온 학생과는 어떤 밀담을 나눴다는 것까지 전부 기록이 되어 보고되고 있었다. 심지어는 자신이 읽고 있는 책의 이름까지 적혀서 보고되고 있다는 것을 알고 있었다.

"며칠에 한 번씩 오지?"

"자주 옵니다."

창희는 이미 과장이 더 잘 알잖느냐 하는 심정으로 피식 웃었다.

과장은 멋쩍었는지 옆 방으로 갔다.

"김 의원님, 고생이 많죠?"

"예, 그럭저럭 그렇습니다."

김택균 의원은 엎드려서 책을 보다말고 바로 앉았다. 그는 두터운 검은 뿔테의 안경을 벗으며 과장을 쳐다봤다. 과장이 의례적으로 하는 인사치레에 불과하다는 것을 알고 있었다.

"재판은 잘 돼 갑니까?"

"조금 힘들 것 같습니다."

"변호사는 있죠?"

"예."

"식사는 잘 합니까?"

"네."

"……."

과장은 김 의원이 무슨 책을 읽고 있는가 하고 바닥에 놓여 있는 책을 보다가 밖으로 나왔다. 11방과 12방은 특별수였으므로 그저 자신이 책잡히지 않을 정도의 인사와 물음만 하고 지나갔다. 과장은 특히 학생들끼리 서로 통방을 해서 독방에서 구호를 외치고 요구조건을 내걸 때에는 아예 순시를 돌지 않았다. 대신에 사방 담당이 몰래 기록한 그들의 구호 내용을 읽어 보면서 결재만 할 뿐이었다. 그런데 오늘 같은 날은 학생들이 아무 문제를 일으키지 않았으므로 몇 마디 질문이라도 던져 보는 것이었다. 학생들은 구치소 내의 부조리한 문제를 모두 파악하고 있었으며 그러한 문제를 하나씩 해결해 나가려고 단식을 하면서 구호를 외쳤던 것이다.

과장이 2동 상층까지 순시를 마치고 1동 쪽으로 가자 소지는 다시 세면장에 숨겨두었던 주전자를 꺼내왔다. 그리고 담당도 5방문을 열어 종태를 나오도록 했다. 이러한 것을 가리켜 재소자들이나 직원들은 '놓아 먹인다'라고 했으며 담당은 철두철미하게 놓아 먹이는 재소자에게 모든 편의를 제공했다. 가령 종태가 일주일에 한 번밖에 못 가는 이발, 면도를 하러 가고 싶다고 하면 이발, 면도를 하러 보냈고, 의무과엘 가고 싶다고 하면 지나가는 직원에게 따라 붙여서 의무과로 데려가게 해줬다. 그리고 방에 들어가야겠다고 스스로 말을 할 때까지 난로 주위나 복도에서 돌아다니며 놀게 해주었는데 그러면 종태는 자신의 방이 아닌 다른 사방 앞에 가서 그 방과 농담을 하거나 소지들과 세면장에 가서 무엇을 먹거나 했다.

그래도 그는 아무런 제약을 받지 않았다.

“소지, 다 안 끓었어?”

“다 끓은 것 같은데, 좀 더 끓이면 맛이 더 있을 것 같아서요.”

소지는 다시 난로 위에 올리고 있었다.

“담당님, 한 그릇 드실래요.”

소지가 묻자 담당은 보던 책을 책상 위에 올려놓았다.

“얼큰하겠는데…… 출출한데 세면장에다 한 그릇 갖다 놔.”

“알았어요.”

소지는 대답하고는 5방으로 가서 담당이 마실 것을 내놓으라고 말을 하고 있었다. 그러자 5방에서는 단지 마실 것만 내놓는 게 아니라 담당이 출출하다는 것을 알고 오징어며 치킨, 우루사 등, 먹을 것을 잔뜩 내놓았다. 그 속에는 소지들의 몫도 물론 들어 있었다. 소지들은 일단 그것을 받아다가 담당이 무얼 좋아하고 무얼 잘 먹는지 가려서 나머지들은 자신들이 먹고 담당 몫은 따로 그릇에 담아 놓았다. 그리고 주전자를 들고 세면장으로 갔다. 종태가 어슬렁거리며 뒤를 따라갔다.

징역 안에서도 일단 돈이 있어야 잘 돌아간다. 방이 잘 돌아간다는 말은 그 방에 있는 재소자들에게 모두 면회를 오는 사람들이 있고 면회 와서 먹을 것과 입을 것 등을 넣어 주며 안에서 필요할 때 쓰라고 영치해 주는 돈이 많은 방을 일컬어 하는 말이었다. 그와 정반대로 면회도 오지 않고 돈이 없는 사람을 가리켜 소위 '법자(法子)'라고 불렀다. 이 법자라는 말은 아무것도 없어서 그저 관에서 주는 밥만 축내는 사람을 뜻하는 말로서 결국 법무부 자식이라는 말이었다. 이와 비슷한 말로 또 '범털'이라는 말과 '개털'이라는 말도 있었는데 돈이 많고 잘 나가는 이를 '범털'이라고 불렀으며, 아무것도 없는 깡통인 재소자를 가리켜서 '개털'이라고 불렀다.

이러한 용어는 여사에 있는 여자들도 공히 쓰는 말이었다. 대개 재소자들이 먹을 것과 입을 것, 영양제나 사식을 사먹는 것은 두 가지의 방법이 있는데 첫째는 가족이나 친구들이 면회를 와서 면회를 마친 다음에 사서 넣어 주기도 하고 밖에서 사 넣기도 하며, 또는 따로 안에서 돈으로 쓸 수 있도록 영치금을 넣어 주었는데 밖에서 돈을 넣으면 그 돈은 재소자 개인이 소지하고 있는 영치금 카드라는 게 있어서 그 카드에 등재가 되면서 현금화가 되는 것이었다. 그러면 재소자들은 항상 가지고 있다가 자신이 필요한 것을 구매하면서 그 카드에서 그 금액만큼 돈을 공제하면서 물품을 구입할 수 있게 되어 있었다. 하루에 한 번씩 구매 신청을 받는 직원이 사방에 나타나면 그 담당에게 카드를 내밀고 물품을 구입하는데 혼자 구매를 한다는 것은 거의 있을 수 없었고 그 방 사람들의 카드를 몽땅 걷어서 일괄적으로 구매를 하는 것이 보통이었다. 그러니 자연 헤픈 방은 하루에도 몇 번씩이나 카드를 걷어 물건을 샀으므로 돈을 많이 쓰게 되는 경우가 많았다.

그리고 돈이 많은 사람은 아무래도 대우를 받았고 한 번이라도 더 물건을 샀으며 반면에 돈이 없는 사람은 그것을 얻어먹으면서 돈이 많은 사람의 빨랫감을 빨아준다거나 하는 것, 다시 말해 몸으로 때우거나 빌붙어 사는 경우가 많았다. 징역 안에서도 부자와 가난한 자가 분명히 드러나고 있었다. 그것은 자본주의 국가에서 어쩔 수 없는 일이었다. 원래의 취지대로라면 징역 안에서만큼은 그러한 빈부의 격차가 없어야 하는데도 불구하고 변호사를 사서 재판을 받는 일에서부터 징역을 편하게 사는 데에까지 돈이란 것이 알게 모르게 막대한 힘으로 작용하고 있었다. 만일 수억 원의 돈을 주기로 마음만 먹는다면 탈옥을 도와줄 직원도 포섭할 수가 있을 것이다. 그 안에서는 돈이라면 안 되는 일이 없었다. 단지 여자만 빼고는.

돈-돈-돈

술도 담배도 가능했다. 그리고 탈옥하기로 마음만 먹는다면,

돈만 많이 제시하면 누군가가 도와줄 이가 나타나게 마련이었다. 같은 방에 있는 재소자는 물론이요 직원도 포섭할 수 있었다. 그러나 모든 게 다 되어도 여자만큼은 불가능했다. 그래서 교도소 안에서는 남자들끼리, 또는 여자들끼리 하는 계간(鷄姦)이라는 것이 생겨났는지도 모른다.

그리고 돈은 바로 출소라는 말과도 밀접한 관계에 있었다.

변호사에게 일이천만 원의 선임료를 건네고 변호사는 다시 판사에게 얼마의 돈이 건너갈 것이므로 돈의 액수가 크면 클수록 나갈 확률은 높았다. 형(形)을 낮추는 일은 더욱 쉬웠다. 변호사는 판사와 손발이 잘 맞아야 재소자들에게 인기가 높았고 수임료의 단가도 올라가게 되어 있었다. 돈이란 것은 아마도 지옥에까지라도 따라다니며 위력을 과시할 정도로 끈질긴 것이리라.

사람의 생명과 직결되는 것이 어디 한두 번인가. 이곳에 들어와 있는 이들은 역시 거의가 돈 때문에 들어왔고 그 다음이 개인적인 자잘한 문제 때문에 들어왔다고 해도 지나친 말이 아니다. 일단 사건이 일어나면 중간중간 단계를 거치면서 역시 돈이 필요했다. 사건 초기 때의 합의는 물론이요, 그 다음으로 경찰서에서도 돈이 필요했으며, 구치소에서는 더욱 돈이 절실한 지경이었다.

남자가 돈이 없으면 바깥에 있는 부인들도 훌훌 떠나버리는 예가 적지 않았다. 이때까지 남편에게 얽매여 살아오다가 남편이 징역을 가고 나면 여자들은 비로소 사회에 대해 눈을 뜨기 시작했으며 생계를 유지하기 위해서는 어쩔 수 없이 밖에 나가 일을 해야만 했다. 그러나 여자들이 할 수 있는 일이란 식당이나 술집 일이 많아서 그만큼 남자들의 유혹도 만만찮은 것이었다. 정조란 이제 낡아빠진 옛날이야기처럼 취급되어지는 시대이고 여자들은 자신이 고생한 것만 생각하면 남편이 구치소에 갇혀 있을 때야말로 법적으로 이혼을 할 수 있는 절호의 기회임을 깨닫기 시작한다. 평생 지지리도 못난 남편에 얽매여 살기보다는 지금이라도 벗어나고픈 욕망이 앞서는 것이다. 그러나 이미 바깥에 있을 때 먹을 것을 많이 준비해 두고 들어온 이들은 비록 남자가 징역 안에 있다 할지라도 여자가 절대 떠나지 않았다. 여자들은 돈 때문에 남자의 뒷바라지를 하고 면회를 다니는 것이었다. 그래서 돈이란 없어서는 안 될 필요악인지도 몰랐다.

종태와 소지들이 세면장에서 끓인 찌개를 그릇에 덜어 시식을 하고 있을 때 담당이 들어왔다. 이미 그곳에는 두 명의 소지와 종태가 있었다.

"야, 소지 한 명은 밖에서 망 좀 봐. 나도 좀 먹게."

"그래, 작은 소지가 망 좀 봐. 담당님도 출출하시니까."

종태가 맞장구를 쳤다. 담당은 소지가 새로 담아준 찌개를 먹었다. 사람들은 음식을 먹을 때 더욱 친근해지는 것인지 모른다.

"담당님, 찌개가 너무 얼큰한 게 좋은데요."

"그래, 너한테만 해주는 거야."

"알았어요, 담당님이 얘길 안 해도 다아 압니다. 우리들이야 뭐 의리 빼면 시체 아닙니까."

"말로만?"

담당은 지금 종태를 비꼬고 있다. 종태는 순간 그러한 것을 느꼈다. 가만 있자, 동생들이 담당을 대접한 지가 언제지? 종태는 국물을 떠먹으면서 그러한 생각을 하고 있었다. 벌써 약발이 떨어졌다는 얘기다. 다음에 기식이가 오면 다시 약을 치라고 지시를 해야겠다고 생각했다. 종태가 힐끗 담당을 보자 담당은 태연한 척하고 있었다.

"담당니임, 언제 한 번 마누라 집으로 놀러 가시죠?"

종태가 슬쩍 떠 본다. 담당은 찌개 안에 들어 있던 퉁퉁 불은 오징어를 꺼내 입에 넣고 있다.

"그래 볼까? 요즘은 통 술을 안 마셨어."

"한 번 가보세요. 내가 이야기를 해 놓을게요. 술이 먹고 싶으시면 언제든지 말씀만 하십쇼. 술이야 뭐 돈이 얼마나 되겠습니까?"

"알았어."

담당은 혹시 누가 순시나 오지 않는가 해서 얼른 밖으로 나갔다. 불과 찌개 한 그릇을 먹는 시간은 고작해야 십 분이었다. 담당이 나가고 나자 망을 보던 작은 소지가 얼른 들어왔다. 그도 담당이 밖으로 나오기를 얼마나 바랐는지 모른다. 그의 허둥대는 폼으로 봐서 알 수 있었다. 소지들이야 세면장에서 음식을 먹다 들켜도 별로 문책 사유가 되지 않았다. 평소에 담당들이나 주임들에게 오징어며 영양제를 음료수와 함께 상납했기 때문에 설사 본다고 해도 그냥 넘어가는 수가 많았다.

"소지, 요즘 좀 이상한 거 없어?"

"……."

소지들은 찌개를 퍼먹는 데에 온 신경을 집중시키고 있었으므로 종태의 질문에 대해 대답도 않은 채 귀로만 듣고 있고 먹는 동작만 계속하고 있었다. 그리고 그 말뜻이 조금은 애매했기 때문이다.

"요즘 특별한 기미가 없냐 말이야."

모든 구치소의 정보는 소지들이 제일 빨랐다. 소지들은 저녁을 먹고 나면 사방 사람들이 식기를 세척하느라 어질러놓은 세면장을 청소하고 나서 데리러 온 담당을 따라 출역수들만 따로 모여 자는 기결수 방으로 돌아가는데 거기에는 각 분야에서 출역을 하던 기결수들이 다 모여 있었으므로 담당들이 서로 애기를 나누는 대화중에서 쉽게 감을 잡을 수 있었다. 그리고 가장 확실한 정보는 보안과 사무실을 청소하고 간부들의 구두를 닦는 보안과 소지들과 직원이발소에 출역하는 직리반 출역수들이었다. 그들은 심지어 직원이나 간부들의 옷에서도 담배를 빼내어 왔다. 한 갑의 담배에서 한두 개비의 담배를 빼내는 것은 표도 나지 않았다.

9동 상층에 함께 모여 잠을 자는 그들은 밤만 되면 낮에 일어났던 얘기들로 하루를 마감했고 웃음꽃을 피웠다. 징역이라는 곳이 원래 입담이 세고 거칠어서 음담패설을 얼마나 잘 하느냐에 따라서 징역에서 잘 나간다는 말을 듣기도 하는 거였다. 그것은 이야기로 좌중을 웃기는 사람이 말발이 세다는 말이었다. 그랬으므로 보안과의 중요한 사건이라든가 극비 사항이라도 보안과 소지들이 알 수도 있었다. 보안과 소지를 담당하고 있는 담당 직원이 보안과 소지들이 혹시라도 잘못을 저지르지나 않을까 하여 미리 교육을 시키는 때도 있었는데 소지들은 그러한 말을 들으면서 미리 짐작을 했던 것이고 미루어서 알 수 있는 일들이 많았다. 담당들이야 별로 대수롭지 않게 말들을 했겠지만 소지들은 그 말을 전부 외우다시피 해서 분위기를 파악하고 있었다. 보안과 소지들은 매일 아침 점검을 받는 직원들의 관복과 구두를 손질해 주고 사무실과 직원 휴게실을 청소했으며, 보안과 간부들의 구두를 가져와서 닦았다. 직원들은 수시로 보안과 소지들이 직원 관복의 다림질과 구두닦이를 하고 있는 지하실로 내려와 옷이 다 다려질 때까지 담배를 피우거나 잡담을 나누다 돌아갔으며 구두를 닦는 동안 구두통 위에 발을 내밀고 소지들과 농담을 했던 것이다. 직원들의 관복을 빨고 다리는 일을 하다 보면 간혹 어느 얼빠진 직원의 것에서 피우다만 담배가 갑째로 튀어나오곤 했는데 그럴 때엔 소지들이 횡재를 하는 날이었다. 만일 나중에 담당이 알았다고 하더라도 절대 소지들을 족칠 수 없었는데 소지들을 추궁했다가 그 소문이 과장이나 간부의 귀에 들어가면 징계 사유가 되기 때문에 선불리 이야기도 꺼내지 못하고 그저 모른 채 넘어가는 수밖엔 별 도리가 없었다. 정 찾아내려면 소지를 담당하고 있는 같은 직원에게 그러한 사실을 알리고 그 담당이 직접 소지들을 조인다면 가능하겠으나 자신의 실수로 직원에게 약점을 보이기가 싫어 대개는 그냥 넘어가는 수가 많았다. 그러한 약점을 이용하는 것이 또한 보안과 소지들이었다. 어쩌면 보안과 소지와 통하는 직원이 일부러 옷을 맡기는 척하면서 담배를 넣어둘 수도 있었다. 나중에 발각이 되더라도 담당의 실수라고 우긴다면 직원이나 소지 둘 다 가볍게 처리될 수가 있었기 때문이다. 고의가 아닌 이상 직원은 가벼운 징계인 견책이나 경고쯤으로 그칠 수 있다. 소지야 물론 직원이 아닌 까닭에다 일단 담배를 피웠다는 행위에 대해 징벌이 떨어질 건 분명한 일일 것이다. 소지들은 나름대로 유리한 해택을 최대한 살리면서 교묘하게 징역을 살고 있었다.

직원인 담당들을 구슬리는 건 쉬웠다. 그들도 어차피 박봉에 시달리고 있는 실정이었으므로 돈이면 해결이 되는 것이었다. 사소한 것들은 먹을 것과 각종 영양제로 인사치레를 할 수 있다. 소지는 찌개를 먹다 말고 입에서 찌개가 튀어나올 정도로 웃고 있었다. 한 놈이 아니고 두 놈 다 웃어젖히고 있었다.

"왜 그래?"

"아, 글쎄 형님. 여사에서 또라이가 하나 잡혀 나왔는데 얼마나 웃겼는 줄 알아요?"

소지는 얼굴에 웃음을 가득 담고 있었다. 재밌다는 투였다.

"얼마나 또라인지 남자만 보면 옷을 벗지 뭐예요. 처음에는 그것도 모르고 그 계집이 하도 윤 주임을 면담하게 해달라고 졸라서 여자 담당님이 데리고 왔는데, 그 윤 주임이라는 사람이 왜 곱상하게 생겼잖아요? 그런데 그 개비는 윤 주임을 보자마자 실실 웃더니 갑자기 옷을 벗어 버리더라는 거예요. 아마 속으로 짝사랑을 했던 모양인가 봐요. 보안과 소지들이 마침 청소를 하러 들어가 있다가 그걸 봤는데 홀라당 옷을 벗어 버리자 전 직원들이 깜짝 놀랐대나 봐요. 그래서 부랴부랴 소지들을 지하실로 쫓아 버리고 옷을 입히려고 해도 여직원이 있어야죠. 그 여직원 담당님은 일단 윤 주임에게 그 개비를 데려다 주고는 여사로 갔던 모양이에요. 그래서 보안과에서 인터폰으로 여직원을 빨리 오라고 해서 옷을 입혔는데 이미 볼 건 다 봤는 모양입디다."

"야아, 그래? 그것 참 좋은 구경거리였겠네?"

"그날 보안과로 청소를 하러 올라갔던 소지들이 횡재를 했죠. 얼굴이 하얗고 예뻤는데 정신이 살짝 갔다나요. 이야기를 들으니까 남편이 하도 바람을 피워서 남편이 자는 틈에 칼로 배를 찔렀다나 봐요. 아마 그때부터 정신이 이상해져 버린 것 같아요. 나중에 들은 얘긴데 여사에서는 또라이로 이미 내놨다고 하던데요. 재판정에 나가서 판사한테 오빠라고 해서 얼마나 웃겼는지 모른대요. 담당 여직원이 막 그 개비의 입을 막고 야단법석을 떨었는데 나중에는 판사도 그 여자가 또라이인 줄 알고 그냥 두라고 해서 재판을 받았대요. 아마 정상 참작이 돼서 청주에 있는 치료 감호소로 보낼 거라는 말이 있더군요. 보안과 소지들은 그런 낙이라도 있으니까 담당들의 빨래도 하고 구두를 닦고 있죠."

"야, 그거 불쌍하다아."

종태는 오징어를 질근거리고 있었다.

"그럼요, 그런 까이는 우리 남사(男捨)에다 집어넣어 주면 눈알이 확 돌아갈 정도로 눌러줄 건데."

"그럼, 견디것냐? 한두 놈이래야지."

"아, 그러니까, 그런 것도 있어야 교정 교화가 제대로 되는 거 아닙니까? 맨날 가둬만 놓으니 이거 답답해서 미치는 거라구요."

"그래, 여자도 들어올 수만 있다면 얼마나 좋겠냐? 면회를 할 때 유리로 확 막아놓지 말고 좀 터놓기도 하고 담당의 입회 없이 그것도 할 수 있도록 했으면 을매나 좋겠냐."

종태가 맞장구를 쳐대자 소지는 슬슬 입심이 걸어지기 시작했다. 먹을 것을 다 먹었으니 별로 할 일도 없는 터라 자연히 음담패설로 이어지고 있었다.

"씨팔, 좆이 탱탱 불어 매일 아침마다 뼁끼통을 들여다보면 허연 법무부 자식들이 부모없이 버려져 있거들랑요. 한두 놈이 쏜 것도 아니고 쏠려면 똑바로 쏴야지 옆에다 쏴 놔서 그걸 치우려면 구역질이 다 나요. 뭐 먹는 것도 별로 없는 것들이 맨날 딸따리나 쳐대니 삭는 거죠 뭐."

소지는 종태를 보며 부끄러운지 얼굴을 붉혔다. 소지도 그런 짓을 하는 모양이었다. 안 그렇다면 괜히 얼굴을 붉힐 이유가 없었다.

"넌 몇 번이나 하냐?"

"에이, 형님도……."

"어쭈, 너 속일래? 남자는 다 그런 거야, 임마."

종태는 주먹으로 쥐어박을 듯이 소지의 머리 위로 손을 올렸다. 소지가 조금 물러섰다.

"전 일주일에 두 번밖에 안 해요. 그건 정상이죠 뭐."

"흐흠, 그럼 그렇지. 징역 들어오면 다아 하는 거야. 뭐가 부끄럽냐? 그리고 뭐 딴 이야기는 없냐?"

"……."

소지는 잠깐 생각하는 듯이 심각한 표정을 지었다.

"요즘 보안과 소지 하나가 직원 식당에서 일하는, 간통으로 들어온 년한테 푹 빠진 거 같아요. 말들을 들으니까 그년은 이제 나이가 스물아홉밖에 되지 않았는데 얼굴도 별로인 것이 굉장히 밝히는가 봐요. 공범이 7동에 있는데 택시 운전수라나 봐요. 그런데 그 계집년의 남편은 대학을 나와 증권회사에 근무를 하고 있다는데 그게 영 신통찮았는지 둘이 붙었다가 들어왔대요. 여자는 돈이 끝내주게 많은가 봐요. 처음에는 택시를 타고 가면서 주부처럼 보여서 이런저런 얘기를 나눴다는데 여자가 은근히 적극적이더라나요. 그래서 남자도 밑질 게 없다는 식으로 좀 더 뜨끈하게 되받았고 그랬더니 여자도 응수를 하더라나요. 그래서 처음에는 별 볼일 없는 여자로 알고 한 번쯤 빨아먹고 버릴 생각으로 다음에 한 번 만나자고 약속을 했는데 정말 나왔드래요. 그래서 간단하게 술 한 잔 하고 놀다가 여관에서 죽여주었답니다. 그랬더니 나중엔 그년이 먼저 설치더라는 겁니다. 남자 놈은 택시운전수라 하루는 근무하고 하루는 쉬었으므로 쉬는 날만 골라 놀러 다녔는데 나중에 알고보니 남편은 증권회사 과장이고 여자는 시장 바닥에서 사채놀이를 하고 있더라나요. 하루에 들어오는 돈만 해도 엄청났다는 거예요. 그 년이 놀러 다니기에 불편하다면서 차를 한 대 사줬는데 중형으로 하나 뽑으면서 차에다 카폰까지 달아줬다는 거예요. 완존히 미친년이죠. 근무하는 날은 삐삐로 연락을 받고 쉬는 날은 카폰으로 연락을 했다는 거예요. 눈썹에 문신까지 했고 그런대로 젊고 싱싱하다는데 보안과 소지 그놈은 여기서 거기에다 해바라기 포경 수술을 하고 거기에다 다마까지 박고 벼르고 있다는 겁니다아. 젊고 돈이 많다니까 어떻게 한 번 물면 팔자를 고치려고 그런가본데 공범이 7동에 있거든요? 7동 소지하고는 나하고 저번에 같은 사동에서 일했기 때문에 잘 알고 있죠. 소지의 말로는 그 여자의 공범도 교통사고로 몇 번 들락거린 적이 있는 친구래요. 그놈도 징역 안에서 수술을 했는데 거기에 다마를 박았다는 겁니다. 그러니 여자가 안 그러겠어요? 소지의 말을 들어보니 그년은 얼마나 색을 밝히던지 하룻밤에 두 번은 해야 잠이 든다는 거예요. 그리고 무신 여자가 힘이 그리 센지 흥분해서 절정에 오르면 남자를 끌어안는데 허리가 뿌러질 것처럼 꽈악 껴안는대요. 그놈은 그래도 팔자를 좀 고쳤는가 봐요. 한 번씩 하고 나면 보약 값이다, 옷값이다 하고 몇 십만 원씩 넣어줬다는 겁니다. 거기다 차하고 카폰 값만 해도 1,500만 원은 나가죠. 그리고 돈을 또 빌려준 게 있다는 거예요. 그래서인지 몰라도 7동에 있는 그놈의 마누라는 그걸 알아도 못 본 체 그냥 있는다는 겁니다. 요즘도 그냥 면회를 다니는데 남편이 돈만 많이 벌어오니까 눈감아 주는 모양입디다."

"합의는 안 되는 모양이지?"

"그년 알고보니 지독한 년이더라구요. 아, 글쎄 처음에는 남편이 직장도 그렇고 남들 보기에도 창피해서, 집어넣기는 넣었지만 아이들도 있고, 그래도 조강지처라고 마음만 돌리면 데리고 살려고 면회를 왔는데 여자는 살고 나가겠다고 버틴다는 거예요. 남자가 얼마나 시원찮았으면 그랬는진 모르지만 그년도 씹밖에 모르는 년이더라구요. 나 참, 7동에 있는 그놈은 잘하면 둘 다 데리고 살 팔잔가 봐요. 그런데 보안과 소지가 그걸 알고 직원 식당에 출역을 하고 있는 그년에게 접근을 하려고 애를 쓴다는데 보안과 소지들이야 사무실이나 직원 휴게실의 보리차물을 가지러 수시로 직원 식당으로 갈 수가 있죠. 가끔 여자 담당 몰래 주전자를 주고받으면서 손이라도 잡는 모양입디다만."

"그럴 수 있지. 편지도 전할 수 있을걸?"

"편지를 쓴다고 낑낑거리는 모습을 봤죠. 맨날 저녁마다 만능노트에다 편지를 쓴다곤 엎드려 있는 것을 봤으니까요."

"여자는 말야, 한 번 빠지면 헤어날 줄을 몰라. 물총들이 얼마나 공을 들여 봉사를 해주는데 미치지 않겠어? 소지, 너도 일찌감치 이런 델 안 들어오려면 돈 많은 과부나 하나 꽉 물어서 열심히 봉사를 해. 그러면 일생을 편하게 살 수 있어."

"형님, 그게 어디 쉽습니까? 저야 눈을 닦고 살펴봐도 눈 삔 까이가 하나도 없던데요? 지지리도 복도 없는 모양입니다."

"야, 그럼 그게 쉽냐? 열심히 찾아야지. 그리고 그런 걸 꼬시려면 일단 투자도 좀 해야 돼. 그럴듯하게 차려입고 나같이 틀도 잡혀 있어야 하는 거야. 뭐 아무렇게나 막 잡히는 줄 알어?"

"맞습니다, 형님. 저 나가면 형님한테 한 번 찾아갈게요. 모른 척하지 마십쇼."

종태는 웃었다. 소지도 따라 웃고 있었다. 그만큼 친밀감이 생겼다는 의미였다.

"그럼, 내가 누구냐. 정 갈 데가 없으면 내 밑으로 들어와도 돼구."

"아이구, 형님. 정말 고맙습니다. 형님이 나갈 때까지 이 사동에서만 소지를 했으면 좋겠어요."

"알았어, 내가 담당한테 한 번 이야기를 해볼게. 그리고 너, 5동에 가서 소지가 주는 거 있으면 좀 갖다주라."

"알았어요, 오늘 저녁에 방으로 들어가서 내일 달라고 할게요."

소지는 마치 종태에게 충성을 다하려는 듯 굽실거렸다. 그것은 당연했다. 소지들은 방에서 먹을 것만 내줘도 일단 좋아하며 머리를 굽신거렸다. 일종의 습관 같은 거였다.

"저번에 담당님한테 근무교대를 온 신참이 하나 있거든. 그런데 내가 조금 놀리느라고 여기 들어오기 전에 산에다 금괴하고 달러를 숨겨둔 게 있다고 약도를 가르쳐 주면서 찾아서 반반씩 나누자고 꼬셨는데 여엉 소식이 없네, 하하하."

종태는 우스운 듯 입을 크게 벌리고 웃었다.

"형님, 그러다가 그 직원이 진짜 가보고와서 뭐라고 하면 어떻게 하려구요?"

"걱정 마, 갔다고 하더라도 나중에 속은 것을 알면 창피해서 이야기를 못하지. 그리고 나중에 내가 괜히 담당님을 좀 놀리느라고 농담을 했다고 하면 어떻게 하겠어? 보안과장한테 일러바치겠어? 창피하게스리. 며칠이 지나도 안 오는 것을 보니 속은 것을 안 모양이야. 오면 내가 미안하다고 하고 내 마누라가 하는 술집에나 한 번 들르라고 말하려고 했더니 안 오네. 담당도 잘 사귀어 놓으면 다 필요한 거야. 신참이니까 너무 순진하게 보여서 농담 좀 한 거야, 하하."

소지도 따라 웃었다. 이제 슬슬 배식 시간이 다 된 모양인지 복도에서 리어카 구르는 소리들과 찬통의 뚜껑을 내팽개치는 소리들이 우당탕 하고 들려왔다. 조용하던 하루도 밥 때가 되면 더욱 요란스러워진다. 취장에서 밥과 반찬을 실은 그릇을 리어카로부터 내리는 소리, 질질 그릇을 끄는 소리들과 시멘트 바닥에 양은그릇들이 부딪히면서 요란한 소리를 내는 것이었다. 귀가 멍멍할 지경이었다. 밥 때가 될 때마다 구치소 안은 마치 전쟁을 치르는 것처럼 난장판이 되었다.

취장에 출역하고 있는 출역수들 여러 명이 일단 밥을 실은 리어카를 끌고 먼저 나갔고 밥이 든 식판을 내리는 동안 다시 국을 실은 리어카가 여러 대 나갔으며 마지막으로 무침이나 찌개를 실은 반찬조의 리어카가 나갔는데 ㄷ자로 된 복도에서 밥과 반찬을 내리는 알루미늄으로 된 그릇들이 내는 소리는 그야말로 소음이었다. 출역수들은 식관이 우그러지도록 마구 아무렇게나 바닥에 내려놓거나 쏟아지지 않는 것은 거의 던지다시피 했다. 3,000명분에 해당되는 밥과 반찬이었고 리어카가 열다섯 대나 동원되는 조그마한 전쟁이라면 전쟁이었다. 출역수들은 그저 몸으로 때우다가 나가면 그만이라는 식으로 관의 물건이나 집기에 대해 신경을 쓰지 않았는데 알루미늄으로 된 커다란 통은 전부 찌그러져 있거나 손잡이가 떨어져 나간 것이 적지 않았다. 밥을 하거나 반찬을 만드는 일도 얼마나 무식하게 했던지 감자나 무의 때를 벗기려면 웬만한 방만한 크기의 통에다 몇 가마니씩이나 쏟아붓고 허벅지까지 오는 고무장화를 신고 들어가 마구 뛰면서 밟았으며 껍질은 대충대충 벗기는 둥 마는 둥 겉지나간 것이 많았다.

김장을 할 때도 커다란 칼로 볏짚단을 자르듯이 뭉텅뭉텅 잘라서 큰 통 안에 넣으면 소금을 가마니째로 쏟아부었고 쇠스랑을 갖고 장화를 신고 들어가 뒤적거렸는데 그 모습은 우악스럽기까지 했다. 모든 게 3,000명의 분량으로 해야 하기 때문에 꼼꼼히 다듬거나 벗기는 것이 아닌, 웬만하면 그냥 먹어라 하는 식이었고 또 그걸 먹고 병이 나거나 배탈을 일으키는 재소자도 없었다. 밥을 푸는 것은 삽이었는데 급하면 잔밥으로 막힌 하수구를 퍼내다가 다시 씻어서 밥을 푸는 식이었다. 시금치 같은 것은 아예 다듬질 않고 그대로 물에 담갔다가 꺼내 커다란 솥에 넣었다. 누렇게 뜬 잎이나 썩어 문드러진 잎이 있어도 어쩔 수가 없었다. 팍팍 삶고 끓이고 나면 병균이고 잡균이고 모두 죽어 버릴 거라는 듯이 그저 위생과는 거리가 멀어도 한참 멀었다. 그리고 돼지고기가 들어오는 날은 한 마리씩 들어왔는데 30여 명이 둘러앉아 먹어치우는 것이 거의 절반이나 되었으므로 실제로 재소자들에게 돌아가는 고기는 알사탕만한 고기 두 점이 고작이었다. 그리고 삥땅은 어디에나 있었다.

취장이라고 예외일 수는 없었다. 취장은 우선 인원수가 많았고 칼 등 연장이 많았기 때문에 그만큼 규율도 엄했다. 취장반장은 잘못하는 출역수에게 전 인원이 지켜보는 가운데서 구타를 했고 그러한 것은 일벌백계의 전시용으로서는 너무 혹독했다. 그들은 꼭 하루의 일과가 끝나고 폐방나팔이 불기 전에 마당에 모여서 담당의 점검이 끝나고 나면 담당이 뒤편에서 지켜보는 가운데 반장이 그 의식을 거행했는데, 빠져서 못 쓰게 된 삽자루나 물을 끌어다 쓰기 위해 쓰던 팔뚝만한 고무호스를 잘라 매질을 할 때 사용하곤 했는데 뒷골목에서 힘깨나 쓰던 장정이 내리치는 그것은 바람을 자를 듯이 휘익 하고 소리를 내며 엉덩이 부분에 내리쳐졌다. 보통 열 대, 스무 대를 내리쳤는데 즉결처분 같은 응징의 매질이라선지 보는 사람들로 하여금 속이 뜨끔할 정도로 잔혹했다. 그러나 담당이 말리지 않는 이유는 반장의 위신을 세워주고 엄격한 규율을 위해 스스로 자치적인 징벌을 묵인해 주고 있었기 때문이었다. 그리고 취장에 있는 재소자들은 담배를 제일 많이 하는 것으로도 유명했다. 그들은 새벽에 일찍 조출을 나와 일을 하는 고단함도 있었지만 무엇보다 담배를 할 수 있다는 즐거움이 있었기 때문에 순간의 괴로움도 참는지 몰랐다.

밖이 캄캄한 꼭두새벽에 눈을 비비며 끌려나와 밥을 지으면서 커다란 밥공장이 온통 새하얀 스팀으로 꽉 차 있어서 바로 앞의 사람도 보이지 않을 정도의 짙은 안개 속에서 담당이 일일이 담배를 피우는 놈을 가려내기란 쉽지가 않았다. 그리고 그들끼리는 서로 통하는 것이 있어서 담당이 그쪽으로 가면 이쪽에 있는 놈이 그쪽에 있는 놈의 이름을 괜히 불러대며 조심하라는 신호를 보내는 것이었다. 그러므로 담당이 그쪽으로 갔을 때에는 이미 태연하게 일을 하고 있는 경우가 많았다. 결국 재소자들은 재소자들끼리 통하는 무엇이 있었고 아무리 직원에게 잘 보이려고 겉으로는 갖은 아양을 떨지만 뒤로는 자신들의 실속을 챙기는 것이 재소자들이었다.

재소자들이 사고를 쳐서 시말서를 쓰게 될까봐 겉으로는 위해주는 척하지만 감시의 눈길을 돌리지 않는 담당들처럼 재소자들도 그들 나름대로 담당에게 잘 보여서 행형 성적이라도 잘 받아 하루라도 빨리 가출옥을 먹어 보려고 애를 썼지만 실상 뒤로는 갖은 부정을 다 벌였다. 오늘은 고기가 나오는 날이다. 벌써 구수한 고깃국물 냄새가 입 안에 침을 돌게 만들었다. 종태는 아직 방으로 들어가지 않고 소지들이 밥을 내리고 반찬을 내리는 것을 바라보고 있는 중이었다. 다른 날 같으면 배식이 뜨면 방으로 스스로 들어갔지만 오늘은 그렇지 않았다. 소지들이 낑낑거리며 무거운 국통을 드는 것도 도와주지 않고 그 옆에 서서 지켜보고만 있었다. 담당은 소지들이 모든 배식 준비를 완료해 놓고 불러야만 겨우 일어설 참이었다. 소지가 먼저 국통에서 국자를 휘저어서 고기 건데기를 한 바가지나 건져 내었다. 고기는 알맞게 익어 기름지게 번들거리고 있었다. 방에서는 벌써 냄새를 맡았는지 창밖으로 고개를 내밀고 밖을 내다보려고 애를 쓰고 있는 것이 보였다. 그러나 창살이 가로 막혀 있어 완전히 밖을 내다보지는 못하고 그저 비스듬하게 바라보는 꼴이었다. 소지는 얼른 집필실로 고기를 담은 바가지를 들고 들어갔다. 종태와 소지는 허겁지겁 고깃덩어리를 입에다 집어넣었다. 입에서 살살 녹는 것 같았다. 별로 씹을 것도 없었다. 스팀에 오래도록 삶은 고기라 질기지 않았으며 국물이 묻은 고기는 적당히 간이 배어 있었다. 소지들과 종태는 어느 정도 배가 부르자 담당 것만 따로 그릇에 남겨두고 배식에 들어갔다.

담당은 앞에서 걸어가면서 문을 열어주었을 뿐이고 다음 방에서 기다리고 있는 동안 소지 둘이서 밥과 반찬을 배식하고서 문을 닫았다. 밥을 퍼주는 소지는 밥만을 펐고 반찬을 맡은 소지는 오늘 칼자루를 쥔 거나 다름없이 평소에 잘하는 방에는 아래에 가라앉아 있는 고기 건더기를 건져주었으며 그 반대인 방에는 위의 국물만 떠서 나눠 주었다. 그런다고 담당이 일일이 참견하지는 않았다. 어차피 담당도 소지와 한통속이었다. 소지가 매일 상납하는 것들이 모두 이러한 것들과 다 연관이 있었기 때문이었다.

"야, 소지. 고기 좀 줘."

"없어. 자, 봐라 봐."

어떤 방에서는 너무 억울하다는 듯이 소지에게 애원 반, 위협 반으로 소리를 쳤지만 소지는 콧방귀도 뀌지 않았다. 소지가 국통을 보라고 말은 했지만 국자를 주지 않았기 때문에 국통 밑에 고기가 있는지는 알 수 없다. 괜히 소지의 신경을 건드려 봐야 득 볼 것은 없었으므로 체념하는 것이 좋았다.

"그럼, 다음에 고기 나오는 날 좀 더 줘."

"알았어, 다음에 많이 줄게."

소지는 맘에도 없는 말로 우선 때우고 만다. 듣는 쪽이 마음 편하도록 그렇게 말하는 게 그들의 입버릇이었다. 그래야 방에서도 배식을 맡고 있는 배식반장의 체면도 설 것이리라. 방에서는 배식반장이 소지와 얼마나 친밀한가. 그리고 얼마나 잘 통하는 가로 밥과 반찬의 양이 결정되었으므로 '좀, 더 줘' 하고 말을 거는 배식반장의 얼굴도 세워줘야 할 책임이 있었다. 만에 하나 죽기 아니면 까무러치기 식으로 순시중인 과장에게 그러한 소지의 비리를 알린다면 좋을 리가 없었기 때문이다. 그런 방은 말이라도 좋게 해서 끝내 버리는 게 상책이었다. 먹을 것이 없는 방이 더 먹을 것을 밝히는 것은 당연한 이치였고 그러므로 순전히 구치소에서 내주는 밥과 반찬에만 의지하는 경우가 많았다. 사람이 먹는 것만큼 치사하고 더러운 것이 없다고 하지만 좁은 방에서만 살아야 하는 빵잽이들에게는 그러한 사소한 것도 흔히 싸움이 될 수 있었다. 그래도 남자들은 혼자 구매를 하는 법이 절대 없었고 일단 구매물이나 면회자가 넣은 먹을 것이 들어오면 다 같이 빙 둘러앉아 같이 나누어 먹었지만, 앉아서 오줌을 누는 동물이라는 표현으로 흔히 남자들이 말을 비꼬는 여사에서는 각자가 다 자기 몫만 챙겨서 먹었다. 나누어 먹는 예가 극히 드물었고 경사가 있거나 방 안에서 무슨 기분좋은 일이 있을 때에만 영치금 카드를 거둬 구매물을 차입해서 나눠 먹었다. 그게 징역을 사는 남자와 여자의 차이라면 차이였다. 좋게 말하자면 그만큼 실리적이고 계산적이라는 말이 되기도 한다. 그래서 여사에서는 여직원인 담당에게 상납이라는 것도 없었다. 방이 잘 돌아가야 하는데 그렇질 못하니까 당연한 이치였는지 모른다. 간혹 담당에게 먹을 것을 내미는 경우가 전혀 없는 경우는 아니나 만일 담당에게 먹을 것을 내밀었다면 개인적으로 친밀하거나 어떤 혜택을 받았기 때문에 고마움으로 신세를 갚는 정도에 불과했고 남자들처럼 의리 운운, 먹는 것 가지고 쩨쩨하게, 하는 식으로 속이 좁지는 않았다. 그리고 남자들은 설사 소지가 반찬을 조금 적게 주었다고 해서 쉽게 입을 벌리고 짖는 것이 아니라 참는 경우도 많았지만 여사에서는 조금만 반찬의 양이 적어도 담당을 부르고 여자 주임을 불러 원인을 분석하고 따지기를 좋아했다. 그러한 의식이 깊숙이 들었던 것은 천성적으로 여성들이 그런 데에 익숙해져 있었을 뿐만 아니라 여사에 수용되어 있는 집시법의 운동권 학생들이 그렇게 의식을 개혁시킨 탓도 있었다. 여사에서는 밥이 조금이라도 부실하거나 정량이 미달이다 싶으면 먼저 운동권 학생들이 "처우를 개선하라!" "재소자 부식비의 내역을 밝혀라!" "재소자의 정량을 갈취해 소장이 먹고 있다!"라는 식으로 떠들어댔던 것이다. 그것도 그냥 떠드는 것이 아니라 철문을 발로 쾅쾅 차며 구호를 외쳐 구치소 주위에 있는 고척동 일대가 시끄럽도록 악을 깼던 것이다. 지독하기로는 남자들보다 여자들이 더 지독했다. 여자들이 한 번 시위를 하면 일반 재소자들도 동조를 했으며 사방의 철문을 발로 차는가 하면 목욕을 할 때 쓰는 플라스틱 통으로 문짝을 두들기거나 빗자루를 들고 쇠창살을 두들겨댔다. 원래 두드리는 타악기의 소리가 멀리 퍼져나간다고들 하듯이 그들이 두드리는 소음은 구치소 주변의 동네에 큰 소란으로 들려졌을 게 뻔했다.

"형님, 드십쇼."

상호가 앞으로 내민 그릇에는 방에 있는 사람들에게 일률적으로 서너 점의 고기를 골고루 나눠주고 남은 고기들이 몽땅 들어 있었다. 거기다가 고기 위에는 고소한 참기름까지 얹혀져 있었다. 참기름으로 고기를 골고루 비비는 것이 아니라 아예 고기 위에다가 기름을 들이부은 거였다. 참기름 냄새가 방 안에 진동했다. 그래도 방 안의 사람들은 대체로 만족해한다. 모두들 즐거운 듯이 밥을 떠서 입에 넣으며 웃고 있었다. 그도 그럴 것이 아까 끓인 찌개에다 오늘은 고기가 나왔으니 그야말로 진수성찬이었다. 그리고 다른 방보다 배나 가깝게 많이 받은 고기와 국물이 있었다. 배식이 끝난 다음에 소지가 별도로 그릇에 담아온 고기는 취장에서 밥통이 들어올 때 밥통의 밑바닥에 몰래 감추어져서 들어온 고기였는데 상호가 소지를 통해 미리 취장반장에게 먹을 것을 보내주고 매번 고기가 나올 때마다 취장반장은 담당들의 눈을 피해 밥통의 맨 밑바닥에다 고기를 숨겨서 사방으로 보내주었던 것이다. 물론 소지들이 얼마의 양을 덜어놓고 방으로 넣어준 것이었다. 그것은 누가 봐도 감쪽같이 속아넘어가는 속임수였다. 밥속에 고기를 숨길 줄은 아무도 몰랐다.

열 사람이 도둑을 지켜도 한 사람의 도둑을 못 막는다고 하지 않았는가. 이건 순전히 상호의 작품이었다. 종태가 하는 일이 있었고 상호가 하는 일이 있었는데 둘은 서로 범치기의 공범이었다.

범치기라는 말은 이곳 구치소에서 직원들의 눈을 피해 관규를 어기면서 하는 일종의 법규 위반이라는 말이었다. 종태의 방에는 지금 없는 것이 없다. 담배, 라이터, 여자 팬티, 고기에다 수북이 쌓인 먹을 것들. 징역 안에서 이보다 더 부러울 것은 없을 것이다. 옷장을 열면 마치 부엉이 집구석처럼 각종 음식물들이 가득 쌓여 있었다. 검방을 오는 직원들에겐 미리 검방을 시작하기도 전에 야쿠르트와 우루사를, 그리고 오징어며 과일을 내놓았는데 다른 방보다 더 맛있고 고급스런 것들만 골라서 주니까 검방 직원들은 그게 독인 줄도 모르고 그대로 받아먹고 대충대충 훑어보곤 지나가는 것이었다. 매번 그랬다. 그리고 검방을 할 적엔 방 안에는 한 사람만 남고 전부 복도로 나가 또 다른 직원에 의해 일제히 신체의 검사, 즉 검신(檢身)을 받았는데 그들은 다른 방들보다도 더 말을 잘 들었다. 가끔 재소자들은 복도에서 검신을 받으면서도 창문을 통해 다른 사동의 아는 재소자들과 통방(通房)을 했는데 그럴 때마다 공범과의 대화나 다른 재소자와의 통모를 방지하기 위해 신경을 곤두세우며 직원들은 제지를 하는 데 비해 종태의 방에서는 절대 그런 일이 없었다.

"담당님, 저희 방은 아주 모범방입니다. 사방 담당이 알아주는 방입니다. 뭐 볼 거 있습니까?"

"그래?"

종태가 한 마디 하자, 담당은 깊이 검방을 해봐야겠다는 전의를 상실하고 만다. 대개가 그랬다. 만에 하나, 뼁끼통이라도 볼라치면 그래도 가슴이 조마조마했던 것이다. 종태는 미리 그렇게 선수를 치고 나왔던 것이다. 그러면 대개 직원들은 좀 전에 얻어먹은 것도 있고, 사방 담당이 어련히 알아서 모범방이라고 칭찬을 했겠냐 하는 식으로 알았다는 표정을 짓곤 서둘러 방을 나가는 것이다. 그리고 직원들은 종태의 소문을 들어 대충은 알고 있었다. 영등포의 유명한 깡패이고 지금은 부하의 살인 사건에 연루되어 폭력조직 결성으로 들어와 있다는 것을. 그래서 어쩌면 직원들도 내심 조심하고 있었다. 그리고 잘 하면 자신에게도 근사한 술상이 돌아올지 모른다는 향응의 대가를 바라는 심리도 마음 저변에 깔려 있었다.

직원과 재소자와는 공존의 관계였고 자신의 혜택을 위해 은근히 상대방을 이용했다. 그야말로 한판 머리싸움이었다. 결국 빼앗기는 쪽은 직원 편이었고 그것은 법에 크게 이탈만 되지 않으면 봐줄 수 있는 문제들이었고 그것도 없으면 박봉밖에 더 이상 들어올 것이 없는 사회였다. 공직 사회에서 뇌물을 받는다는 것은 어떻게든 상대방의 편리를 봐준다는 뜻이 숨어 있는 것이다. 그들에게 아무런 혜택이 돌아가지 않는다면 왜 뇌물이라는 것이 생기겠는가.

종태는 평소에도 상호나 배식반장에게 직원들에게 먹을 것을 잘 줘야 한다는 것을 강조하고 있었다. 그리고 그 방은 그렇게 하고 있었다. 그러므로 검방이든, 이발 면도를 인솔하는 직원이든 간에 종태의 방에만 오면 으레 쉬면서 무언가라도 먹고 갔던 것이다. 어떤 직원은 휴게실에 가서 먹을 거라며 빵이며 오징어를 주머니에 넣어가는 경우도 있었다. 종태의 방에 있는 사람들은 그러한 종태의 생각을 알고는 누구든지 직원들에겐 잘 대해 주었고 먹을 것을 충분히 주었던 것이다. 담 안의 매일 반복되는 근무에 나태해진 직원들은 심심해서 못 견딜 지경이었고 근무지에서 심심하지 않을 이유만 있으면 좋아라 했다. 먹는 것이든 재미있는 이야깃거리라도 있으면 그들은 대체로 마음에 들어했으니까.

이제 밥을 먹었으니 담배를 한 대씩 빨아야 할 것이고, 그러고나면 또 입이 심심해서 못 견딜 것 같아 다음으로는 사탕이나 과자를 먹으면서 음담패설의 시간을 보내다가 저녁의 넘어가는 해를 바라보며 달력에 하나의 동그라미를 쳐야 될 것이다. 하루가 꺾어지는 것은 아주 빠른 것 같은데 일주일이나 한 달은 지지리도 늦게 지나가는 것만 같았다. 그것은 징역의 특성이었다.

현재라는 것은 너무나 빨리 지나갔지만 앞으로 다가올 미래를 생각하면 너무나 더디게 느껴지는 것은 아마도 빨리 재판을 받고 밖으로 나갔으면 하는 간절한 소망 때문에 일어나는 조급증인지도 몰랐다. 매일 똑같은 일이 반복되는 생활이었다. 먹고 자고, 먹고 자고. 도대체 할 일이라곤 방 안에 처박혀 책을 보거나 장기를 두는 일뿐, 그것도 심심하면 여자들의 옷을 벗기는 입담밖에 없었다. 이야기 중의 이야기는 뭐라고 해도 여자들에 관계되는 이야기래야 제법 후한 점수를 받았고 또한 스릴이 있으면 그야말로 따따봉인 셈이었다. 남자들만의 세계란 주먹과 의리를 빼고 나면 시체일 것 같지만 그렇지만은 않았다. 가장 원초적인 욕구인 여자에 대한 욕망이 가장 강했고 그 다음이 담배였다. 따분한 방 안에서 서로 남자들의 얼굴만 쳐다보며 이십사 시간을 보내야 한다는 것은 지겨운 일이었다.

"아아, 난 밤마다 미치겠어."

폭력으로 들어온 회사원인 민기의 탄식이었다. 나이는 얼추 40대 중반이었고 벌써 머리가 벗어지기 시작해 보기가 흉한 그는 여자의 이야기라면 두 눈에 불을 켜대는 이였다.

"김씨는 곧 나갈 거잖아?"

"벌써 두 달이 다 돼 가는데 이젠 녹이 슬어도 한참을 슬어서 나가도 제대로 할지 몰라? 난 말이야, 바깥에 있을 때엔 보통 한 번 내지 두 번은 했거든."

"앗따, 영감이 일찍 죽을라고 그렇게 해쌌소?"

재선이 그렇게 말하자 김씨는 눈을 희번덕거리며 재선을 노려보았다.

"야, 니는 남의 가시나 꼬셔서 결혼하자고 해놓구선 돈만 빼앗고 차버렸지만 그래도 나는 그런 야비한 짓은 안 해."

"뭐라구? 야, 이 영감탱아. 말 다했어?"

"영감탱이? 내가 영감탱이야? 그럼, 넌 할망구고?"

사람들은 처음에는 서로 말장난을 하는 줄로만 알았다가 그것이 차츰 이상하게 돌아가자 우선은 종태와 상호의 얼굴을 쳐다봤다. 종태는 담요 위에 비스듬히 누워 있었고 상호는 어떻게 나가는가를 지켜보는 중이었다. 방 안의 사람들은 종태와 상호가 아무런 말이 없자 어정정한 분위기가 되어 있었다.

"야, 이 씨팔놈아. 맨날 여자들만 밝혀서 대머리가 까진 놈이 무슨 힘이 있어? 한 번 붙어볼래? 이제까지 나이값을 해준다고 그래도 대우를 해줬더니 이제보니 형편없는 자식이네?"

"뭐? 형편없는 자식? 너 말 다했어?"

"그래, 다했다 어쩔래?"

둘은 이제 싸울 태세를 갖추고 있었다. 그러나 방 안의 사람들은 반은 호기심으로 과연 싸울 것인가 아니면 그만둘 것인가 하는 내기를 하고 있는 것처럼 히득히득 웃기도 했고 말리는 척하기도 하면서 종태의 눈치를 보고 있었다. 다른 날 같으면 버럭 한 마디라도 소릴 질렀겠지만 종태는 비스듬히 누워서 그러한 김 씨와 재선의 싸움을 지켜보고만 있었다. 워낙 따분한 생활의 연속인지라 한 번쯤 싸우는 것을 보는 것도 재미가 있어 보였다. 말싸움이 마치 닭싸움처럼 한 놈이 쪼면 다른 놈이 지지 않으려고 덤벼들어 닭 볏을 쪼는 것처럼 서로 독이 올라 있었다.

퍽, 하고 갑자기 재선의 주먹이 김 씨의 얼굴을 때린 것은 그야말로 순식간의 일이었다. 방심하고 있는 사이에 기습을 당한 김 씨도 지지 않고 민기의 가슴을 발로 걷어찼다. 몇 번의 주먹이 오갔고 결국 김 씨의 팔에 잡힌 민기는 그 팔을 벗어나려고 애를 쓰다가 김 씨가 내지르는 주먹에 얼굴을 맞고 쓰러졌다. 정말 순식간의 싸움이었다. 방 안의 사람들이 미처 말리지도 못하고 우물쭈물하는 사이에 후닥닥하고 싸움이 붙어버린 거였다. 종태와 상호는 그냥 그대로 있었다. 그때서야 방 안의 사람들은 두 사람을 떼어 말렸고 민기는 코피를 흘리면서도 김 씨에게로 헛발길질을 하고 있었다.

"왜 그래? 참어. 형님이 보고 있잖아."

이처럼 말로 달래고 있는 방 안의 사람들도 이미 구경을 할 것은 다한 상태였고 싸움을 재미있어 하다가 결국 일이 벌어지고 나니까 겨우 말리는 척하는 것이었다. 일이 더 커지면 괜히 방 안이 시끄러워질 것이 뻔했기 때문이다. 그러나 코피가 터진 김 씨는 결코 가만있지 않았다. 뒤에서 잡고 있는 사람들을 뿌리치려고 애를 썼고 재선이 쪽으로 나아가려고 발악을 하고 있었다. 담당이 시끄러운 5방을 들여다보고 있었으나 종태가 비스듬히 누워 있는 것을 보고선 별로 대수롭지 않은 듯 그냥 다른 방으로 가고 없었다. 종태가 알아서 하겠지. 담당은 신경을 쓰는 것 같지 않았다. 김 씨가 어떻게 허술하게 뒤를 잡은 동료의 팔을 홱 뿌리치고 달려가 재선의 가슴을 주먹으로 내지른 것은 눈 깜짝할 사이에 일어난 일이었다. 가슴을 맞은 재선은 억 하고 눈을 까뒤집으면서 그대로 주저앉고 말았다. 재선이 주저앉자 그의 팔을 잡고 있던 사람들도 팔을 놓고 말았다. 재선은 그대로 쓰러져 버렸다.

이제 싸움이 끝났다. 일격을 가한 김 씨는 쓰러져 있는 재선을 노려보고 있었고 이제야 분을 푼 사람처럼 씨근덕거리고만 있었다. 방 안의 사람들이 김 씨의 승리를 확인하고 재선을 일으키려고 몸을 일으키려 했을 때 재선은 힘없이 몸이 딸려 올라왔다. 의식이 없었다. 단 한 방에 나가떨어지다니. 사람들은 재선의 빰을 툭툭 치며 몇 번이나 일어나라고 재촉을 했지만 기절을 했는지 완전히 의식이 없었다. 어이쿠, 이거 큰일 났구나, 하고 서두르기 시작했다.

"담당님, 담당니임!"

담당은 창살 너머로 방 안을 들여다보다가 사태가 심상찮음을 알고 문을 땄다. 담당이 방으로 들어오자 종태는 마악 잠이 들려는 눈꺼풀을 밀어올리며 마지못해 일어났다. 담당은 구두를 신은 채로 방 안으로 들어왔다. 의식을 잃은 재선을 살피기 시작했다.

"왜 그랬어?"

방 안의 사람들에게 묻는 말이었다.

"글쎄, 모르겠어요. 김 씨가 한 방 내질렀는데 그만 스르르 주저 앉대요."

방 안의 사람들은 한 방에 저렇게 힘을 못 쓰다니 하고 끌끌 혀를 차는 모습이었다. 아쉬운 구경거리를 모처럼 즐기려고 했다가 판이 깨져버린 모습들이었다.

"어디를 쳤는데?"

"가슴요."

이번에는 천식이가 자랑스럽게 대답을 하고 있었다. 천식은 김 씨와 서로 잘 통하는 사이였다. 김 씨는 어린 천식을 마치 동생처럼 여기고 있었다. 천식은 재선이 맞아도 싸다고 생각하고 있는지 몰랐다.

"그으래?"

담당은 아무래도 의무과로 데리고 가야 할 판이었다. 그냥 그대로 넘어가기는 글렀다 싶었다. 웬만하면 의무과로 가지 않고 자체에서 해결하는 것이 좋다고 생각을 했으나 재선이 의식을 못 차리자 할 수 없었다. 방 안에서 구타 사건이 일어나면 경중에 따라 사방을 담당하고 있는 담당이 시말서를 써야 할 경우도 있었기 때문이다. 사간이 중대한 것은 징계가 떨어지기도 했는데 일단 의무과로 가게 되면 곧바로 보안과로 보고가 되었기 때문에 가벼운 것은 자체에서 해결하는 편이었다. 그저 연고나 바르고 파스를 붙이면서 화해를 시키는 것이 다반사였다. 그러나 재선은 좀처럼 의식이 깨어나지 않는 걸로 봐서 의무과로 가야만 될 것 같았다.

"소지가 업어."

담당은 옆에 와서 구경을 하고 있는 소지를 불러 재선을 업혔다. 그리고 출입구 쪽에 있는 인터폰으로 가서 보안과로 연락해서 교대 담당이 있으면 빨리 보내달라고 말을 하고는 끊었다. 담당은 교대 담당이 올 동안 사방출입구 밖으로 나가 복도에서 보안과 쪽을 보다가 아무래도 안 되겠다 싶어 관구실로 가서 관구부장에게 말을 했다.

"방에서 싸웠는데 의식이 없어요. 금방 교대담당이 올 건데 일단 의무과로 데려가야 되겠어요."

"많이 다쳤나?"

관구부장은 돋보기안경을 코에 걸친 채 신문을 보고 있으면서 일어나기가 싫은 말투였다. 또 골치 아픈 구타사건이군, 하는 식이었다.

"사방에서는 왜 빽하면 싸워. 에이, 좀 쉬려니까, 방금 자리에 앉았는데 또 일이야?"

관구부장은 투덜거리면서 마지못해 일어났다.

"어딨어?"

"지금 소지에게 업혀왔습니다."

"이쪽으로 보내."

관구부장은 졸린 듯 한 번 크게 기지개를 켰다. 동시에 하품을 하는 그의 커다란 입속으로 누런 이빨들이 드러났다. 교도관 30년 가까이 담배를 피워댄 흔적이었다. 관구부장은 사방담당과 계급은 같았으나 훨씬 고참이었고 관구실이라는 조그만 사무실에 앉아 있다가 과장이 순시를 뜬다거나 간부들이 순시를 할 경우 뒤를 따르며 지적하는 것을 기억해 두었다가 시정시키는 일을 맡았다. 또한 각 사방에서 문제를 일으키는 재소자들의 처리와 방 안에서 일어나는 잡다한 문제들을 듣고 시정하고 처리해 주는 역할을 담당하고 있었다. 그랬으므로 따로 사방을 맡고 있지는 않았고 항상 관구실에서 지내면서 자신이 맡고 있는 네 개의 사방엘 수시로 돌면서 사방담당과는 긴밀한 협조체제를 유지하고 있었다.

한 관구는 네 개의 사동을 맡았고 각 사동의 소지들은 매일 아침, 저녁으로 관구부장이 먹을 간식과 영양제 등을 조달하고 있었다. 관구부장이 사동으로 들어왔을 때에 담당은 의자에 앉아 책을 보거나 졸고 앉아 있어도 크게 문제를 삼지 않는 이유도 거기에 있었다. 관구부장이 너무 빡빡하게 나와도 사방담당은 쓸데없는 자질구레한 일까지 전부 관구실로 보내 관구부장을 피곤하게 만들 수도 있었다. 그렇게 되면 잠시도 조용히 앉아 있을 틈이 없게 된다.

교도관이 나태해지는 이유는 조그마한 것이라도 모두 재소자에게 시키거나 소지에게 시켰고 꿈쩍거리는 것을 대단히 싫어했다. 그리고 관구부장이 독한 맘을 먹고 한 사동만 찍어놓고 하루에도 수십 번 들락날락거리며 순시를 하게 되면 담당 또한 매우 피곤한 일이었다. 의자에 앉아 소설책을 읽거나 시시껄렁한 책을 보며 시간을 죽일 수가 없고 잠깐 졸 수도 없는 입장이 되기 때문이었다. 그래서 관구부장과 사방담당은 유대관계가 돈독해야 했고 서로가 상대방을 생각해 주지 않으면 하루가 고달플 수도 있었다. 간혹 관구부장이 자신의 사방 내에 있는 재소자들의 가족과 모종의 거래가 있어도 담당은 모른 척 했고 관구부장은 담당이 자신이 데리고 있는 재소자와 거래가 있는 것을 알아도 모른 척하는 것이 관례였다. 둘 다 먹고 살자고 하는 짓인 줄을 뻔히 알기 때문이다.

옛날 같으면 관구부장들이 사방담당들을 괴롭혀야 돈 봉투라도 상납이 되었는데 요즘은 조금씩 맑아져 가는 과정이었고 옛날처럼 무조건 누른다고 되는 시대는 이미 지나갔던 것이다. 단지 이제는 개인적으로 우려먹는 수밖에 달리 주머니를 채울 수 있는 방법이 없었다. 관구부장 정도라면 최소한 20년 이상은 교도관 생활을 했기 때문에 그동안 모아놓은 재산도 좀 있고 해서 이제는 조금이라도 더 편해지려는 생각만 있었지 돈에 대한 애착은 없었다. 옛날 같으면 사방 담당이 조금만 잘못해도 그 자리에서 시말서를 받았고, 관구실로 오라가라 피곤하게 만들어서 담당들과 싸우는 경우도 허다했다. 나중에 막 가는 판에는 계급이 서로 같다는 것으로 붙곤 했는데 간부들이 볼 적에도 같은 계급으로 고참이 시말서를 받는다는 것은 법적으로도 문제가 있다고 하여 나중엔 결국 간부들이 관구부장을 대신하여 시말서를 받아내곤 했던 것이다. 담당들은 같은 계급끼리 시말서를 받는다고 하여 화가 치밀 때는 모자를 벗어 시멘트 바닥에 내팽개치거나 묵직한 쇠뭉치인 사방키를 집어던져 울분을 토로했는데 자세히 살펴보면 교도소는 구조적인 먹이사슬로 되어 있었다.

제일 밑으로 방에 갇혀 있는 재소자들이 있고, 그 재소자들을 뜯어먹는 이가 소지들이나 출역수들이었고 담당이었다. 그리고 다시 담당은 관구부장이나 주임들에게 상납을 했고 더 나아가서는 과장에게 인사치레를 해야 다음번 인사에서 좋은 보직을 받을 수가 있었다.

담 안에서 일어나는 이러한 일련의 일들은 문제가 생겨도 담 안에서 처리될 뿐 좀처럼 밖으로는 새지 않았다. 그리고 사회의 이목이라는 것도 교도소의 생소한 부분에까지 관심을 굳이 기울이려고 하지 않았다. 그네들이 관심을 기울일 만한 사건은 간혹 교도소나 구치소에서 흉악한 범죄자가 탈주를 했을 때에라야 겨우 관심을 기울일 정도였다. 사람들은 자신들의 일상생활과 밀접한 것에 더 관심이 있었지 전혀 동떨어진 세계와는 어느 정도 담을 쌓고 살고 싶은지도 모른다.

의무과로 급히 업혀간 재선이 심장 쇼크사 했다는 사실은 구치소를 발칵 뒤집어놓고 말았다. 사람의 운명이란 것이 그렇게 덧없이 사라질 줄은 몰랐다.